昔話にみる悪と欲望

増補新版

継子・少年英雄・隣のじい

三浦佑之

青土社

昔話にみる悪と欲望　増補新版　目次

第Ⅲ部　隣のじい譚のリアリティ

昔話にみる悪と欲望

継子・少年英雄・隣のじい

増補新版

はしがき

「桃太郎」「舌切り雀」「花咲爺」「かちかち山」「猿蟹合戦」——五大お伽話と呼ばれる代表的な昔話をはじめ、「一寸法師」「鉢かづき」「鶴女房」「浦島太郎」「笠地蔵」など、だれでも十話や十五話ぐらいの昔話の題名なら即座に思い出せるだろうし、そのうちのいくつかを語ってみせることもできるはずである。幼児体験として母親から昔話を聞いたり、あるいは昔話の絵本やテレビのアニメーションなどを見たりした記憶がないという人はきわめて稀なことで、われわれは幼い頃の想い出とともに、いくつかの昔話とつながりをもっている。そして大袈裟にいえば、大多数の人たちにとって、昔話は生まれて初めての文学体験なのである。情報伝達の手段としてのことばが〈おはなし〉の世界をつくりあげる表現でもあるのだということを、ほとんど無意識といってもよいような幼児体験として経験し、自分のまわりの日常世界とは別の、おはなしの世界に入ってゆくことのたのしさを味わうのである。

ところが多くの人たちにとって、その楽しみはほんのひと時の体験で、文字を知るとともに、昔話を聞いたり見たりすることが幼稚なことであるような恥ずかしさを感じて、そこから離れていってしまう。そしてもういちど昔話に出会うのは、大人になって自分の子どもたちに昔話を語ったり絵本を読み聞かせたりする機会である。また、今の核家族化を強いられた社会では幸運なといってもよいだろうが、同居する孫たちに昔話を語り聞かせるという三度目の昔話体験は、昔話が長い時間を超えて語り伝えられるためには重要な場であった。そして、このように大人になってあらためて昔話に接したとき、幼い頃に聞いただけですっかり忘れていた昔話が不思議と鮮明によみがえってきて驚いたという体験をもつ人も多いはずである。昔話というのは、われわれの脳の中にある記憶装置にかなりあざやかな刷りこみを与えることのできる何かをもっているものらしい。

大人になって、記憶の糸をたどりながら引き出されてくる昔話は、その内容とともに、そこに自分の幼かった頃の想い出がかさねられるせいもあって、とても懐かしい世界として現れてくる。そしてそこでは、やさしくて正直な人たちばかりが生きる暖かな家や満ちたりた風景が像をむすぶのである。たしかに、昔話がそうしたやさしさや暖かさに支えられて語り継がれてきたという一面をもつのは明らかなことである。そこに登場する何人かの主人公や安心できる結末のいくつかを思いだしてみても、そのことは納得できる。

しかし一方で、昔話はいつも正直でやさしい人たちのハッピーエンドで結ばれるわけではない。時には残酷な、時には悲惨な内容をもつ昔話がさまざまに語られてもいるのである。たとえば、「舌切り雀」ではちょっぴり糊をなめただけのスズメの舌を切り落としてしまうのだし、「かちかち山」ではお婆さんがタヌキに殺されて婆汁にされてしまうというふうに。また、隣のじいさんや継母などのように欲ばりでいじ悪な登場人物もたくさんいるし、その日の暮らしにも困るような貧乏な生活を強いられている人たちで昔話は溢れてもいる。とても、やさしさや暖かさだけでは説明することのできない世界や生活が昔話のもう一面として存在するのもたしかな現実なのである。そして本書はちょっとひねくれて、そうした脇役や悪者たちにも目を向けながら昔話を読んでみようとした書物である。

ひねくれてと言ったが、じつは昔話の真の理解は、そうした裏側の世界から読んでみることで可能になるはずである。そもそも、やさしいとか暖かいとか言う場合、その評価や認識は相対的なものでしかなく、彼らは意地悪で欲張りな人物がいてはじめて登場しうるのである。だから、一方の側のやさしさをいくら強調してみても、見えてくるのは一面の姿でしかない。当然のことながら、残酷さや悲惨さだけを強調してみても結果は同じことになってしまうだろう。昔話を聞いたり、昔話についての多方面からの発言を読んだりするたびに、そのことが心に引っかかっていた私は、嫉妬や欲望や悪心など〈負〉の側の心性や行動にも目を向けながら昔話の表現を読み解いてみたいと思っていた。本書では、善良さと意地悪、やさしさと欲張りなど、いつも対《つい》になってあらわれてくる昔話の両面を見据えながら、それぞれの昔話の語り口に耳を傾けてゆくことになる。

　また、昔話に描かれる出来事やそこに登場する人間たちから何が読め、そこからどのようなことが言えるかということを、言語表現の問題として考えてみようとするのが、本書のもう一つの眼目である。昔話はあくまでもことばによって語られた〈おはなし〉の世界として存在する。そのおはなしの論理や構造を追いながら、なぜ昔話は語られなければならないのか、そこに登場する人間たちの行動や心をどのように説明することができるのか、描かれた家族や共同体は何を浮かび上がらせてくるのか、というようなことを論じてゆくことになる。

　もちろん昔話には多様なアプローチの仕方があるし、さまざまな読み方を許容するのが言語表現としての昔話である。ここで私が行おうとするのはその一つの試みにすぎないし、昔話のすべてを扱えるわけでもない。私の専攻が古代文学であるために、ここでは、昔話と神話とを行き来しながら昔話に向き合うことになるが、だからと言ってそれが昔話を読むための絶対的な方法だと考えているわけではない。ただ、今まで見えなかったいくつかの事柄が明らかにされてゆくだろうというぐらいの前宣伝は可能である。

目次を見ていただければ明らかなように、本書は三部構成になっている。そこで扱われるのは、少女の物語としての継子いじめ譚、少年の物語としての英雄譚、老人あるいは大人たちの物語としての隣のじい譚の三つである。はじめの二つでは、性的な関係として対になる少女と少年が昔話において与えられている役割をみようとする。この少女と少年の物語は、どちらもサクセス・ストーリーとして共通の構造をもっており、小さかった頃に誰もが心を躍らせて聞いたり読んだりしたお話である。そして、継子いじめ譚からは母と子との関係や家族とは何かといった現代的な課題も読めてくる。また英雄譚からは、共同体のなかで少年たちはどのようにして大人になってゆくのか、あるいは主人公たちが抱えこまなければならない勇気や知恵はどのように描かれるかというようなことが問題になるだろう。

隣のじい譚で語られるのは、まちがいなく〈心〉の問題であり話型にみられる様式性の強固さあるいは変容といったことである。やさしさといじ悪をどのように説明し直せるか、様式を超えるのはどの地点かという問題を考えてゆくことになりそうである。

考えてみれば、ここで扱おうとする少年や少女と爺《おとな》とは、別の世代に属するものとして向きあった存在であるとともに、少女や少年の誰もがみんな、おとなになってゆく。つまり、そこに描かれているのは、誕生から死への旅を続ける〈人間〉の、象徴化された〈二つの時〉なのである。だから、取り上げる昔話はそれほど多くはないが、少年（少女）と爺とによって、昔話が描こうとした人間たちの本質は説明できるはずである。

わざわざ前書きをおくほど面倒なことではない。本書には、昔話と神話とを行き来しながら、その表現を楽しむという大前提があり、そこから時どきに読めてくる問題を書き連ねていくという方法をとる。

だから、読んでくださる方はその流れにいっしょに乗ってもらえばいい。そして、時どきの私のもの言いに共感したり反発したりしながら昔話を楽しんでもらえれば、本書の意図は達成できたということになるのである。*

*幸運なことに装いを新たに出ることになった本書に、刊行後に発表した三本の文章を補うことにした。昔話「カチカチ山」を扱った「ウサギの快楽」、昔話に描かれた残酷性について論じた「昔話は残酷か」、爺と婆という日本の昔話における最強の主人公について考察した「おじいさんとおばあさんの謎」の三本である。この三本を添えたのは、本書のテーマである悪と欲望という問題にかかわることがらを扱っているためである。本書でわたしが述べたかったことを補足する内容になっていると思う。
そのうちの「ウサギの快楽」は、太宰治の「カチカチ山」を原作として、鈴木忠志の構成・演出によって一九八九年に演じられた「流行歌劇　カチカチ山」（静岡県舞台芸術センター／於、静岡県舞台芸術公園「楕円堂」）の公演パンフレットに書かせてもらった原稿である。

第Ⅰ部
継子いじめ譚の発生

第一章　シンデレラ

少女を主人公とした昔話は多いが、そのなかでもっとも親しみ深いのは、母親に死なれたかわいそうな少女が継母にいじめられながらそれに耐えて成長し、ついには幸せを手に入れるというサクセス・ストーリーとしての継子いじめ譚だろう。それは、すでに古く平安時代に書かれた『落窪物語』をはじめさまざまに書き継がれ語り継がれてきたが、現代でももっともよく知られた話は、ヨーロッパから伝えられた〝シンデレラ〟と呼ばれる少女を主人公としたおとぎ話である。

1　アッシェンプッテル

だれもが知っているシンデレラという名前は英語圏の呼称で、ドイツではアッシェンプッテル、フランスではサンドリヨンと呼ばれており、いずれも「灰まみれっ子」といった意味をもち、それは継母や娘たち（あるいは世間の人）が継子を呼ぶときの蔑称である。そして、ヨーロッパの昔話研究を開いたグリム兄弟の採集した昔話「灰かぶり（アッシェンプッテル）」の発端は次のように語り出されている。

お金もちの男なのですが、その妻が病気になりました。妻はじぶんの最後《おわり》が近づいたのをさとると、としのいかない一人娘をねどこへ呼びよせて、言いきかせました。

「おまえ、いい子だからね、いつまでも神さまをだいじにして、それから、気だてをよくしているのですよ。そうするとね、神さまは、いつなんどきでも、おまえを助けてくださるし、かあさんも、天国からおまえを見おろしていて、おまえのためをおもってあげることよ」こう言ったかとおもうと、お母さんは目をねむって、この世を去りました。むすめは、毎日うちをでて、おかあさんのお墓へ行っては泣いてばかりいました。それから、いつでも神さまをだいじにして、気だてよくしていました。

冬がくると、雪が白い布をお墓の上へひろげました。それから、春になって、お日さまがその布をするすると取りはずしておしまいになったころ、この男はべつの妻をむかえました。その女は、ふたりの娘をつれ子にしてきました。娘たちというのは、うつくしくて白いのは顔ばかりで、心ときたら、それはきたなく、まっ黒でした。そのときから、かわいそうに、まま子にとっては悪い月日がはじまったのです。

「とんちきな鵞鳥《がちょう》が、このうちで、お座敷なんかにきちんと坐《すわ》ってるって法があるかよ」と、まま母や娘たちが言いました、「パンをたべたいものは、だれだって、自分でかせぐのがあたりまえさ。おさんどんにくっついて外へでなよ」

三人は、まま娘からきれいなきものを剥ぎとって、ねずみ色の古い尻きりばんてんみたようなものを着せ、木の靴をあてがいました。

「ちょいと、ちょいと、高慢ちきな王女をごらんよ。うまくお化粧《めかし》したじゃないの」

三人は、わいわい言って、あざわらいながら、娘を台所へ連れていきました。

それからというもの、まま娘は、朝から晩までつらい仕事がとぎれめなく、日の出まえに起きて、水をはこんだり、火をたきつけたり、煮ものをしたり、洗濯をしたりしなければなりませんでした。

そのうえ、姉妹《きょうだい》たちはいろいろなことを考えだしては娘をいじめたり、口ぎたなくののしったり、それからまた、豌豆《えんどう》や扁豆《ひらまめ》を灰のなかへぶちまけるので、娘はすわりきりで、豆を拾い出さなければなりませんでした。晩になって、さんざ疲れきっても、娘は寝床へははいらず、かまどのそばの灰のなかへごろねをしなければなりません。そんなわけで、娘はいつでも埃《ごみ》だらけで、きたないようすをしていたものですから、世間の人は、この娘のことを、アッシェンプッテル（灰かぶりむすめ）とばかりいったものです。

（「灰かぶり」『グリム童話集』二三）

母と父

やさしい母の死によって少女は悲惨な生活を強いられることになる。それは、父が迎えた新しい妻とその連れ子たちの登場によってもたらされる。昔話はいつもそうだが、登場人物は典型化され様式化されて一対一の対立として単純化されるが、この「灰かぶり」の場合も、継母と実母、連れ子と継子はそれぞれ正反対の性格をもつ人物として対照的に描かれることによって、その対立構造を鮮明にしている。しかもやさしい実母はすでに死んでいるから、継子は、継母と連れ子たちのいじめを一身に引き受けなければならない存在になる。

実母と継母の関係についていえば、物語の様式としての、やさしい実母といじわるな継母という対立的な設定によって語られている。もちろん、実母が死ぬ場面から話は始まっており、生前の実母が物語の前面に出てくることはない。しかも母に死なれた少女だからこそ継子は主人公になれたのだが、継子の背後にはいつも母がついている。死の床で、神を大切にし気だてをよくしていれば神さまとかあさんが見守っているよと言って死んだ母のことば通りに、アッシェンプッテルは死んだ母と神の援助によって王子との幸せな結婚を果たすことができたのである。

あるとき大きな市が立ち、それに出かける父親に二人の連れ子はみやげとして着物や宝石を望んだのに対して、継子は帰り道でおとうさんの帽子に最初に触れた木の枝がほしいと言う。そのみやげのハシバミの枝を母の墓のそばに刺し、毎日墓に行って泣いていると、その涙が刺した枝に落ちてハシバミは立派な木に成長する。そしてその木には一羽の真っ白な小鳥が飛んできて、母を慕って泣く少女に、彼女が望むものは何でも願い通りに投げ落としてくれるのである。また例の、王子さまの舞踏会に行きたいという継子にいじ悪をするために、継母が灰の中にぶちまけて拾っておくようにと命じた豆は、継子の願いを聞いて飛んできた二羽の真っ白な家鳩をはじめたくさんの小鳥たちの援助によって集められるし、舞踏会に着てゆくための着物や靴は、ハシバミの木の下で願うと、いつもの小鳥が投げ落としてくれるのである。それから、舞踏会で継子を見初め、結婚しようと探しにきた王子がまちがえて継母の連れ子を馬に乗せて城に向かうと、例の二羽の家鳩がハシバミの木に止まって間違いだということを鳴き声で知らせる。

なお、このハシバミの木は、岩波文庫版『グリム童話集』の最後に載せられた「児童の読む聖者物語」のなかの「はしばみの木のむち」という話にも出てきて、そこでは、赤子キリストのために森にイチゴを摘みに行ってマムシに追われた聖母マリアを隠し守った木として描かれている。そして、その末尾には、「こういうわけで、大むかしから、はしばみの緑の枝は、まむしだの、蛇だの、そのほかなんでも地べたを這うものに手むかって、人間をまもってくれることがいちばんたしかなものとなっているのです」と語られており、ハシバミの木が呪力ある木と考えられていたということがわかるのである。

「灰かぶり」に描かれるハシバミの木は、昔話「花咲爺」で、いじ悪な隣のじいに殺された犬の墓に爺さんが植えた木と同じように、異常な成長をとげる不思議な木として描かれているのだが、それは、ハシバミの木がドイツの人たちにとって神聖な樹木であったためだろう。しかも、それとともに、このハシバミの木の異常な成長や不思議な力は、枝を折りとってきた父と、墓に葬られた母と、その二人の間に生まれた娘の涙とによって育てられた木であることによって、増幅されてゆくのである。もともと呪力をもつハシバミの木は、三人の願いがこめられることによって異常な成長を遂げ、継子を守る木になった。だから、「灰かぶり」におけるハシバミの木は、現実には母の死によって失われてしまった幸せな家族を象徴する木として存在しているとみてよいはずである。

　また、望みの品物を木の上から投げ落としてくれる小鳥は、娘を守り育てる母そのものである。ハシバミの木は幻想としての理想の家族であり、その枝にとまって継子の願いを聞いてくれる真っ白な小鳥は死んだ母の化身（魂）として描かれている。また、真っ白な小鳥とは別に二羽の家鳩がたびたび出現し、豆を拾い集めたり鳴き声で王子のまちがいを教えたりして継子の危機を救うのだが、この鳥たちは、母が死の床で約束した神さまの化身とみなすことができる。

　継子は、現実の家のなかには一人の援助者もいないが、死の床で母が約束した通りに、亡母や神さまに見守られ庇護されて苦難を克服することができるのである。それはあまりにも安易だと言えば言えようが、そうした超自然的な存在による祝福を受けることのできる力を与えられているのが、昔話の主人公なのである。

　母を亡くした少女は亡母や神の加護をえて幸せになってゆくのだが、現実としての家族のなかではいつも孤立している。唯一の血縁者である父親は、少女を庇護し援助する者とはなっていない。市のみやげにハジバミの枝を持ってくる場面と、ダンスの相手をした娘を追ってきた王子に対面する場面とに父親は登場するだけで、しかもそこでも積極的に娘の庇護者としての役割を果たして娘を幸せにしようとはしていない。

父親についていえば、妻の死によってそれまでの家族は壊れ、新しい妻を娶ることによって新たな夫婦関係を築くことができたのである。そこでは新しい母の連れ子を含めて新たな家族が成立しているのであり、前の妻との間に生まれた少女（継子）は、そこから疎外される存在でしかない。それは、市のみやげに連れ子たちの求めるままに宝石や着物を買って帰るという語り口にも端的に表されている。父は新しい妻とその連れ子の側に立つことによってのみ、新たに作った家族を守ることのできる存在なのである。父親がいつも後妻（継母）の言いなりになってしまうのはそのためである。

継子と結婚することになる王子は、家族から排除された継子を救出し、よりすばらしい家族を回復させる存在である。継子は苦難を経験することで、母の死によって喪失した家族を超えた新たな家族を手に入れる。それは、少女が理想の妻あるいは母に成長したことを示しているとみればよい。したがって、継子に課せられた苦難というのは、少女が一人前の女になるために必要な試練の説話化なのだとみることができる。このことは以後の論述のなかであらためて問題になるだろう。

継母と連れ子

昔話「灰かぶり」では、父も王子も、登場する男たちはいずれも脇役でしかない。主人公が継子の少女であるのは当然だが、この昔話を構成する主要な役割は継母とその連れ子たちが担っているとみなければならない。そしてどちらかといえば、きわめていい子ちゃんで亡母の魂や神さまに加護されて幸せになる継子よりも、憎ったらしい継母と連れ子の側に存在感があるといってもよいほどである。

妻を亡くした男のもとへ、二人の娘を連れた女が後添いとして嫁いでくる。どのような事情があったかは何も語られていないが、この女も夫を亡くしたか別れたかしたはずである。だから、継母は夫に先立たれた不幸な運命を背負った女だし、連れ子は父親を亡くしたかわいそうな娘たちであったはずなのである。ところが、再婚した相手には前の妻の残していった娘が一人いた。するとたんに、女は継母というレッテルを貼られた悪役に振り分けられ、父を亡くした連れ子たちは母を亡くした娘の仇役を演じなければならなくなる。なんとも損な役回りだ。

実の母と子との間は強い絆で結ばれているのだという幻想が、家族を成り立たせる要因の一つだということは認めてよいだろう。ある不確かさを抱えこんでいる父親と子供の関係にくらべて、母と子の繋がりは、自分の腹を痛めて生んだ子だという確かさに支えられてほとんど疑われることがない。「灰かぶり」における死んだ母と少女との関係は、そうした母と子の理想像として描かれている。死の間際まで残してゆく子を思い続け、死んだ後にも子供を守り続ける母に、理想の母親像が託されている。そして、娘の側もいつまでも死んだ母を慕い続ける。毎日母の墓に行っては涙を流し、母に願いごとをかなえてくれるようにと頼むのである。その二人は死によって隔てられた関係としてあるから、よけいに強い絆をもつものとして理想化されてゆくことにもなる。だから、少女にとってはいつまでも、家族は父と死んだ母と自分とによって構成されたものであった。

そのことは、父が折り取ってきたハシバミの枝が母の墓に植えられ、自分の涙が降り注ぐことによって成長するというエピソードに端的に描かれているということができる。そのハシバミの茂る空間は、継子にとって、喪失してしまった暖かな家族を回復できる唯一の世界だったのである。また、理想の母は理想の妻であることと不可分の存在だから、男にとっていえば、死んだ妻はやはり理想の妻であったはずである。ただ、男は亡き妻のことを忘れて新しい妻を求めたのに対して、少女は亡き母を忘れることができなかったのである。そして、いつまでも母を忘れられずに墓に行って泣く少女の心のなかに、新しい母が入ってゆくことなど不可能だったに違いない。

連れ子をもった女は、そうした家に後添いとして入ってしまったのである。この女たちにも家族があったのだし、母と子の結びつきや愛情において、継子のそれに劣っていたとはいえないはずである。たとえば結末に近い場面に、継母がなんとかして自分の娘を王子と結婚させようとして、王子の持ってきた黄金の靴に合わせるために足の指やかかとを切れといって包丁を渡すという少々残酷にみえるシーンが置かれている。娘たちはそれぞれ母の言葉にしたがって爪先やかかとを切り落とし、苦痛に耐えて王子の妃になろうとするのである。ところが、その計略は、足から血を流した娘を連れて馬に乗った王子が、ハシバミの木のそばを通りかかった時に、小鳥が鳴き声によってにせの花嫁であることを教えたために失敗する。それは当然の結果なのだが、そのふるまいの異常さを別にしていえば、ここに描かれているのは母と娘との結びつきの緊密さであり、母の、娘への愛情の現われなのだということもできる。それは、塾へ行かせ叱咤激励して子どもたちの成績を上げようとして必死に自分の子を責めたてる現代の母親たちの愛情とさして変わりがないのではないか。

女と連れ子は、いかなる事情があったものか、前の家族を放棄して新しい家族を求めた。それは男の場合も同じである。再婚を決意した段階で、男は死んだ妻を忘れたのである。そこにできた新しい家族は、配偶者に死なれた男と女とによってできた夫婦と、お互いの娘たちとによって構成された擬制的な家族であった。そして、後妻とその連れ子にとって、新しい家族を営むうえでの障害はシンデレラであった。そのことは、父親にとっても言えることである。後添いを迎えることで手に入れることのできた新しい家族を守るためには、男にとっては義理の子である後妻の連れ子たちを自分と後妻との間の絆に据えることしか方法はなかっただろう。連れ子たちを可愛がることによってこそ、手に入れることのできた新たな家族関係を円滑にすることができると男は考えたに違いないのである。

父親が、実の子シンデレラと連れ子のどちらに愛情をそそいでいるかということは明確に語られているわけではない。そして、継子いじめ譚の父親はいつも曖昧で中途半端な存在なのだが、市に行った時に、連れ子の望みどおりに宝石や高価な着物をみやげに買ってきたり、王子のパーティに後妻や連れ子といっしょに出かけて行くといった語り方には、父親がどちらを選んだかということが暗示されている。というより、後妻を迎えた男にとって、どちらを選択するかという結論は決まっている。そしてそうでなければ、この新たにつくられた関係は家族を構成することができなかったのである。

実の父にさえも邪魔にされるような存在として位置づけられたシンデレラが、後妻や連れ子たちにとってもっとも邪魔な存在であるというのは当然のことである。男を自分たちの側に引きつけることで新しい家族を営むことができるのだから、男が営んでいた前の家族は、後妻にとっても連れ子にとっても最大の障害になるはずである。だから、男を間に置いて両者に対立関係が生じるのは当然のことであった。

後妻からいえば、もっともはげしく対立する相手は、自分と同じく男の妻であった先妻である。しかしその相手はすでに死んでいるのだから、対立の矛先は先妻の子に向けられることになる。ここに、対立する継母と継子という関係が生じることになる。この対立は、親と子という世代的な対立であり、父であり夫である男を共有する二つの家族の対立であり、血の繋がりを持たない母と娘との対立であるというふうにいろんな要素がからみあっていて、その現われ方は多様にありうるはずである。ところが、肉体的にも精神的にも未成熟で、庇護者であるはずの実母を亡くしてしまった継子の側に同情的な要素が圧倒的に多いために、お話ではいつも、〈いじ悪な継母〉対〈かわいそうな継子〉という対立構造をとらざるをえないのである。そこから継母による継子いじめが語り出されることになる。

また、連れ子は、新しい父親をはさんでもう一方の子と対立関係を孕むことになる。この関係は世代的な面からいえば対等な位置にあるはずであるが、母を亡くしたうえに父親が後妻と連れ子の側についてしまうために、庇護者をもたない継子が連れ子の姉妹にいじめられるという関係にならざるをえない。しかも、後妻と連れ子は、実母と実子というもっとも緊密につながれた一体の存在だから、弱者である継子がいじめられるかわいそうな少女を演じるのがもっとも安定したかたちになるのである。

そして、この関係を安定させるためには、継子が連れ子の姉妹よりも年下であることが望ましい。グリムの「灰かぶり」の場合、両者の年齢について具体的な描写はないが、父親が王子に対して、「てまえの亡くなりました家内の残しましたのに、発育のたりませぬ、まことにむさくるしい小娘」がいるというふうにシンデレラのことを紹介しているし、継子の履いていた靴に足を合わせるために連れ子たちが大きすぎる自分の足を削っているのをみても、連れ子たちの方が年長であったはずである。また、そのいじめ方からみても、連れ子と継子は〈姉〉対〈妹〉という関係に置かれているとみるべきである。そして、年上の連れ子と年下の継子という関係をとることによって、両者は、いじわるな姉とやさしい妹という昔話の普遍的な様式のなかで安定した対立者になることが可能だったのである。ちなみに、フランスのシャルル・ペローが十七世紀末に文字化したシンデレラ型の昔話「サンドリヨンまたは小さなガラスの靴」（以下、「サンドリヨン」と呼ぶ）では、二人の連れ子を「姉たち」と呼んでいる。

2 サンドリヨン

わたしたちにもっともなじみ深いシンデレラは、このペローの「サンドリヨン」である。かぼちゃの馬車に二十日ネズミの馬、ネズミの御者、そして真夜中を過ぎると魔法の効力は消えてしまうというタブー、ガラスの靴など、日本でさまざまに翻案され子どもたちに親しまれてきたシンデレラの物語は、ペローの作品をもとにしたものであるらしい。そしてこの作品は、語られていた昔話をもとにしてはいるが、それをそのまま文字化したのではなく、貴族の令嬢に捧げるためにほどこした改変などがさまざまにあるらしい（岩波文庫『ペロー童話集』「解説」、マリア・タタール『グリム童話』など）。もちろん、こうした改変はグリム兄弟の場合にも同様で、そのことは具体的な事例をもとにさまざまに指摘されている（ハインツ・レレケ『グリム兄弟のメルヒェン』、マリア・タタール、前掲書、など）。

たとえば、ガラスの靴というよく知られた落とし物はヨーロッパの昔話にも他に例のないもので、グリムの「灰かぶり」では黄金の靴と語られている。舞踏会に現われたお姫さまとシンデレラとを結びつける証拠の品としての役割はおなじだが、ガラスという壊れやすい材料でできた靴が語られることによって、私たちはこの話の主人公シンデレラの運命と重ねてイメージをふくらませ、典型的なヨーロッパの継子いじめ譚として受容し親しんできたのである。

亡母の不在

「サンドリヨン」ではグリムの「灰かぶり」とは違って、主人公である継子サンドリヨンを援助するのは「名付け親の仙女」と語られている。そして、そこに死んだ実母はまったく登場しないし、小鳥たちもあらわれない。また、名付け親の仙女（いわゆる妖精のこと）については何も説明がなくてわかりにくいのだが、これは、仙女（妖精）が少女の名付け親として信仰されているか、仙女の名前が少女に名付けられているかのどちらかで、その仙女が少女の守護神になっているという設定だとみてよいだろう。そして、「サンドリヨン」では、その名付け親の不思議な力によって舞踏会に行くための馬車や従者や宝石を散りばめたドレスを手に入れ、王子と結婚することができたというふうに語られる。それはグリムと同様の、超自然的な存在の援助によって幸せになることができたという語り口だが、そのこと以上に、サンドリヨン自身の積極的なふるまいが苦しい境遇を乗り越えさせたのだという描き方をしているということが目につく。

ガラスの靴を合わせるサンドリヨン
（『ペロー童話集』岩波文庫）

たとえば、王子の命令によってガラスの靴に合う足の女性を探している宮廷の役人の前にサンドリヨンは自分から出て行き、「わたしに合わないかどうか試してみたいわ！」と言ってガラスの靴に足を入れ、おまけにポケットからもう片方の靴まで出して履いてみせるのである。また、連れ子の姉たちにいじめられながらも、仙女の援助で舞踏会に行き、仙女と約束した帰宅時間を守るために急いで家に帰ったサンドリヨンは、もとの衣装に着替えて姉たちを待ちうけ、さもたった今目がさめたといわんばかりにあくびをして見せながら、「ずいぶんおそいお帰りですこと！」と言って迎え入れ、何も気づいていない姉たちがサンドリヨンにきれいな王女さまの登場を話して聞かせるのに対して、「そんなに美しいかたでしたの？ まあ、お姉さまがたはお幸せですわ。わたくしもお会いできないものかしらね？ ジャヴォットお姉さま、毎日着ていらっしゃる、あの黄色の服を貸してくださいな」と答えるなど、自ら積極的に行動し、また姉たちをごまかすための演技までして姉たちと対等にわたり合うのである。こうした差異は、「サンドリヨン」では何でも願いを叶えてくれる亡母の援助がまったく語られていないということと関わっているらしい。

その「サンドリヨン」の発端部分は次のように語られている。

むかし、ひとりの貴族がいて、誰もそれまで見たことのないほど高慢で思い上った女と再婚しました。この女には、自分と同じ性質で、何から何までそっくりの娘が二人いました。夫のほうにもひとり娘がいましたが、こちらはほかに例のないほど優しい、親切な心の持主で、それは、世にもすぐれた女性であった母親から受けついだものでした。

継母のほうは婚礼が終わるとたちまち悪い性質をむき出しにしました。………

（「サンドリヨン」『ペロー童話集』）

記された範囲でいえば、家族構成や設定はグリムの「灰かぶり」と変わりがない。ただ、グリムで語られていたような、死の床での母の言葉はなくて、後妻との対比のうえで、「世にもすぐれた女性であった母親」のことが示されているだけである。そうでありながら、その母の心を受け継いだ少女のやさしく親切な心が強調され、それが結末の、徹底的したやさしさによって結ばれてゆくことになるのである。

二人の姉は、その時、サンドリヨンこそ舞踏会で見た美しい女性であることがわかりました。二人はサンドリヨンの足もとに身を投げ出し、それまでサンドリヨンが耐えてきた意地悪な振舞いのすべてを詫びます。サンドリヨンは姉たちを立ちあがらせると、キスをして、喜んで許しますとも、どうかいつまでもわたしを好きでいてくださいといいました。美しく装った姿のサンドリヨンは、そのまま若い王子のもとへ連れて行かれます。王子は、これまでに増して美しいと思い、それからいく日も経たぬうちに結婚しました。サンドリヨンは、美しいばかりでなく、優しい心の持主ですから、二人の姉を宮廷に住まわせると、早速その日のうちに、宮廷の二人の大貴族と結婚させました。

サンドリヨンはいじ悪な姉たちを許すだけでなく、二人を幸せな結婚にみちびいている。これは、いささか残酷すぎるように感じるグリムの「灰かぶり」の結末との大きな違いである。そしてこうした差異が生じるのは、サンドリヨンには実母の援助がなく、母の死によって自立してゆく一人の少女のサクセス・ストーリーとして描かれているためではないか。しかも、この話で強調されている亡母とサンドリヨンの心のやさしさを主題として貫くためには、姉たちの行為を許す寛容さがぜひとも必要だった。

結末の違い

それに対してグリムのアッシェンプッテルは、亡母と、それと一体の存在である神に守られて幸せになってゆくのである。自ら積極的に行動しないのも母の影が強すぎるためである。また、その結末が連れ子たちへの残酷な報復で終わるのも、亡母の存在の有無ということと無縁ではないはずである。そのグリムの「灰かぶり」の結末は、次のように語られている。

いよいよ王子との御婚礼のお式があげられることになりましたら、せんに替え玉になった姉と妹がやってきて、おべっかをつかって、灰かぶりの福をわけてもらうつもりでいました。

花むこ花よめが教会へ行く段どりになると、姉は右に、妹は左につきそいました。すると、二羽の鳩が、めいめいから目だまを一つずつ啄《つっ》き出しました。お式がすんで、教会から出てきたときには、姉は左に、妹は右につきそいました。すると、二羽の鳩が、めいめいからもう一つの目だまをつつき出しました。こんなわけで、ふたりの姉妹《きょうだい》は、自分たちが意地わるをしたばかりに、替え玉なんぞになったばかりに、ばちがあたって、一生涯目くらでいることになりました。

ここに引いた結末は『グリム童話集』の第二版以降のもので（本書のテキストである岩波文庫本は最後の第七版の翻訳）、初版では、王子がシンデレラを連れて行くところで終わっていて、この結婚式の場面は語られていない（マリア・タタール前掲書、鈴木晶『グリム童話』）。グリム兄弟による加筆や改変は予想以上に大きく、この結末がどこまで民間伝承に忠実であるかということは疑わしい。ただ、ここで話題にしているシンデレラにかぎって言えば、亡母の役割を強調するグリムの「灰かぶり」においては、第二版以降に加えられているこの結末は、筋の流れとしては自然なものだといえるだろう。あれだけ継子をいじめた継母や連れ子たちのその後について何もふれないままに終わってしまっては、聴き手（読み手）の心を安心させることはできないからである。「サンドリヨン」のようにやさしさによって罪を許すか、「灰かぶり」のように報復するかしか、継子いじめ譚は結末を語れないのである。その点でいえば、第二版以降に語られている結末は、昔話としては安定したもので、それは次のように読むことができる。

ふたりの連れ子の目玉をつつき出してしまう二羽の鳩は、信心深い継子を庇護しつづけてきた神の化身だとみてよいだろう。それは亡母の化身として描かれている白い小鳥とは別の鳥なのだが、この昔話では、両者はほとんど同一の役割をになった超自然的存在でもあった。したがって、二羽の鳩が連れ子の目玉をつつき出してしまうのは、亡母の意志なのだといってもかまわないということになる。

つまり、こういうことだ。亡母の側からいえば、連れ子こそが〈継子〉であり、それは自分の娘にいじ悪をする憎い存在、娘の幸せを阻もうとする邪魔な存在なのである。だから、死んだ母と連れ子との関係は、そのまま後妻とシンデレラとの関係に置き換えることができ、両者は同一の関係性をもった母と子として置かれているのである。やさしいはずの実母もまた、連れ子の側からみれば憎い継母でしかないという構造を、このグリムの「灰かぶり」の結末は明確に示している。それはまた、継子が亡母と神とに守られた存在であり、そのおかげで幸せな結婚を果たすことができたのだということを語るためにも必要だったのである。

版を重ねるごとに書き換えられる『グリム童話集』の文体に注目した鈴木晶は、そこにみられる女性主人公の直接話法の減少という事実を指摘し、「ヴィルヘルム（グリム兄弟の弟の名——三浦、注）は書き換えの過程で、女たちから言葉を取り上げることによって、彼女たちの自主性を奪い、女を、男性に依存し、男性に保護されなければならない存在におとしめた」のであり、それは、ヴィルヘルムの「ブルジョワジーの社会観・道徳観」に根ざしたものだと述べている（前掲書）。たしかにこの発言は認められそうだが、「灰かぶり」に限っていえば、構造的に亡母の力が大きく働きすぎているために、そうした展開にならざるをえないという側面をもっているのではないだろうか。

一方、ペローの「サンドリヨン」の結末は、姉たちの過去のふるまいのすべてを許し、その上で二人を幸せな結婚にみちびく心のひろい女性として継子を描いている。それは彼女がやさしくたくましく、積極的に幸せをつかもうとする存在だからである。母の死によってその庇護を失ってしまったサンドリヨンは、継母や連れ子のいじめに耐えて成長し、自ら一人前の女性になっていった。もっといえば、母を亡くした少女は試練に耐えることによって、亡くなったやさしい母の立場に自分を引き上げることができたのである。王子との結婚は、それを象徴している。そうなった継子は、年上の連れ子たちの援助者として〈母〉の立場に立つことになるから、すべてを許して二人を結婚にまでみちびく理想の女性（母）になる必要があったのである。

こうした結末の違いから生じてくるのだが、聴き手にとっては、「サンドリヨン」におけるハッピーエンドのほうが安心できるし、居心地もよい。最後の場面にはいじ悪をした張本人の継母は出てこないが、きっと心を入れ換えた連れ子ややさしい継子に見守られて幸せになったという大団円が準備されているはずである。それによって継子の幸せとやさしさを教訓的に語りおさめることができるのだから。ただしそうなってしまうと、継子いじめ譚が本質的にもっているはずの、継母と継子との、あるいは連れ子と継子との対立をぼかしてしまうことにもなるだろう。だから、〈継子いじめ〉という物語の主題からいえば、すべてが許され誰もがいい子ちゃんになってしまう「サンドリヨン」よりも、連れ子の目玉を抉り出してしまう亡母の執念や連れ子たちの悲惨な結末を語るグリムの「灰かぶり」の方が、継子いじめ譚のもつ生臭さを感じさせておもしろいと言うこともできるのである。

「灰かぶり」と「サンドリヨン」のどちらを選ぶかは、聴き手（読み手）の好みに属している。どちらも家族や血縁をささえに出来あがったお話なのだから、結末をのぞけば大きな違いはない。そして、みんながやさしさを求める現代社会で「サンドリヨン」が支持されるのは、しごく当然のことだろう。

第二章　日本のシンデレラ

1　米福粟福――異母姉妹

日本の昔話においても、継子いじめの物語は主要な話群の一つとしてさまざまに語り継がれている。たとえば、日本昔話の話型分類を試みた関敬吾は、本格昔話の〈継子〉譚の項目に、「米福粟福」「お銀小銀」「手無し娘」「鉢かつぎ（鉢かづき）」「灰坊」「継子と笛」「唄い骸骨」など十八種の継子いじめ譚を話型として登録している（『日本昔話大成』話型番号二〇五〜二二二）。そして、その最初に掲げられた「米福粟福」という昔話は、ヨーロッパのシンデレラ型継子いじめ譚にもっとも近い内容と構造をもっている。

あったてんがの。あるどこに、おとっつあんとおっかさんがあって、女の子が一人生まれたてが。お玉という名をつけた。ほうして、あのそら、お玉がちんこいうちに、おっかさんが死んでしもた。ほうしたれば、こんだ、おとっつあんが、後家をもろたと。ほうして、その後家に、また、女の子ができて、お次という名をつけた。ほうして、後家は、お玉をにっくがって、自分の子のお次ばっか、かわいがっていたと。

あるどき、おとっつあんが、江戸へしゅうぎょうにいぎなしたと。ほうして、子どもばっかだすけ、なおこと、お次をかわいがっていたと。ほうして、クリの実るころに、後家は、「お前たち、山へクリ拾いに行ってこい。この袋にいっぺになったら、帰ってこい」というて、お玉には、やばけた袋を、お次には、いい袋をあつけたと。ほうして、二人はクリ拾いに行ったと。

〔以下、要約——お玉がいくらクリを拾っても破けた袋からこぼれ落ち、お次はその後ろからクリを拾って歩くので、袋はすぐにいっぱいになる。そして、姉をそのままにして、お次はさっさと帰ってしまう。日が暮れて困ったお玉が炭小屋に泊まると死んだ実母がでてきて、破れた袋を縫い、何でも願いのかなう小さな箱をくれる。次の日、お玉はクリを袋いっぱいに拾って帰ることができた。

ある祭の日、継母とお次がお玉に留守番をさせて祭り見物に行く。お玉は継母に言いつけられた粉挽きをしながら祭りにいきたいと考えていると、死んだ実母が老婆の姿になって現われ、粉挽きをしてやるから祭りに行けという。喜んだ継子は、前に山の中で実母がくれた宝の箱から着物や帯を出し、着飾って祭り見物に行く。人びとはその美しさに驚いているが、継母とお次はそれが継子だということに気づかない。お玉は、祭りの途中でぬけだし、二人より先に家に帰って、何くわぬ顔で粉挽きをしていると、継母とお次が戻り、祭りに来ていたきれいな娘の話をしている。そこへ、祭りでその姿を見初めた殿様が娘を嫁にほしいと言ってくる。継母は実子のお次を差し出すが、殿様はちがうと言う。宝の箱を使ってきれいな身なりになったお玉の姿を見ると、殿様はこの娘だと言って、お玉を嫁にし、篭に乗せて連れて行った。〕

（「おたまとおつぎ」水沢謙一『おばばの昔ばなし』一三）

採集例の多い話だが、その分布は極端に東日本に片寄っており、西日本で報告された事例が少ないという特徴をもつ。ここに引いたのは新潟県長岡市に住んでいたすぐれた語り手、故池田チセさんの語った昔話で、シンデレラ型継子いじめ譚「米福粟福」（「糠福米福」とも）の典型的な一話である。この話型名は継子と実子の名前からとられているが、池田さんはそれをお玉とお次という名前で語っている。

語り方は地域や語り手によってさまざまであるが、基本的な形は、ここに示したように前半の栗拾いと後半の祭り見物とによって語られている。いうまでもなく、シンデレラにおける王子の舞踏会にあたるのが後半に語られる祭り（芝居）見物であり、継子はそこで殿様（長者の息子）に見初められ幸せな結婚にいたるのである。それに対して前半に語られている栗拾いの場面は、継子に対する継母のいじめ、継子にとっていえば試練とみられる部分だが、関敬吾も指摘する通り、「女児が山に木の実を拾いに行くということは現在では娯楽であり、かつては女の基本的労働の一つ」であって、必ずしも継母の虐待行為とは言えないのに（「糠福米福の昔話」）、「米福粟福」に分類された話のほとんどの類話において、木の実拾いのモチーフは後半部分と不可分に結びついているのである。

もちろん、引用した話にも語られているように、継母は二人をただ栗拾いにやるのではない。継子には破れた袋を渡し実子には穴のない袋を持たせると語ることによって、継子を差別し虐待する行為になるわけで、栗拾いが継子いじめの一つのエピソードとして語られているとみることに異論はない。ただし、継母によるいじめは木の実拾いでなくてもよいわけで、両者の結びつきの緊密さには別の要因がかかわっているとみるべきであろう。たぶん、穴のあいた袋を与えられての栗拾いという試練と、山に入ることが援助者に出会うきっかけになっているという要因が重ねられているために、前半と後半は切り離せないのではないか。

継子は栗を集めることができないままに山の中で日が暮れてしまい、そのお蔭で援助者に巡り会うことになる。引用した話では、泊まった炭焼き小屋で死んだ実母に会うのだが、山の中で出会う援助者は亡母の霊ばかりではなく、老翁や山姥・白い鳥・地蔵などさまざまである。そして、それらに共通しているのは、彼らが継子に何でも願いごとのかなう不思議な宝物をくれるということである。これはグリムの「灰かぶり」などとかなり似通った展開で、しかも、この部分がないと継子は祭り見物に行くことができないのだから、栗拾いのモチーフが前半につくのは、継母の虐待を語るためというよりは継子の超自然的な援助者を語るために必要だったと考えるべきである。そして、それを語るとき日本の昔話では山に入るという展開がもっとも普遍的な語り口だったということができるだろう。山姥や鬼や白髪の老人など、山は不思議な力をもったものたちの棲む異境として認識されていたからである。

また、援助者は、継子が祭り見物に行くために、継母から課せられた仕事を肩代わりしてくれる存在としても登場する。この話では山中で出会ったと同じく亡母が現われるが、話によっては別の援助者が登場する場合も多い。グリムの「灰かぶり」でも亡母の化身の白い鳥と神さまの化身である小鳥は重なりながら別のものとして描かれていたのと同じである。引用した話では、山の中で出会った援助者に何でもかなう宝物をもらったのだから、祭り見物の際に同一の援助者がふたたび現れるというのはいささかまどろっこしいという感じがしないでもない。もちろん、亡母がいつも娘を見守り続けているというのはグリムなどでも同様ではあるが。

あるいは、祭り見物で殿様や長者の息子に見初められて結婚するという後半部分と、山の中で不思議な援助者に出会って呪宝を授けられるという前半部分とはもともと別個の話で、いつの段階かに結合したものかもしれない。関敬吾によれば、「ほぼ完全な二つのタイプの複合形で後半はシンデレラ型」だが、「後者の独立型はわずかに九州地方で記録されているにすぎない。米福粟福は即シンデレラではない」という（「米福糠福」解説『日本昔話大成』）。つまり、前半と後半の結びつきの緊密さからみて、グリムなどヨーロッパのシンデレラが伝播して、「米福粟福」系の継子いじめ譚が語られるようになったというような直接的な影響関係が両者にあったわけではないということを関敬吾は主張しているのである。それは、氏が他の昔話の伝播に関して述べているように、この昔話についても、「ヨーロッパからの受容より、中国・インドなどを経てグリムなどより早く日本に入っていた」と考えているからに違いない(「ヨーロッパ昔話の受容」)。

たしかに、前半と後半との緊密な結びつきが普遍化するためにはかなりの時間を要しているはずだし、継子いじめ譚が日本で語り継がれている歴史の長さからみても、そのことは認められる。ただ気になるのは、この系統の昔話の分布が東日本に集中し、西日本には極めて少ないという点である。何か、伝承されるに際しての特別な事情があったということも考えられそうである。

付け加えておけば、引用した話の結末は継子の結婚で終わっているが、実子お次も篭に乗って嫁に行きたいというので継母が臼に乗せて畦道を引いているとき、二人(あるいは実子)は転んで田んぼに落ち、タニシになってしまったという後日譚がつくことも多い。継子をいじめた継母や継子に報復があるというのは昔話としては安定した語り口だということはグリムの「灰かぶり」でも指摘したことだが、タニシ(ツブ貝)になるというのは、何とも奇妙な結末でいささか笑話化しているともいえる。嫁とタニシに何らかの繋がりでもあれば別だが、いかにも取って付けたような印象を拭えないのである。

「米福粟福」系の昔話とヨーロッパのシンデレラ型昔話との間にまったく交渉がなかったとは言いにくい。ただ、その関係はそれほど単線的な伝播の跡を示しているわけではないし、時間的にも相当の深さをもっているとみるべきだろう。そして、両者を比較して気づく興味深い差異は、継子と実子との関係である。

すでにふれたように、グリムやペローの「シンデレラ」において継子をいじめるのは、後妻として入った継母とその連れ子の姉妹であった。ペローの場合には、連れ子の姉妹は継子シンデレラより年長だと語られており、グリムの場合にも同様の関係を読みとることができた。それに対して、「米福粟福」の場合、継母の実子は、後妻に入ったのちに生まれるのである。わかりやすくその系譜を示せば、両者は図1と図2のような違いをもつということがわかる。

「米福粟福」の類話では、発端に実母の死や父の再婚の事情を語らず継母が実子と継子を栗拾いに遣らせるというところからいきなり語り出すものも多いし、後妻が子を連れて家に入ってきたというふうに語る場合もある。何の事情も語らないというのは、語らなくても聞き手が了解しうるという前提があるのだろうが、かなり唐突な印象はまぬかれない。また、後妻が連れ子をつれて来たと語る例もあるにはあるが、『日本昔話大成』に集められた類話をみる限りその採集例はきわめて少なく、再婚した父と後妻とのあいだに子供が生まれ、そのためもあって先妻の子が継母から邪険にされるという語り口が一般的である。そして大事なことは、そのように語ることによって継子のほうが実子よりも年長になってしまうのであり、もう一つは二人の少女が腹違いの姉妹として設定されるということである。

この関係では、実子が継子をいじめるという設定はとりにくくなる。たとえば、妹の実子は山に栗拾いに行って自分の袋がいっぱいになったから帰るといって一人でさっさと山を下りてしまう。それは冷たいと言えばつめたいふるまいだが、それを、「シンデレラ」における連れ子たちのように継母といっしょに継子をいじめているとは言いにくいのである。

また、シンデレラ型の昔話はいずれも少女の幸せな結婚を語る物語で、「米福粟福」もそのように語られている。継母が自分の娘を殿様と結婚させようとしているところからもそれは明らかだが、そのためには継子と実子との年齢はそれほど隔たっていないことが必要である。しかも、後妻に入ってから実子を生んだと語る「米福粟福」では、二人が結婚適齢期を迎えるためには、継母が後添いとして継子の家に入ってから少なくとも十数年の歳月が必要だということになる。しかし、どの「米福粟福」を読んでも、そんなに長い時間の経過を読みとることはできないし、継子も実子も幼女という印象が強いために、結婚という結末がなじみにくく感じられるのである。

それに対して、ヨーロッパの「シンデレラ」の場合には、後妻は連れ子を連れて入ってくるし、年下の継子もかなり成長しているとみてよい語り方をしているので、再婚によるいじめから結婚競争としての王子の舞踏会にいたる物語の時間を、自然な流れとして受容することができる。

こうした点からいうと、昔話「米福粟福」はかなり無理な展開をもつ話だということもできるだろう。そして、「米福粟福」がこのような語り口になってしまうのは、実子が後妻と父親との間に生まれた子供として語られることによって、主人公の継子よりも年下になるからである。

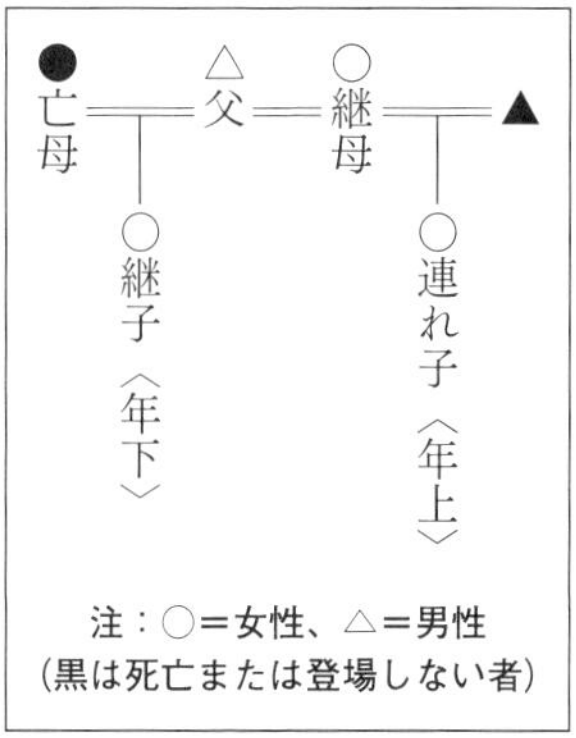

図1 「シンデレラ」

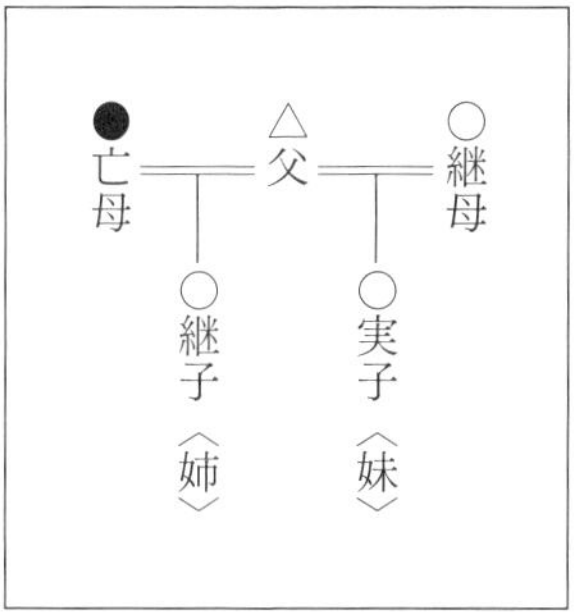

図2 「米福粟福」

日本の昔話に限らず世界的に普遍的なことだが、兄と弟あるいは姉と妹との対立や競争を語る場合、年下の弟や妹が主人公の位置に立つ。そして、やさしく親切な弟（妹）がいじ悪でけちな兄や姉のいじめや妨害をうち破って幸せを手に入れるというパターンが話を安定させるのである。この強固な様式かいえば、グリムやペローの場合のように、主人公シンデレラが年上のいじ悪な連れ子たちにいじめられる年少者になることが、昔話としてはぜひとも必要なことなのである。

ところが「米福粟福」では、継子の対立者であるはずの実子が年下となり、しかも父を共有する腹違いの〈妹〉として設定されるから、実子による継子いじめという語り口は成立しなくなってしまう。そこでは、仇役にまわることのできるのは継子と血を共有しない継母だけとなり、いじめられる継子はシンデレラのように不幸でかわいそうな少女というイメージをもちにくくなるから、継子いじめ譚でありながらいじめが不鮮明になってしまうのである。

2　お銀小銀——妹の役割

「米福粟福」における実子と継子との関係の不安定さは、主人公を〈妹〉である実子に逆転してしまうほどの、昔話の構造にとっては重要な要因になる。そのことは、「お銀小銀」（大成話型番号二〇七）という名称で話型分類された次の昔話がよく示している。この昔話も、「米福粟福」と同様のシンデレラ型継子いじめ譚とみてよいものだが、その内容は、今までの話とはかなり大きな違いをもって語られている。かなり長い話だが、論述の必要上その全文を引用する。

あったてんがの。あるろこに《（ところに）》の、おとっつあんとおっかさんがあったてんがの。ほうして、お玉という女の子が一人あったてんがの。ほうして、おっかさんが死んでしもて、後家をもろて、こんだ、お次という女の子が生まれたてんがの。後家のおっかさんは、お玉をにっくがって、お次をかわいがっていたての。お次にはうめえおかずを食わせ、お玉にはまずいおかずを食わせていたてが。

あるどき、おっかさんが、「お次、お次、おめえ、言うな。お玉のまんまの中に、毒を入れておくすけな」そう言わしたてんがの。お次は、「はいはい」というていたてが。ほうして、お次は、「お玉、お玉、おめえのまんまの中に、毒が入っているすけ、食うな。おれんがを半分やる」と、こっそり言うて、てめえのまんまをくれていたてが。

こんだ、後家は、お玉をまた殺そうとおもて、「お次、お次、おめえ、黙っていれ。こんにゃ、お玉を殺してしまう」というたてが。「お玉、お玉、おっかさんが、こんにゃ、おめえを殺すといわっしゃるすけ、俺と一緒に寝てよう。箒を枕にして、ふとんをかぶしておけや」というんだんが、お玉はその通りにして、「箒、箒、おっかさんが、俺を殺しに来《こ》らしたら、ヒイと言うてくれや」と頼んで、お次と寝たてがの。ほうしたれば、夜中に、おっかさんが、刀を持っていって、お玉の布団のえりもとから、ザブッと斬らしたてが。ほうしると、「ヒイッ」と言うたんだんが、「こら、いいあんばいに、お玉が死んだ」とおもて、そのふとんを、クルクルとまいて、川へ行って、ぶちゃって《（すてて）》こらしたと。ほうして、朝げになって知らん顔していたれば、お次が起きてきたと。「おっかさん、お玉を起こしてこうかの」「おうおう」ほうして、お玉を起こして連れてきたれば、おっかさんがたまげて、「よんべな、おれが殺したはずだがんね、こら、まあ、どうしておきてきたろう」とおもてらしたと。

ほうして、こんだ、「こら、どうして死なねえろ。こんだ、山へぶちゃってこう」とおもての、お玉のはいるような桶《おけ》を、桶屋へあつらいたての。ほうしると、お次は、「その桶のすみっこに、ちんこい穴を開けておいてくれ」と、こっそり、桶屋に頼んだてが。ほうして、桶ができたれば、おっかさんは、お玉をいれて、ふたを閉めて、若い衆《しょ》にばせて《（せおわせて）》、山へやらしたと。そんどき、お次は、「お玉、お玉、あじことはねえ《（しんぱいしなくともよい）》。このホウセンカのたねをやるすけ、すみっこの穴から、落としおとしいってくれ。ホウセンカの花が咲くと、おれが迎いにいぐ」というてやったてが。ほうして、お玉は、奥山へ連れていがれて、穴ほって埋められてしもたと。お次は、ホウセンカの種子《たね》を、自分もうちにまいて、花の咲くのを今か今かと、待っていたてが。

ほうしているうちに、ホウセンカの花が咲いたと。「そら、お玉をむかいにいってこう」ほうおもて《（そうおもって）》、「おっかさん、おっかさん、おら、山のだんだん畑まで、あそびにいってくらの」「おう、なじょう《（どうぞ）》もいってこいや」ほういうて、ごっつぉをしてあつけ、うめえもんをいっぺあつけらしたと。それもって、ホウセンカの花をたどって、ズンズンズン、山奥へいったてんがの。ほうして、花がたえたどこへきて、「はあ、ここらな」とおもたども、自分でほることがならんてが。ほうして、「お玉」と呼んだれば、お玉がちんこい声で、「ハイ」と返事しるてが。「お玉や、お次がきたや」「ハイ」自分で掘らんねんだんが、そこで泣いていたれば、そこへ、ある旦那さまが通らして、「おめえ、なに泣いているや」と聞かしたと。ほして、その旦那さまがべと《（つち）》を掘って、桶を出してくらしたてが。お玉は、やせこけて入っていたてが。

旦那さまは、わけ聞いて、「ほうせば、おめえ方は、へえ、うちへいがん方がいいすけ、おらちへこい。おらちで働いているがよい」と、二人を連れていがしたてが。ほうして、お玉に養生さしたれば、もとの体になったてが。お玉はおんなごをして働き、お次は、子守りをしていたてが。

こんだ、おとっつあんが江戸から、もどってこらしたども、うちにお玉もお次もいねえてが。「お玉とお次は、どこへいったや」「お玉とお次は、ドンドンカグラを見にいった」ほうしるども、うちに帰ってこねえ。ほうして、いつまでたっても、うちへこねえてが。おとっつあんは、あんまり悲しんで、泣いてばっかいたれば、目がつぶれて、めえなくなってしもたてが。ほうしるんだんが、かねを一つたがいて、「お玉とお次がいたならば、なんとてこのかね、叩こうば」と、かねを叩きながら、そこらをさがしあるくども、いっこうに見つからんと。

ほうしたれば、あるどき、お次が子守りをして遊んでいたれば、「お玉とお次がいたならば、なんとてこのかね、叩こうば」と、めくらの人が、かねを叩いて、いがっしゃるてが、「はて、お玉とお次らけや、おらのこんだし、おとっつあんの声に似ているが」と、とんでいってみたども、めくらだんだんが、おとっつあんだとおもうども、「おとっつあんは、めくらでねえがんに」とおもて、うちへとんできて、お玉をよばってきたてが。お玉も、「こら、おとっつあんに、間違いねえ」というて、お玉は右の手に、お次は左の手に、「おとっつあん」と泣きながら、つかまったてが。「おうおう、お玉にお次だが、ほうせば、おらの目をなめてくれや」と言わしたと。ほうして、二人して、おとっつあんの目をなめたれば、ポカンと、目があいたての。

ほうして、おとっつあんは、二人を連れてうちへ帰らしたと。おっかさんに、「こんげのいい子どもを、なんでいじめる。おめえのようなものは、うちを出ていってくれ」と言わっしゃるども、お玉が、「そう言わんで、おっかさんに、どうか、うちにいてもらいたい」と頼むてが。それから、おっかさんも、お玉とお次をかわいがって暮らしたてが。

いきがさけた。

（「お玉とお次」同前『おばばの昔ばなし』三九）

引用は、先の「米福粟福」と同じく、水沢謙一の採集になる『おばばの昔ばなし』を拝借した。この昔話集は語り手の池田チセさんの暖かみのある語り口が印象的なすぐれた作品が多く、私の気に入っている昔話集の一冊である。そのなかで、池田チセさんは、同じ「お玉とお次」という題名で、二つのシンデレラ型継子いじめ譚を語りわけている。そこでは、先妻の子お玉と後妻の子お次との関係はまったく同じでありながら、両者の展開はすっかり別のものになっている。この話では、後妻と父親との間に生まれた年下の〈実子〉お次が主人公になってしまうのである。

継母は継子のお玉が憎くて、何とか殺してしまおうと企んでいる。その最初の試みが飯に毒を入れることだが、これを聞いたお次は自分の飯を分けて食べさせてお玉を守るというように、実子お次のやさしさが語り継がれてゆく。二度目の計略では寝ているすきにお玉を殺そうとするのだが、これもお次の機転によって失敗する。しかも、お次は、寝床に箒を入れて母をごまかすという知恵と、箒に声を出すように頼むことにみられるような、神に交わることのできる力も兼ねそなえている。引用話ではそれを実行するのは継子お玉だが、すべてお次の指示によってなされており、主体はあくまでも妹の側にある。また、類話では実行も実子である妹が行なう事例が多く、こうした知恵や神に通じる力は、まちがいなく昔話の主人公に与えられた能力なのである。また、桶に入れて山中に埋めようとする継母の企みを察知したお次は、こっそりと桶に穴を開けてもらい、継子お玉にホウセンカの種子を持たせ、春になるのを待ってホウセンカの花をたどってお玉を助けにゆく。これは昔話としてはよくあるモチーフだが、ここにもお次の知恵がいかんなく発揮されている。

継子お玉に対する継母の悪巧みが三回くり返されるのは昔話における普遍的な様式として認められる

が、この昔話では、そうしたいじめと試練を受ける継子お玉に中心があるのではなく、その企みを事前に察知し、やさしさと呪力と知恵によって危機を回避してゆく実子のお次に主役は移っている。これは、お玉とお次との関係が姉と妹であるために、昔話の強固な様式としての、やさしく知恵のある〈妹〉という設定が優位になってしまったためである。先の「米福粟福」の場合も、同様に姉である継子と妹である実子という関係にあったが、そこでは、どちらかといえば継子いじめ譚という規制が優勢なために、継子お玉の幸せな結婚を描く物語として語られていた。そして、そこに見られた姉と妹との不安定な関係が、この「お銀小銀」系の昔話では姉と妹との役割を逆転させてしまうことになったのである。

もちろん、だからといって、「米福粟福」系の継子いじめ譚が「お銀小銀」系の昔話に先行して発生したというふうに断言することはできない。しかし、継子と実子との関係が、ヨーロッパの昔話とはちがって腹違いの姉妹として設定された場合には、どうしても年下の実子が主人公になってしまう契機を孕んでゆくのだということは言えるだろう。それほどに、〈妹〉が昔話において果たすべき役割は強固に様式化されているのだといってもよい。またそれは、家族は血の繋がりによって結

お銀子銀（『紅皿欠皿昔物語』江戸時代、鈴木重三・木村八重子編『近世子どもの絵本集・江戸篇』）。着物の紋にみられる㊎紅は妹の実子「紅皿」で、㋕は姉の継子「欠皿」。この話でも妹の紅皿がやさしく継子の欠皿をいたわっている。

ばれているという幻想にも起因しているだろう。二人は血を共有することによって親和的な関係に置かれるのである。

「お銀小銀」系の昔話が、継子いじめ譚とは呼べないような内容にならざるをえないのはそのためである。だから結末も、娘たちを案じて目を潰してまで二人を探し廻る父親と再会し、改心した継母も加えて幸せな家庭を築くことができたという大団円に向かわざるをえないのである。ともに父親を共有する姉妹だから、一方を排除して家を営むというかたちになりえないのは当然だし、いじ悪な継母は主人公お次の実母なのだから、排除するわけにはいかないのである。そして、事情を知った父親が追い出そうとする継母を助けることができるのは継子お玉だけだから、最後の部分に継子のとりなしが語られるのである。この結末の部分において、継子はようやく主役の位置を回復しているといえよう。

しかし継子いじめ譚という様式にこだわって言えば、グリムやペローの「シンデレラ」がそうであったように、継母とその連れ子が組んで、ひとりのか弱い継子を徹底的にいじめ、継子はその苦難と試練にうち勝って幸せになってゆくという語り口が、継子いじめ譚としてはもっとも安定しているにちがいないのである。それなのになぜ、日本のシンデレラ型昔話である「米福粟福」や「お銀小銀」は、そのように安定した継子いじめ譚として語られなかったのかということが大きな問題として残る。

この「お銀小銀」系の昔話に注目した山室静は、実子が継子を援助するという展開は「ヨーロッパのシンデレラにはほとんど見られない日本のシンデレラ話の一の特色」であり、「これはおそらく日本人の心のやさしさから来たものだが、そのことはまた、継娘対継母とその娘という敵対関係をやわらげるものであって、物語の展開上からは必ずしもよい結果に導くものではない」と述べている(『世界のシンデレラ物語』)。それが日本の継子いじめ譚の特色としてあり、物語としては物足りないという指摘は認めることができるが、「日本人の心のやさしさ」に起因するというような見方はとても承服することのできない物言いだし、説得力のある発言だともいえない。やさしさという〈心〉の問題は、いつも相対的な関係のなかで現れてくる。だから昔話の世界では、やさしい人は向かい側にいじ悪や欲ばりを置いてしか存在しえないのである。ヨーロッパの昔話がそうであるように、日本の昔話でも、やさしい人がいれば隣には必ずいじ悪な人がいるというにすぎない。

おそらくこうした主人公の位置の逆転は、家族とか血筋とかいった問題を含めた継子いじめ譚そのものの発生に関わっているはずである。次節では、古代の継子いじめ譚にさかのぼって、そのあたりの事情を考えてみることにしよう。

第二章　おちくぼの君の物語

1　継子をめぐる家族関係

平安時代以降、かな散文によっていくつもの継子いじめの物語が書き継がれ、読まれ続けた。それは散文文学の主要な主題の一つだった。そのなかで現在にのこる最古の作品は『落窪物語』と呼ばれる、十世紀末に成立した物語である。全体四巻からなる長編物語の内容は、母に死なれた育ちのよい姫君が父の屋敷に引き取られ、継母である北の方（正妻）の徹底したいじめにあうが、心を通わせる少将によって救い出され幸せな結婚にいたるというもので、骨組みとしては昔話の継子いじめ譚と変わらない。長編化しているのは、北の方の姫君に対するいじめが微細に描写されているのと、後半の二巻で逆に、姫君の夫となり権勢をきわめる男君による中納言（女君の父）と北の方への執拗なまでの報復がくり返されるためである。また、北の方の実子や姫君の援助者など周辺の登場人物も多彩で、少将（男君）と姫君との関係などもくわしく描写され、ストーリー性や描き方など物語としての完成度の高いすぐれた文学作品に仕上がっている。

今まで見てきた昔話の継子いじめ譚における継子をめぐる家族関係と、平安時代の貴族社会における家族関係には大きな違いがあるが、それは『落窪物語』の発端部分をみればある程度理解することができる。その発端の部分を引用することから始めよう。

いまはむかし、中納言なる人の、むすめあまた持たまへるおはしき。大君《おほいぎみ》、中の君には婿取《むこど》りして、西の対《つい》、ひんがしの対にはなばなとして住ませたてまつり給ふに、三、四《し》の君、裳着《もぎ》せたてまつり給はんとて、かしづきそしたまふ。

又、ときどき通ひ給ひけるわかうどほり腹の君とて、母もなき御むすめおはす。北の方、心やいかがおはしけん、仕うまつる御《ご》たちのかずにだにおぼさず、寝殿の放出《はなちいで》の、また一間《ひとま》なる、おちくぼなる所の二間《ふたま》なるになん住ませ給ひける。

きんだちとも言はず、御方とはまして言はせ給ふべくもあらず。名をつけんとすれば、さすがにおとどのおぼす心あるべしとつつみ給ひて、「おちくぼの君と言へ」との給へば、人びともさ言ふ。おとども、稚児《ちご》よりらうたくやおぼしつかずなりにけむ、まして北の方の御ままにて、わりなきこと多かりけり。

はかばかしき人もなく、乳母もなかりけり。ただ親のおはしける時より使ひつけたるわらはのされたる女、うしろみとつけて使ひ給ひける、あはれに思ひかはして片時離れず。（巻一）

【現代語訳】今は昔のこと、中納言の位にある人で、娘をたくさん持っておいでの方がいらっしゃった。すでに、長女の大君と次の姫君には婿取りをすませて、ご自分の屋敷のなかの、西と東の離れを立派にしつらえて住まわせなさり、その下の二人の娘も結婚間近に成長し、女のあかしである裳を着せて差し上げなさろうとして、大事にだいじに養育なさっている。

他に、時どき通っていらっしゃった皇族の血筋をひく女性との間に生まれた女君として、すでに母を亡くした娘ごを一人お持ちで、屋敷に引き取って育てていらっしゃる。ところが、中納言の奥方は、その心はどうなっていらっしゃるのだろうと思うほどで、お育てしているお子たちの数にもお思いにならず、母屋の、仕切りもない端っこの、そのまた端の「おちくぼ」と呼ばれる、間口が二間ばかりのひどい場所に住まわせなさっていたそうだ。

お子たちとも呼ばず、まして使用人たちに「御方」と呼ばせなさることさえもなかった。呼び名を付けようとして、おおっぴらではさすがに御主人も不愉快な気分になられるだろうと、侍女たちにこっそりと、「落窪の君と呼べ」とおっしゃるので、皆もそう呼んでいる。御主人の中納言も、この娘とはずっと離れていたので、幼い頃から可愛いとお思いになることもなかったようで、同居するようになった今も、奥方の言いなりで、姫君にとっては堪え難いことが多かったことだ。

その女君には頼りになる後見人もなく、幼い時から面倒をみてくれる母代りの乳母もいなかったようだ。ただ、母親のご存命中から使いなれた童女の、気のきいた女を後見として傍に置いてお使いになっており、二人は互いに不憫に思い合って片時も離れようとはしない。

この物語の主人公が住まわされることになった「おちくぼなる所」が具体的にどのような場所をさすのかは、よくわかっていない。しかし、そこが母屋のはずれの、粗末でうす暗くてじめじめした、部屋とは呼べないような場所だったらしいということは想像できる。少なくとも家族の者たちが近づくような場所ではなかったらしい。そんな場所に姫君は住まわされ、北の方によって「おちくぼの君」という蔑みをこめた名前を与えられている。これは、ヨーロッパの継子いじめ譚で、主人公の少女が継母からシンデレラ（サンドリヨン・アッシェンプッテル［ともに「灰かぶり」という意味］）という蔑称で呼ばれるのとおなじ語り口である。

この物語は、様式化され単純な筋立てによって展開する昔話などにくらべると、長編である分だけ登場人物も多く、描かれるエピソードも複雑で人びとの心理描写などもさまざまに現われるので、わかりやすいように、継子として住むことになった中納言一家の系譜を示す（図3）。

ここでも、継子として中納言の家に入った落窪の君と北の方の実子たちとの関係は、腹違いの姉妹・兄弟である。ヨーロッパの継子いじめ譚が継子とは血の繋がらない連れ子を設定し、継母といっしょになってシンデレラをいじめるのとは本質的にちがう。これは日本の昔話とおなじ家族構成である。ただ、昔話の場合には一夫一妻制を原則として語られているから、実母の死後に後妻として入った継母が父との間に子を生んだという設定になるために、継子と実子との関係が姉と妹になり、子供たちの対立関係はあいまいになってしまう。ところが、一夫多妻という結婚制度をもつ平安時代に書かれた『落窪物語』では、継子と実子との年齢は入りまじっている。それは、一夫多妻制のもとでは当然のことである。

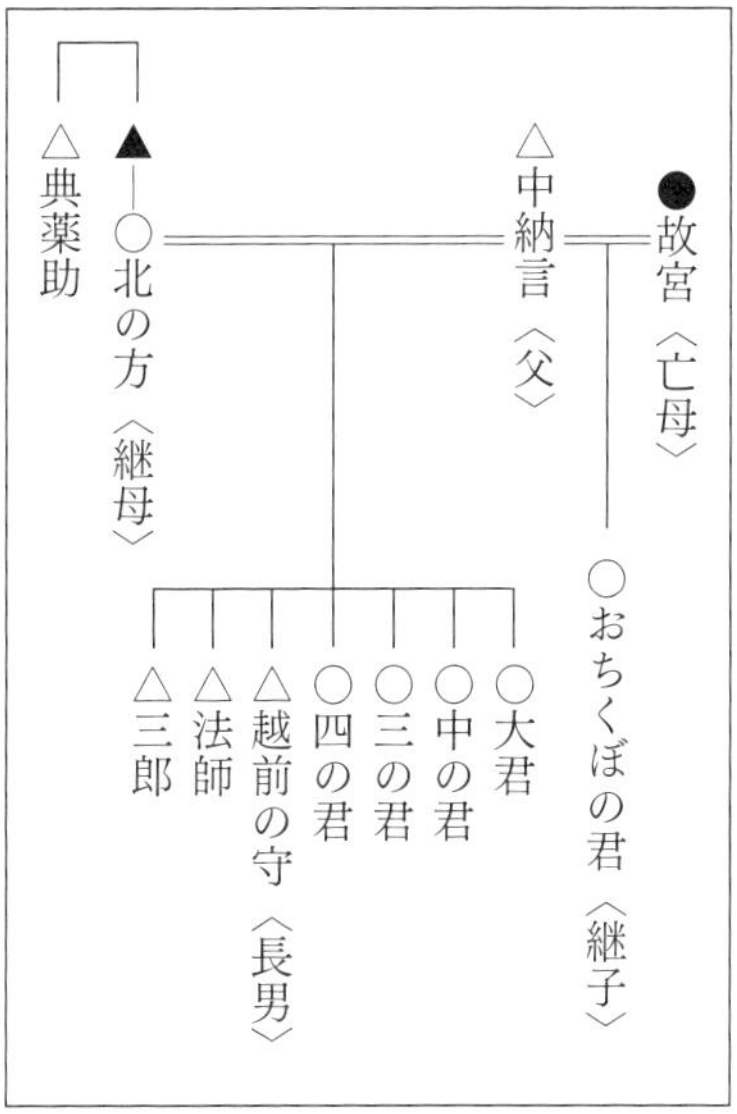

図3　中納言一家の系譜

北の方は三男四女の子だくさんだが、引用した発端部分にも描かれているように、上の二人の娘はすでに結婚していて、中納言の屋敷のなかに建てられた離れにそれぞれ婿を迎えて暮らしている。明らかに落窪の君よりは年長であり、「シンデレラ」の連れ子たちのように継子をいじめる悪役になってもよい人物なのだが、この物語にはほとんど登場することがない。たとえば発端に近い部分で、中納言一家が石山寺にお参りしようとする折、中の君が、「おちくぼの君ゐておはせ。ひとり止《と》まり給はんがいとほしきこと。（落窪の君も連れていらして。一人で残っていらっしゃるのがかわいそうで）」と北の方に頼んでいる。北の方はその申し出にまったく取り合わないが、こうした中の君の態度をみる限り、年上の娘たちと落窪の君との対立は表立っては生じてこないのである。

これは、継子いじめの物語としては物足りない設定だといえるかもしれないが、このようになるのは両者が腹違いの姉妹として父を共有しているためであり、その関係は一夫一妻制を基盤とした昔話の場合とおなじなのである。継母にとっては赤の他人である継子は、実子たちにとっては血を分けた姉妹なのであり、そこには根源的な対立は描きにくいのである。ただ、二人の姉がいることによって、落窪の君の実母より継母北の方のほうが、中納言と結婚したのが先だったということがわかる。また、姉二人が存在することによって、落窪の君は〈妹〉の立場に置かれることになり、物語の構造として、姉たちがか弱い継子の哀れさを引き出す役割をになわされているということはできるだろう。

三人の男の子のうち、上の二人はすでに成長して家を出ている。長男は越前の守として赴任しており、物語では落窪の君が少将と結婚して家を出たあとに登場するだけである。しかもそこでは長男が北の方の行為をたしなめ、男君に謝罪し、両家の関係を修復するためにはたらいている。どちらかといえば、継子の側に立つ人物として設定されているとみてよい。これは、腹違いの兄と妹が古代においては親和的な関係になることが多いためで、そのことは、『古事記』などで異母兄妹の関係にある二人がしばしば恋愛や結婚の対象として描かれているということからもわかるはずである。なお、次男は出家しており、物語にはいっさい登場しない。

もう一人の男の子である三郎君は、落窪の君が中納言の屋敷に入った時に「十ばかり」とあり、明らかに落窪の君よりも年下に設定されている。そして、上手に琴を弾く落窪の君に興味を示し、北の方の命令もあって三郎君は落窪の君にときどき琴を習うなど、二人は親密な関係として描かれている。この物語に登場する実子たちのなかで、三郎君は明らかに落窪の君の援助者として設定されている。たとえば、北の方が折檻のために落窪の君を酢や酒などを入れてある物置に閉じ込めた際に、北の方の隙をみて侍女あこきの手紙を落窪の君に届けたりするのである。それゆえに後半では、落窪の君とその夫である男君にかわいがられ取り立てられて出世してゆくことになる。北の方の実子七人のなかではもっともいい役を割りふられているのだが、それは彼が、継子も含めた兄弟姉妹たちのなかで一番年少者だからだということができるし、太郎君の場合と同様に、異母の兄妹あるいは姉弟は親和的に語られるという神話や説話の様式にもとづいているとみることもできる。

2　三の君と四の君

継子対実子という対立を描くための登場人物として置かれているのは、三の君と四の君の二人である。しかし、この二人もヨーロッパのシンデレラ型昔話の連れ子たちのように継子をいじめる悪役にはなっていない。また、昔話「お銀小銀」における異母妹小銀（先の引用話では「お次」）のように継子の援助者になることもない。継子いじめの場面でいえば、北の方の陰に隠れた中途半端な存在であるといえよう。ただ、読みようによっては、三の君と四の君が北の方の継子いじめの真の犠牲者だということもでき、『落窪物語』という作品の中では重要な登場人物である。

結婚競争

年齢関係をみると、三の君は、落窪の君が家に入った直後の場面に、「三の君に御裳《みも》着せたてまつり給ひて、やがて蔵人《くらうど》の少将あはせたてまつり給ひて、いたはり給ふ事かぎりなし。（三の君には裳をお着せなさって、その後じきに蔵人の少将という方にめあわせなさり、この上なく大事に養育なさる）」とあって、落窪の君とほぼ同年齢の女性として描かれていることがわかる。

女性が「裳」を身につけるというのは、少女が初潮を迎え、結婚することが可能な女性になったことをしめす儀礼的な性格をもち、成女式ともいえる行為である。だから、三の君は裳を着るとともに親の力によって立派な婿を迎えるのである。これは、落窪の君がおなじ年頃でありながら裳着の儀礼もなされず、親による縁組も準備されないままに捨て置かれているのと対照的な描き方である。西洋でも日本でも、シンデレラ型の継子いじめ譚は実子と継子との結婚競争という性格をもっているわけだが、『落窪物語』においてもそれが主要な主題の一つになっているのである。そして、そのスタートの段階においては三の君が競争に勝ったということになる。

その三の君は、蔵人の少将との結婚を期に、北の方の命令によって、落窪の君がただひとり傍らに置いている侍女あこきをそば仕えとして使用することになる。これも、三の君の落窪の君に対する優位性を語るためのエピソードとして準備されているとみることができるし、落窪の君のあわれな境遇を増幅することにもなっている。また、三の君の夫が蔵人の少将で、落窪の君の夫になる男君も少将（本文には、右近の少将とも左近の少将ともあって混乱がある）だというのは、両者の競争関係を象徴的に示している。

なお、落窪の君と三の君との対立関係を読みとることのできる場面はそれほど多くはないが、たとえば次のような場面を思い浮かべることができる。ひそかに落窪の君のもとに通うようになった少将から贈られた恋文に対する落窪の君の返事を偶然に入手した三の君は、事情がよく飲み込めないままに、その手紙を北の方に渡してしまう。あるいは自分の夫である蔵人の少将から落窪の君のことを聞かれて、「さ言ふ人あり。もの縫ふ人ぞ（そう呼ぶ人がいるのよ。縫い物をする人ですよ）」と答えて、異母姉妹の関係にある女性であることを夫にも明かそうとしない。

これらのエピソードから、三の君による落窪の君いじめの痕跡を見出すことはできるだろう。恋文を北の方に読まれることで、落窪の君はますます窮地に追い込まれるのだし、三の君は落窪の君を姉妹とは認めていないということを示していると読めるからである。そして、その読みはまちがってはいないが、こうしたふるまいは、北の方の実子たちのなかでも三の君がとくに北の方に近しい存在であるということを示しているわけではない。それよりも、三の君が落窪の君の対立者のように見えてしまうのは、彼女が落窪の君の競争相手にふさわしい年齢に置かれているからである。したがって、描かれたエピソードから、三の君が実子たちのなかで特別にいじ悪だとか、北の方に加担して継子をいじめる性格の悪い娘だというふうに設定されているとは言えないのである。

人知れず通いはじめた少将に、「四の君はいくら大きさにかなり給ひぬる（四の君はいくつぐらいの大きさにおなりになったのか）」と聞かれて、落窪の君は、「十三四のほどにてをかしげなり（十三、四歳ぐらいで、かわいらしい様子です）」と答えているから、落窪の君よりすこし年下で、三郎君よりは数歳年長という設定である。そして、中納言も北の方も、落窪の君のもとに通っているのが少将だとは知らずに、男君（少将）を四の君の婿に迎えたいと願っている。その点で、四の君も三の君と同様に落窪の君の結婚競争の相手なのだが、四の君のほうは、三の君にもまして北の方のいじめに加担しているような気配が認められない。これは、落窪の君と四の君との年齢関係の上下によるといえるだろう。

「シンデレラ」のように実子たちが継母と一緒になって継子をいじめるという設定は、基本的に日本の継子いじめ譚にはなじまない。それは、両者が父を共有する異母姉妹であり、おなじ血で繋がっているという認識が強固にあることに起因する。そうでありながら、父を介して両者は親和的な異母姉妹であるとともに、母を異にするという意味で、具体的な描写は足りないとしても、その関係性自体から必然的に、三の君や四の君が落窪の君の対立者あるいは競争相手という役割を与えられてしまうというのも、物語の様式としては避けられないことである。そしてかわいそうなことに、報復譚を主要な主題とする『落窪物語』の後半において、三の君と四の君は、本当ならば北の方に向けられるはずの報復を、北の方の実子であるという理由だけで大きく引き受けなければならない。

報復と四の君

少将が中納言の家から落窪の君を救出し、自分の母が相続していた二条の屋敷に住まわせるようになった後の、『落窪物語』の後半部分には、少将による中納言一族に対する報復がえんえんと語られる。それは、北の方の継子いじめに倍するのではないかと思えるほどの、執拗で強烈な報復である。落窪の君自身も困惑しやめさせようとするが、少将の報復はとどまるところがない。

たとえば、清水詣での際に車争いをしかけ北の方が準備させた寺院の局を横取りしたり、落窪の君が物置に閉じ込められていた時に、北の方がけしかけて襲わせ、落窪の君をあわやという危機に陥れた典薬助（北の方の伯父）という醜い老人を、賀茂祭りで出会ったのをさいわいこっぴどく殴打させるなど、落窪の君への直接的な加害者に対して「目には目を」式の報復を加える。また、落窪の君が実母から相続していた三条の屋敷を中納言が大金を注ぎ込んで修理し住もうとしているところを横取りしたり、中納言邸に仕えている侍女たちのなかから気のきいた者たちをすっかり引き抜いてしまったりもする。

中納言は北の方の言いなりで落窪の君のことをないがしろに扱っていたのだし、北の方や典薬助に向けられた男君の報復は、いじめの張本人に向けられたものだから当然のこととして許容できる内容である。しかも、最後には中納言や北の方との関係は修復されるのである。ところが、三の君と四の君に向けられた報復はいささか度を越しており、二人に同情したくなるような内容で語られている。しかもそれは、二人が継母北の方の実子だということ以上に積極的な理由をもっているとは読みとりにくい。

三の君は将来性のある蔵人の少将を夫に迎え幸せに暮らしていたのだが、その夫を、落窪の君の夫となった男君の妹に奪われてしまう。それを仕組んだのはいうまでもなく男君であり、それは北の方への報復のためであった。権勢をほこる男君家と関係をもつことによってどんどん出世し、自分の所へはまったく通って来なくなった夫に対する未練や嘆きがあちこちに語られているように、三の君のこうむった報復は修復されることのないままに物語は終わってしまう。もちろんその結末には、男君の計らいで三の君が中宮の裁縫所である「御匣殿《みくしげどの》」に出仕することになったと語られていて、安定した場所を与えられてはいる。しかし、夫を奪われた三の君の再婚については何も語られることがないままである。しかも、三の君が与えられた役職も、深読みすれば、落窪の君が三の君の夫のために北の方から山のような縫い物を押しつけられたことへの報復だとみることさえ可能なのである。

主人公との結婚競争の第一の相手である三の君は、落窪の君が幸せな結婚によってやさしい夫や子供たちに囲まれて栄華をきわめていくのとは対照的に、惨めな宿命に甘んじるしかない登場人物として設定されている。積極的ではないにしろ、三の君は落窪の君の侍女だったあこきを自分の使用人にしたり、落ちていた恋文を北の方に渡して落窪の君を窮地に追い込んだりしたわけだから、北の方の側に位置づけられるのは当然だとも読める。ただ、それほど積極的に三の君自身によるいじめを描いているわけではないので、夫を奪ってしまうという男君の報復には納得しがたい感じが残ってしまうのである。

四の君の場合はもっと悲惨である。落窪の君が男君によって屋敷から救出されたのち、中納言の一族はまさか落窪の君が今をときめく左大将の御曹司と結ばれているとは思いもよらず、男君を四の君の婿にしようとする。ところが男君はそれを逆に利用して、自分の母方の伯父であり、人びとから「面白の駒」とあだ名を付けられた馬面でのろまの、どうしようもないばか息子を四の君の婿として通わせてしまうのである。それに気づかなかった四の君は面白の駒と結婚関係を結び、気がついた時には子供まで孕んでいる。

この残酷な仕打ちは、継母北の方が自分の伯父にあたる醜い老人典薬助をそそのかして落窪の君を襲わせたのとまったく同じ内容のくり返しであり、きわめて意図的な「目には目を」式の報復なのである。しかもその顚末からみると、落窪の君の場合はその危機を援助者である侍女あこきの機知と男君の救出によって逃れることができたのに対して、四の君の場合には取り返しのつかない状況に陥れられてしまうことになるのであって、両者の悲惨さはくらべようがない。

四の君と面白の駒との関係は疎遠になって絶えてしまい、四の君は子供を抱えてみじめな境遇に置かれた我が身の不幸を嘆くばかりである。さすがに、この四の君の境遇は、落窪の君の助言もあって男君が再婚相手をみつけることで修復される。しかしその相手というのは、二度も妻に先立たれ大勢の子供を抱えた老齢の男でしかない（図4参照）。それでも四の君は、そういう相手であるにもかかわらず男君や落窪の君の好意に感謝しながら、面白の駒との間にできた十一歳になる娘を、父の末っ子で、自分がかわいがって育てていたので離れられないと偽って連れて、大宰の帥となって九州に赴任する男に従って都を離れてゆくのである。この結末に描かれた四の君の姿は、この物語の主人公である落窪の君以上にけなげで、哀れを誘う。

三の君も四の君も、自分の性格からというよりも母親北の方の子供であるという理由によって、落窪の君の対立者として位置づけられている。その時、継子をふくめた娘たちのうちで一番年少の四の君がけなげな女性として同情的に描かれるのは、彼女が説話の様式としての〈妹〉の位置におかれているからだとみなすことができる。

つけ加えておけば、四の君が再婚した男には、すでに亡くなった先妻二人との間に生まれた五人の子供たちがいるが、そのうちの最年少は二人目の妻がのこしていった十二歳の娘である。十一歳になる娘を父の子と偽って連れて嫁に行く四の君はまさに〈継母〉の位置にあり、連れて行くわが子は〈いじ悪な連れ子〉になる資格をもっている。こんどは四の君によって同じように継子いじめがくり返されるのではないかという予感を与えながら、物語はとじられる。そうしたところにも『落窪物語』の面白さはあるのだが、そこに救いがあるとすれば、自分の行為を反省し改心した北の方から、「先妻の子たちをけっして憎みなさるなよ。自分の子よりもかわいがりな

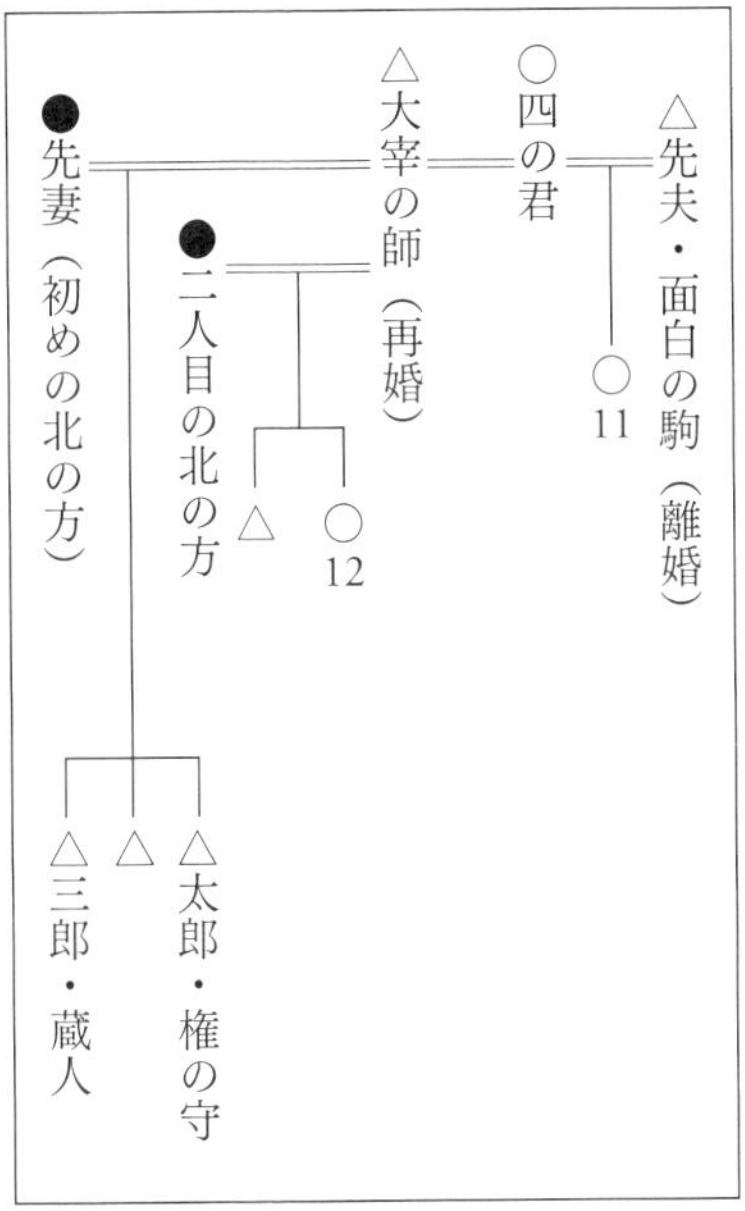

図4　四の君の結婚

され」と言われて、「まことにもっともなことです」と答えて嫁いでゆく〈継母〉四の君のやさしい心である。

こうした三の君と四の君の設定には、継子と実子が父親を共有する異母姉妹だということが重要な要因としてはたらいている。三の君や四の君は、北の方の娘であるという点で落窪の君と対立し、父を共有するという点で継子と親和的な関係を結んでいる。だから、北の方と一緒になって継子をいじめる側にはつけないし、北の方と対立して落窪の君を援助する側にもつけないのである。ただ、四の君の描かれ方をみていると、昔話「お銀小銀」における援助者としての実子・小銀（お次）の登場が、昔話「米福粟福」からの展開として突然変異的に現れたものではないということは確認できるだろう。たぶん父を共有する実子たちの不安定さが、こうした登場人物を必然的に引き出してしまうのである。

子供たちのこのような関係からわかってくることは、日本の継子いじめ譚においては、物語でも昔話でも、継母だけが悪役として浮き上がらざるをえないということであり、そうした家族関係のなかで継子いじめの物語が描かれているということである。

3　悪役と援助者

北の方と実母

『落窪物語』が継子いじめの物語の代表としてもてはやされるのは、それが現存する最古の作品だという理由からではない。物語としての構成や内容がおもしろいためなのだが、その大きな要因は何といっても継母北の方の生き生きとした存在感にあるだろう。あまりに完璧にみえる落窪の君やだらしない中納言や権勢をかさにきて傲慢にもみえる男君のふるまいなどにくらべると、とことん悪役に徹する北の方には生身の人間としての実在感がただよっている。大団円を迎えて皆が仲よく幸せになる結末において、七十歳を過ぎた継母も、男君と落窪の君の心づかいによって幸せな老後を送っている。そして、来世のことを考えて尼となり、「この世に生きている人は継子を憎むな。継子こそありがたい者だよ」などと言いながら、機嫌の悪い時には、「魚を食べたいと思うのに私を尼になどしくさって。腹を痛めない子はこんなにも腹黒いことよ」などと憎まれ口をきく。そういうところが継母の面目躍如といったところなのである。

落窪の君の亡母が、皇族出身の高貴な身分の女性として継母北の方と対照的に描かれるのは、いうまでもなく北の方の下品でいやしい性格を鮮明にするためである。『落窪物語』では、亡母の性格については何も語っていないが、すでにみてきた昔話がそうであったように、継子のやさしさは亡母の性格を受け継いだものだと語ることによって、継母にいじめられる哀れな継子としての像を結ぶことができるのである。母と娘は一体の存在なのである。それが、この物語における高貴な血筋をひいた亡き母という発端の設定を引き出している。

こうした設定は他の継子いじめの物語にも共通するもので、『落窪物語』と並べて論じられ評価されるもう一つの物語『住吉物語』(現存本は鎌倉時代の成立で多くの異本をもつが、その原形は『落窪物語』と同時期の十世紀後半に成立したと考えられている)でも、その発端は次のように語り出されている。

昔、中納言にて、左衛門の督《かみ》かけ給ふ人おはしけり。妻《つま》二人、定め給ふ。一人は時めく諸大夫《しょだいふ》の御娘とも聞こゆる、此の御腹《みやばら》に姫君二人おはします。今一人は古き宮腹の御娘にて、万《よろづ》になべてならぬ人にてぞおはしける。

【現代語訳】むかし、中納言の要職にあり、左衛門府の長官を兼務なさっている方がいらっしゃった。その方には、ふたりの妻がいらっしゃる。一人は、羽振りのよい大夫の娘ごと伝えられる方で、この方との間に姫君が二人いらっしゃる。もうひとりの姫君は、父帝に先立たれた皇女との間に生まれた娘ごで、すべてにおいて人並みではない方でいらっしゃった。

すでにふれてきたように、日本の継子いじめ譚においては、〈実子〉対〈継子〉という対立構造は鮮明にあらわれない。たとえば、右に引いた『住吉物語』では、その関係が、「迎へ奉り給ひたれば、今二人の御娘たちと、打ち語らひておはします（お屋敷にお迎え申し上げると、北の方の二人の姫君たちと、睦まじく語り合っていらっしゃる）」と記されていて、継子と実子との親密さが強調されているのである。そして当然、そこには父を共有する姉妹という血の繋がりが意識されているからだが、もう一つの理由は、実子たちが継母の庇護下に置かれているために、継子いじめはすべて継母の企みとしてなされることになるからである。また、その父親は、いずれの場合にも継母の言いなりになっており、北の方（昔話では後妻）の代弁者として継子に接する以外に主体性を発揮できる場面は準備されていないのである。

物語にあらわれる対立は、もっぱら〈継母〉対〈継子〉の関係として描かれる。たとえば、落窪の君に課される試練は、「おちくぼ」と呼ばれる隅っこの粗末な部屋に住まわされて実子たちの婿のために着物を縫うことであり、家族たちがそろって出掛ける石山詣でに連れて行ってもらえないこと、物置に幽閉されて見苦しい老人に襲われること、実母からもらった大切な調度品を奪い取られることなどである。それらはいずれも継母によって加えられるいじめだが、そこからはいくつかの問題が読みとれる。

落窪の間に住まわされたり、石山寺に連れていってもらえないというのは、落窪の君が北の方の認識としては〈娘〉ではないからである。北の方の実子は大君《おおいぎみ》から四《し》の君まで順番に呼び名がついているが、落窪の君はそのなかには含まれない。それに対して『住吉物語』では、北の方の二人の実子は中の君、三の君と呼ばれていて、そういう呼び名は出てこないが、年上の継子のために「大君（長女である姫君）」の名が空けられている。また『住吉物語』では継子を「姫君」と呼んでいるが、『落窪物語』では「落窪の君」という蔑称で通している。それも、『落窪物語』に描かれる継母北の方の、娘とは自分が生んだ子だけだという認識とつながっているだろう。男親である中納言にとっては我が子である娘が、女親の側からは排除されているという、二筋の血の関係がここには明瞭にあらわれている。そして、そこから見えてくるのは、北の方にとっての真の対立者が継子を介して存在する中納言のもう一人の〈妻〉である継子の実母なのだということである。

落窪の君は、継母が次つぎと持ち込んでくる婿たちの着物を縫わされる。寝る暇もない状態に置かれながら落窪の君はその試練を巧みにこなしてゆくのだが、そう語られることによって、落窪の君が女性として当然そなえていなければならない教養や技術を十分に身につけたすぐれた女性であることが示される。このことは、琴を上手に弾くとか、和歌を巧みに詠み、筆も立つなどといった落窪の君のたしなみの深さとも共通する。そして、彼女をそのように完璧な女性に仕上げたのは、いうまでもなく死んだ実母なのである。そのことをあからさまに描いているわけではないが、こうした落窪の君の素養の深さを並べたてることによって、母としての役割をきっちりと果たした亡母が称えられているとみることができる。そして、それとは逆に、婿の縫い物さえ他人に頼まなければならない娘にしか育てられなかった北の方の欠点があげつらわれ、もう一人の妻（母）とくらべられているのである。

物置に閉じ込め食事を与えないというような肉体的な苦痛を与え、典薬助を差し向けて性的な嫌がらせをするなど、北の方の卑劣な行為を描くことによって彼女の育ちや性格の悪さも描かれるが、これも、落窪の君の実母の高貴さとは対照的な女性として継母像が構想されているからである。落窪の君の調度品を奪うという行為もそれとつながるが、それに加えて、北の方には実家から受け継いできた女の財産が何もないのだということも明らかにされる。それに対して、落窪の君の実母は娘にそうした形見の品を遺すことができるし、親から相続した三条の屋敷の証文（相続財産）を娘に伝えることのできる女性でもある。一方の北の方にはそうした相続財産など何もなく、その点でももうひとりの妻と対比されているのである。

想像すれば、中納言は若い頃に、身分相応の、あまり高貴ではない彼の家柄にふさわしい妻をめとって子供をもうけ、家に入れて北の方にしたのだろう。『住吉物語』では、北の方を、「時めく諸大夫の御娘」と語っており、羽振りはいいけれども中流クラスの貴族（大夫は四位か五位の貴族をいう）の娘で、もう一人の妻は、「古き宮腹の御娘にて、万《よろづ》になべてならぬ人」だと記されている（「御娘」を継子とみる読みもあるが、亡母のことと解する。また、『落窪物語』では「わかうどほり」とあった）。描かれてはいないが『落窪物語』の北の方も、それと同じ程度の、教養も血筋もそれほどすぐれているとは言いがたい女性だったはずである（土方洋一「いじめの構造」）。そのことは、男の側もそれに見合う程度の家筋や身分でしかなかったのだということを示している。ところが彼は努力によってか才能によってか、どうやら人並み以上に出世してある程度の身分と地位を手に入れることができ、そのお蔭で皇族の血筋を引く高貴な女性を二人目の妻にすることができたのである。当然、落窪の君の実母のほうが北の方よりも若いし、きれいで教養もある、すべてにすぐれた女性（「万になべてならぬ人」）だったはずである。

このようにみてくると、北の方の落窪の君に対するさまざまな仕打ちは、その継子を生んだ母、夫である中納言を間に挟んで自分と同じ位置にいるもうひとりの妻に向かっているのだということがわかるはずである。ところが物語はその実母の死から始まっていて、北の方が立ち向かう相手は落窪の君しかいないから、表面的には〈継母〉対〈継子〉という対立として現れてくるのである。しかし、継子に向けられたいじめは、じつは〈先妻〉対〈後妻〉という対立から生じているのであり、〈継子〉落窪の君は、亡母に代わって北の方のいじめを受けているとみなければならないのである。これは継子いじめ譚の発生にかかわる重要な問題であり、次節であらためて論じてゆくことになる。

あこきと乳母子

主人公の落窪の君は、北の方のいじめに耐えることはできても、置かれた境遇から自ら脱出する力をもってはいない。だから、どこからともなくやってきて継子を救い出し、幸せな結婚によって喪失した家族よりもずっとすばらしい家族をもたらしてくれる王子さまの出現を待つしかないのである。しかし、ただ待っていても王子さまはやってこない。それを助けてくれる援助者がどうしても必要なのである。

昔話の場合には、死んだ母の亡霊や神さまが援助者として現れ、継子の苦難を救い、幸せにみちびいてくれるのが普通である。ところが物語の場合にはそうした超自然的な援助者があらわれることは少ないかわりに、継子のまわりにいる人物たちがその役割を果たすのである。それだけ内容は現実性をもつことにもなる。そして『落窪物語』の場合には、もっとも重要な援助者は「あこき」と呼ばれる女性であり、『住吉物語』でも同様に「侍従」と呼ばれる女が援助者として重要な役割を果たしている。

あこきという名前は北の方によって付けられた呼び名で、はじめには「うしろみ」と記されている。

これが呼び名なのか後見人という普通名詞なのかはわからないのだが、亡母が生きていた時から落窪の君のそばに仕え、落窪の君が中納言の家に入ったのちも付き従っているただ一人の人物である。なお、「あこき」は「我子君(あこぎみ)」の意味だろうと考えられているようだが、その継母によって名付けられた呼び名には、「おちくぼの君」がそうであるように軽蔑的なニュアンスがこめられているはずである。あるいは、しつこく図々しいという意味の「あこぎ(阿漕)」がそこには連想されているかもしれない(ただし、こうした意味での「あこぎ」の用例がどこまで遡れるかは疑問もあるが*)。

援助者あこきは落窪の君と同年齢の少女なのだが、すでに帯刀《たちはき》と呼ばれる男を通わせていて、頭の切れる行動的な女性として描かれている。そして、離れることなく落窪の君のそばにいてその支えとなり、助言者の役割を果たしている。男君を落窪の君のもとに通わせるように手引きしたのもあこきと帯刀の二人であり、閉じ込められた物置から救い出す計らいもあこきによってなされている。また、男君による北の方に対する報復にも積極的に加担し、後には、夫となった帯刀とともに男君に取り立てられ、中宮の内侍にまで登ってゆく。

母に死なれ、確かな親戚もなく、乳母もおらず、ただひとりの肉親である父親は北の方の言いなりになっていて、屋敷のなかに頼る者が誰一人としていない落窪の君にとっては唯一の信頼できる相手である。この女性がどうして落窪の君に仕えるようになったのか、その事情はなにも記されていないが、母が生きていた頃からずっとそばにいたというのは重要な設定である。

一方、『住吉物語』に登場する援助者、侍従は「姫君の乳母子《めのとご》」として設定されている。乳母の育て子(高貴な子女)と乳母の実子(乳母子)とは、実の兄弟・姉妹と同様の、あるいはそれ以上に親密なつながりをもつ存在として認識されるのが普通である。それは年齢が近くそばにいる機会が多いなどといった現実的な理由によるのではなくて、乳を共有するということが血をわけた兄弟と同じ間柄になると意識されることによって、二人は擬制的な兄弟・姉妹として位置づけられるからである。つまり、姫君にとって乳母子の侍従は、乳母であるもうひとりの〈母〉を共有する存在なのである。語源的にみても、「乳（ち）」と「血（ち）」はおなじ言葉であり、乳を共有するということは血を等しくすることになった。

『住吉物語』において乳母子である侍従が姫君の援助者になるのは、昔話において亡母の魂が継子を援助するのとおなじことだとみることができるはずである。乳母子は、乳母（＝実母）の分身として登場していると言ってもよいほどである。そして、『落窪物語』のあこきが母の生きていた時から傍にいたという設定も、そのように描かれてはいるわけではないが、あこきが〈乳母子〉とおなじ立場にある女性だったということを示していると考えることができる。落窪の君をやさしく見守り、結婚の準備を整え、窮地から救い出すというあこきの果たしている役割は、〈実母〉の役割そのものだとみることが

＊ここでふれた「あこぎ（阿漕）」の語義について、参考になる指摘を今は亡き中村生雄の文章の中に見つけた（「「供犠の文化」と「供養の文化」――動物殺しの罪責感を解消するシステムとして」『東北学』vol.1、一九九九年一〇月、東北芸術工科大学東北文化研究センター）。そこで中村は、「阿漕」について次のように述べている。
「ちなみに「阿漕」とは三重県津市に所在する海岸の名だが、「あこぎ」の語が「際限なく貪欲なこと」という今日まで通用する意味をもつようになったのは、決して新しいことではない。というのも、『古今和歌六帖』巻三には、「逢ふことを阿漕の島にひく網の度重ならば人も知りなむ」の歌があって阿漕の地名が「度重なる」の縁語となり、度を越せば秘密は必ず露顕する、との意味で使用されているからである」

『古今和歌六帖』の成立は『落窪物語』より少し前と考えてよいだろうから、物語の作者が、「うしろみ」に対して北の方が「あこぎ」という呼び名を付けたと語るのには、中村が指摘するような軽蔑的な意味をこめているとみるのが自然である。また、「おちくぼ」という姫君の呼び名も同様の蔑称として北の方が付けたもので、そこには、たんに落ち窪まった場所というだけではない、もっと品の悪い意味が込められているはずだ。おそらく「くぼ」という語は、現代の俗語「あげまん（さげまん）」の「まん」と同じ意味であろう。平安時代の歌謡集『催馬楽』に収められている「くぼの名」という歌謡は女陰の名だけを連ねているが、その筆頭に出てくる「くぼ」を、北の方は姫君の呼び名にした。まさに、「おちくぼ」とは「さげまん」と同義の蔑みであった。

できるのである。

落窪の君が男君によって救出された後、落窪の君自身は反対しているにもかかわらず、あこきが男君といっしょになって北の方一族への報復を企てるのも、彼女が落窪の君の庇護者として母の役割を負っているからに違いない。それはグリムの「灰かぶり」の結末で、継子の結婚式にやってきた連れ子たちの目玉をくり抜いてしまう二羽の鳥が亡母の化身としても考えられるのと同様に、擬制的な姉妹あるいは母娘の緊密な結びつきが、あこきと落窪の君との関係には秘められていると読めるからである。

すでに述べたように、北の方と落窪の君との対立の奥には〈先妻〉と〈後妻〉とにおける二人の妻の葛藤が見えるわけだが、侍女あこきの北の方に対するあからさまな敵対意識や、北の方やその実子たちに対する執拗すぎる報復への加担などからは、あこきが亡母の立場で行為しているのだということが明らかになる。そしてそこからも、この物語の対立の図式が〈先妻〉対〈後妻〉という関係によってなりたっているのだということを浮き上がらせてくるのである。それは何も『落窪物語』に固有の問題ではない。すでにみてきた昔話の継子いじめ譚もそうだったし、『住吉物語』もまた同様に、ふたりの〈妻〉をめぐる物語として語られているのである。

それにしても、北の方はもちろん援助者であるあこきや侍従が、いずれも〈母〉のイメージを濃厚に漂わせる存在であるというのは、彼女たちが物語のなかでもっとも存在感のある人物だという点で興味ぶかいことである。リアリティをもつことがいじめや報復にみられる〈悪〉の側面を引き出してしまうのであり、それは〈母〉こそが担うべき役割だったということである。そこにみられる〈悪〉は、〈愛情〉の裏返し以外の何ものでもないだろう。

第四章　古代の家族と嫉妬譚

1　母系と父系

継子いじめ譚における基本的な対立は、血の繋がらない〈母〉と〈子〉の関係として描かれる。一夫一妻の家族制度を原則とする社会を背景として語られている昔話の場合には、それは先妻の遺していった子供を後妻がいじめるというかたちで語られることになるし、平安時代のように一夫多妻制を原則とする貴族社会を背景とした物語においては、夫と同居する正妻（北の方）が別の妻の生んだ子をいじめるというかたちで語られることになる。その場合には、継子は実母の死によって父と正妻の住む屋敷に引き取られることによって生じる葛藤として語られていた。

いずれの場合も、継母と継子の対立は、男（夫）を共有する二組の夫婦関係を原因として生じてくるのであり、家族制度の問題としてみれば、継母による継子いじめの昔話や物語というのは、男（夫）を軸とした〈後妻〉対〈先妻〉あるいは〈正妻〉対〈側室〉の対立という側面を無視して考えることはできない。しかし、物語や昔話においては、側室や先妻はすでに死んでいるから、いじめの対象は継子ひとりに向かうことになるのである。

継子いじめ譚が、夫をめぐる複数の妻とその子供たちとの関係として語られるものだというふうに規定すれば、その発生の社会的な基盤として、夫婦同居、もっといえば妻の夫方同居が行われていたということを前提にしなければならない。つまり、男と女の間に結婚関係が成立したのち、男が妻のもとに通うというかたちの「通い婚」型の結婚制度や、妻の家に男が入り込むというかたちの「入り婿」型の結婚制度をもつ社会においては、継母が継子をいじめるという関係自体が生じにくいはずである。

古代の夫婦関係については、資料の制約もあってはっきりしない部分が多いし、さまざまな可能性が考えられ、その実態も多様であったらしい。ただ、大きな傾向としては、男が妻のもとに通う「通い(妻訪)」の期間を経たのちに、妻が夫の家に移って同居する「夫方居住婚」に至るというのが歴史学のおおよその認識である。ただし、それが固定的な制度であったか否かについては議論もおおく、「たてまえ、理念は妻訪――夫方居住婚だが規制力は弱く、実際には妻訪――独立居住・妻方居住婚もかなり多かった」のではないかと考えられている(明石一紀『日本古代の親族構造』)。

こうした傾向はすでに弥生時代からみられるという発言もある。弥生時代の土器作りが女性によって行われていたということを前提として、弥生式土器の地域的な特色と分布などを分析した都出比呂志は、「婚姻後は夫の近親の近くに住む夫方居住婚をとっていたか、あるいは、もっとルーズなあり方を考えてよければ、夫方あるいは妻方のどちらかに居住する選択居住婚が考えられる」と述べている(「原始土器と女性」)。

律令制度の確立とともに、班田の支給や諸税の徴収などの基礎となる戸籍が編まれることになるが、奈良時代の戸籍の一部は、『正倉院文書』として現在に残されている。それらの文書からどこまで古代の家族の実態が読みとれるかどうかは問題も大きいのだが、『律令』の諸規定が理念としては父系による継承や家族編成を前提としており、戸籍は男子の家長を「戸主」とした〈戸〉を単位として編まれている。それによって、元来多様であった家族構成が父系的な家族制度や夫方居住婚制度に単一化されてゆく傾向に拍車がかかり、子供は父親の側の血筋によって位置づけられ、父の戸籍に編入されるとともに父の姓を受け継ぐというかたちの、父系制社会が強化されてゆくことになったということは想定できるだろう。

一つの例として、大宝二年（七〇二）に編まれた「筑前国嶋郡川辺里戸籍」に記載された、物部細《もののべほそ》（六十歳）という人物を戸主とする〈戸〉における家族構成を、わかりやすくするために系譜に整理して掲げれば、図5のようになる。

系譜には記さなかったが、子供たちや孫たちはすべて父系の「物部」姓を受け継いでいる。そして、こうした父系的な性格が『律令』をもとにした戸籍の大原則であったということは、ここに示した系譜からも読みとれる。たとえば、〈戸主〉物部細の三男・都牟自《つむじ》の妻（物部牧太売《まいため》）は、先夫の子（卜部宿古太売《うらべのすこため》）を連れて都牟自と再婚しているのだが、その連れ子の姓は、先夫の姓だと思われる「卜部」姓を継承しているのである。なお、女性は結婚しても現在のように改姓はせず、実家である父方の姓をそのまま用いている。

理念によって編まれたこの戸籍がどこまで実態でありえたかという疑問を別にしていえば、生まれた子どもは夫方に帰属するという認識があったはずである。ただ、完全に父方の所有であれば、たとえば先の物部牧太売の子は、男が死んだのか離婚したのかわからないが、父方に残されるはずである。したがって、この場合は、系譜的には父方帰属であり、実態としては母方に帰属するというあり方を示しているとみることもできる。

また、細の長男（嫡子）羊《ひつじ》の場合、妻（卜部赤売《あかめ》）との間には子供がいないが、先妻（死亡したか別れたかは不明）との間に二人の子供がおり、その子たちが羊の側（父方）に帰属していることがわかる。そして、現在の妻・卜部赤売と先妻の子供たちとは、継母と継子という関係にあるわけで、〈継子いじめ〉の可能な同居関係を古代社会の実態として想定することができるのである。

大きくわけて、家族の構成原理には、男の血縁継承を中心とした父系制社会と女の側の血縁を機軸とした母系制社会とがあるが、日本の古代社会の場合はそのどちらかというよりも父系的な要素と母系的な要素とを合わせもつ双系制社会だったと考えるべきではないかといわれている（江守五夫『物語にみる婚姻と女性』）。そして、古代の戸籍を分析した明石一紀がいうように、「父－男子、母－女子という帰属方式即ち並行出自の要素が認められ、それを前提として父系的に編成された」のが古代の戸籍であり、「日本の家族は、父子関係と母子関係とから構成されるヨコに拡大しない親子結合によって成立する小家族を基本としている」（前掲書）というふうに認識しておくのが実情に合っているようである。

2　ふたりの妻――コナミとウハナリ

右に引いた物部細の家族構成をみると、ふたりの妻が夫である細の〈戸〉に編入されている。だからといって、二人の妻が一つの屋（建物）に同居しているということではなかろう。ただ、このような状態は戸籍の上のことだけで、妻は生家に住んでいるのだとは考えにくい。なぜなら、戸籍をもとにして班田が支給され、女性には財産あるいは経済力が付随しており、戸籍上だけ妻として記載され実態は別だとは認めにくいからである。

また、考古学における発掘事例をもとに想定された古代の村落構造に関する研究（鬼頭清明『古代の村』など）を参考にすると、右に示した物部細の家族について次のような実態が想定できる。そこには、戸主である細と先妻（正妻）とが住む母屋があり、そのそばに後妻（妾）の住む建物があり、結婚して独立した子どもたちの住む屋もその周りに建てられている。そして、そうしたひとまとまりの住居群によって一つの〈戸〉は編成され、それが古代の家族を構成していた、と。そして、そのような状態で複数の妻が夫のそばに住み、その子どもたちが夫方に帰属するという家族関係は、継母が継子をいじめるとい

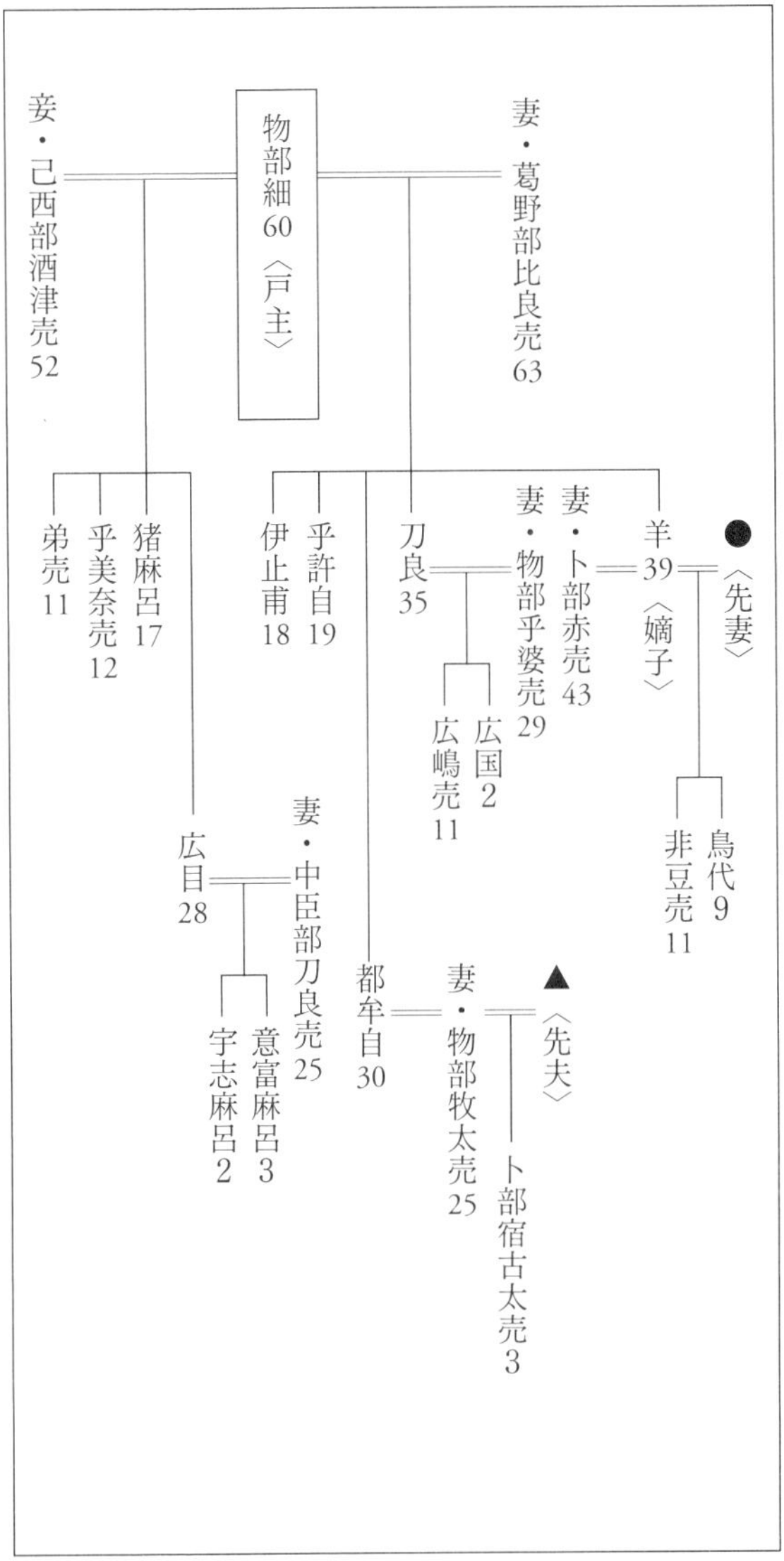

図5　**物部細の家族**

う継子いじめ譚を可能にする基本的な家族構成だということができる。しかも、そうした居住形態は、従来考えられていたよりもかなり古い段階から行われていたようである。

こうした一夫多妻という結婚制度のなかで複数の妻が夫のそばに集まって住む場合、当然、妻たちのあいだには序列が生じる。『律令』が規定しているような、「妻《さい》」と「妾《しょう》」との区別が厳然としてあったかどうかは別にして、そして歴史学の見解では、『律令』に記す妻と妾はあくまでも『律令』の理念であり、実態的には区別されていなかったとみるのが一般的な認識だが、夫と妻との関係は、制度的な関係性とは別に、個体と個体との関係性としてもあるわけだから、そこに心理的・感情的な序列が生じるのは当然のことに違いない。たとえば、『古事記』に記された次の歌謡はそのあたりの事情をよく示している。

宇陀《うだ》の　高城《たかき》に　鴫罠張《しぎわな》る　我が待つや　鴫は障《さや》らず　いすくはし　くぢら障る
前妻《こなみ》が　肴乞《なこ》はさば　立ちそばの　実の無けくを　こきしひゑね
後妻《うはなり》が　肴乞《なこ》はさば　いちさかき　実の多けくを　こきだひゑね
ええしやごしや　ああしやごしや

（中巻・神武天皇条）

【現代語訳】宇陀の高城でシギを捕るわなを張っている。俺が待っていると、なんてこった、クジラが引っ掛かっちまった。

皺くちゃの古女房が食べ物をくれと言ったら、不味いタチソバの木の実入りの悪いやつ（筋ばかりのまずい肉）を少しばかりくれてやるさ。コキシヒヱネ！

もらいたてのかわいい女房が食べ物をほしいと言ったら、熟したイチサカキのおいしい実（脂ののった上肉）をたっぷりと食わせてやるさ。コキダヒヱネ！
エエイ、こんちくしょうめ！　アア、ざまアみろ！

戦場での宴の時の歌謡として伝えられているのだが、内容もそれにふさわしくかなり勇ましく高揚した気分を伝える表現になっている。そしてここでは、コナミ（前妻）とウハナリ（後妻）が比較され、ふたりの妻をもつ男の率直な心情が現れていると読める。現実には前妻に頭が上がらず、後妻のところに通うのもままならない男のうさばらしといったところだろうが、一夫多妻制社会における個体の関係性をうかがうには興味深い歌謡である。

古代社会には、落窪の君が実母の遺産である三条邸を相続していたように、母の財産を女子が譲り受けるという傾向があるようだ（明石、前掲書。女性史総合研究会編『日本女性史』の諸論文）。また、母とその実子たちが一つの〈屋〉を形成するというあり方をみると、母を中心とした母子関係が緊密なつながりをもっていたのは明らかである。しかし一方では、父親を中心にして複数の妻とその子どもたちによって構成される〈戸〉としての家族が存在する。そして、そこでは妻同士の対立や母親の異なる兄弟姉妹たちの対立が生じることも当然のこととして推測できるはずである。

継子いじめ譚の発生を考える場合、このような、双系的な一夫多妻の家族制度がその発生の基盤として存在したということを見のがすことはできない。それは母系制社会から父系制社会への転換によって生じてきたというのではなく、古代日本の社会がもともと双系的な性格をもっていたために、複数の妻の対立という構造を孕みやすかったと考えたほうがよさそうである。もちろん、そうした社会的な制度があるから継子いじめ譚が発生するのだというような短絡的な反映論は、文学論としてほとんど有効性をもたない。しかし、継子いじめ譚を可能にする社会的な基盤がすでに早い段階から準備されていたのだということを、その発生を考える際の前提として確認しておくのは必要なことだろう。

3　継子いじめ譚の基層

すでにさまざまに論じられていることだが、物語の問題として継子いじめ譚を考えようとするとき、それがどのように発生したかということを問うのは興味ぶかいことがらである。ここでは、継子いじめ譚の発生に関する諸説を整理しながら、問題点を明らかにしてみたい。

はじめにふれておけば、継子いじめの物語は日本で独自に発生したものではなく、外国から伝播したのだという立場をとる研究者がいる。たとえば、伝播論を主張するのはめずらしいことなのだが、柳田国男もそうした立場に立つ一人で、「是が我邦に入つて来てから、如何に短くても千年は超えて居るだらうと思ふが、話は其間に僅かばかりしか変化を受けて居ない」と述べている（『桃太郎の誕生』）。また、山室静も、「〈継子話〉は、『落窪』か古本『住吉』かが、中国やインドの継子話を参考にして日本にはじめて創出したもののように思われる」と言う（前掲書）。

すでに中国では、前漢時代に司馬遷によって撰録された『史記』（紀元前九一年の成立という）に、五帝の一人である舜のエピソードとして継子いじめ譚が語られているし、昔話「米福粟福」とヨーロッパの継子いじめの昔話との近似も大きい。しかし、だからといって千年以上も前に外国から伝播したということを主張するのはむずかしいのではないか。

古代の家族構造からみても継子いじめ譚を発生させる社会的な契機は古くから準備されており、後に述べるように、継子いじめ譚の痕跡は『落窪物語』などよりはるか以前にみられるのであり、伝播説を支持することは困難である。ただ、外国の継子いじめ譚がいろいろな段階で日本の継子いじめ譚に影響を与えているということはまちがいなく言えるだろう。中国やインドの説話はもちろん、ヨーロッパにおけるシンデレラ型昔話が日本昔話の継子いじめ譚の一部に影響しているとみることは否定しない。しかし、それらはいずれも発生に関わるほどの古さをもつものだとは認めがたいのである。

貴種流離と通過儀礼

継子いじめ譚が物語の話型として発生してくる直接的な契機を考える諸説のうちの代表的な見解は、貴種流離譚のバリエーションとしてその発生を位置づけようとする立場である。そしてそれは成年式・成女式の通過儀礼と結ばれて論じられることが多い。

神あるいは高貴な生まれの人がわけあって地方に落ちのび、各地を漂泊するという一群の物語を貴種流離譚と呼んだのは折口信夫である。そして折口は、「日本文学の物語要素としては、頗遅れて出て来るのだが、継子譚の中に、貴種流離譚から分岐した例」の多いことを指摘している(『日本文学の発生・序説』)。しかも、貴種のさすらいには、さまざまな試練がモチーフとしてともなっている場合が多く、その背後に成年式の通過儀礼が反映しているとみるのも一般的な認識である。

たとえば『古事記』神話に登場するオホナムヂという神は、対立者である腹違いの兄弟の八十神《やそかみ》からさまざまな迫害をうけ、何度も死に直面しながら、母神の援助によって生き返り、遂には木の国のオホヤビコの助言を得て地下にある根の国に逃げのび、その国の支配者であるスサノヲからさまざまな試練を課せられる。そして、その試練をスサノヲのむすめスセリビメの援助によって克服したオホナムヂは、根の国の呪宝を手に入れて地上にもどると、八十神をやっつけて地上の王者（大国主）になる。このオホナムヂ神話は成年式における通過儀礼を背景に成立したとみることができ、そこでは、死と再生、さすらいと試練が一体のモチーフとして語られている。そしてたしかに、継子いじめ譚における主要な設定として、こうした流離や試練が描かれているとみることができる。

『落窪物語』や『住吉物語』など、平安時代に書かれた継子いじめの物語の発生を論じる時、これらの要素が基層にあるとみるのが一般化された認識である。このことはすでに多くの研究者が指摘しているのだが、たとえば三谷邦明の次のような見解が、その代表的な発言である。

> 継子虐め譚という話型は既に指摘されているように貴種流離譚のバリエーションとして誕生したものである。地獄下りの文学とも言われる貴種流離譚は、穀物の豊饒を祈る祭祀や成年式・入社式に見られる死＝再生の儀礼を媒介・背景として生まれた話型であるが、この貴種流離譚が、母権制の崩壊や夫妻同居社会の発生を契機に変化したものが継母子譚という話型であるに相違ない。尊い生れの人物が、死に近い艱難辛苦の試練をへて再生し、「めでたしめでたし」となる貴種流離譚のうちで、その死＝再生の試練に貴人が追い込まれる理由が、継母の虐待となっているのが継母子譚なのである。
>
> （「平安朝における継母子物語の系譜」）

納得できる発言だが、ここに示された見解によって継子いじめ譚の発生がすべて説明できるとは言えないだろう。継子いじめ譚がいつも主人公の流離を必須の条件にしているわけではないということは、『落窪物語』の女君（落窪の君）をみても明らかである。また、たしかに多くの民族において成年式の際に肉体的・精神的な苦痛をともなう試練が課せられるのだが、それは一般的にいって男子の場合であり、女子にそうした試練がともなうという事例はあまり聞いたことがない。なぜなら、女子の成長は個体ごとにあらわれる初潮という肉体的な変化によって示される。そこには個体差があるから、女子の成年式は一定年齢に達するとともに集団的に通過儀礼が行われるというよりは、個体ごとの儀礼として行われるのが普通なのである。

現在知られている継子いじめ譚は、多くの場合女の子のサクセス・ストーリーとして語られているが、より古くは男の子を主人公とした継子いじめ譚の存在もじゅうぶんに考えられるから、貴種流離譚や成年式の通過儀礼がそのモチーフ形成に関与していたということを全面的に否定することはできない。というより、積極的にそれらの要素が継子いじめ譚の表現を可能にした主要な契機の一つだったとみることは、私も賛成である。とくに主人公のさすらいや種々の試練が物語をもりあげストーリーのおもしろさを引きだしているという点で、それらの要素は大きな役割をになっているはずである。ただ、こうした括り方はあまりにも枠組みが大きすぎて、継子いじめ譚の発生にかかわる固有の問題を超えてしまうことになり、流離と放浪を描くすべての物語に共通する要素として普遍化してしまうのではないかということを危惧するのである。

うはなり妬み

今までの見解の多くが貴種流離譚や通過儀礼における試練に継子いじめ譚の発生をみようとする理由の一つは、継子を軸として物語の構成を考えているからである。もちろん、これらは継子を主人公とした物語なのだから、それは当然のことでもある。しかし、継子いじめの物語や昔話を読んで感じることは、いじめる側の継母こそこれらの物語のなかでもっとも精彩を放つ、生き生きとしたキャラクターとして描かれているのではないかということである。少なくとも、継子とともに、継子いじめ譚のもう一方の主役は継母だとみることに誰も異存はないはずである。しかも、この物語の背後には古代の家族制度が深くかかわっており、先にふれたように、そこから浮かびあがってくるのは複数の妻たちのあいだに生じる葛藤や対立という問題であった。

ここで私が主張したいのは、継子ばかりではなく〈継母〉を軸として継子いじめ譚の発生を考えてみることも必要だということである。そして継母の側からみたとき、すでに藤井貞和が、「推定の域を出ない仮説」だと断りながら提示していることでもあるが、この話型の発生には嫉妬譚が絡まっているのではないかという推測が可能になるのである。

嫉妬を語る伝承は古代の文献にいくつか見出せるが、その代表的な話は、藤井も引いているスセリビメの神話であろう。先に成人式の通過儀礼を背後にもつ神話としてふれたが、オホナムヂ（大国主）はスサノヲのもつ根の国の呪宝とその娘スセリビメを手に入れて地上にもどり、敵対者八十神を倒しスセリビメを「嫡妻《むかひめ》（正妻）」として地上の王となる。ところが、この女神はたいそう嫉妬深い女であった。たとえば、オホナムヂは稲羽のヤガミヒメと結婚し、その女性を連れてくるが、スセリビメの嫉妬を恐れたヤガミヒメは自分の生んだ子を「木の俣に刺し挟」んで国に帰ってしまうほどであったという。

この神話をもとに藤井貞和は、「嫉妬の発動ということは、単なる心理の問題ではなく、異郷の女性にたいする本国の女性たちの、政治的思惑もからんだ抵抗だったと思われる。この嫉妬の心情と継子いじめとが表裏一体をなすのではないか。嫉妬の心情が異郷の女性の生んだ高貴な子供に向けられると継子いじめになる」として、「継子譚の淵源は異郷に生まれた子供を現世の継母がいじめるところにあったのではないか」と述べている（『源氏物語の始原と現在』）。

ここで藤井が本国と異郷という言い方をするのは、「嫉妬の発動」を共同体の問題として認識しようとしているからである。ただし、異郷の女性といえばスセリビメこそまさに根の国（異郷）の女性なのだから疑問も残るが、「嫡妻（本妻）」を本国の女性、後の妻を異郷の女性とみて、それぞれの背後にはそれぞれの共同体の意志がはたらいているというふうに理解すれば、氏の指摘は納得しやすいものになる。

この神の世のスセリビメに対して、人の世における嫉妬深い女性の代表は仁徳天皇の皇后イハノヒメである。たとえば『古事記』には、イハノヒメの嫉妬が次のように描かれている。

その大后石之比売命《おほきさきいはのひめ》、甚多嫉妬《はなはだねた》みます。故《かれ》、天皇の使はせる妾《みめ》は、宮の中に臨《むか》ひ得ず、言立《ことだ》てば、足もあがかに嫉妬《ねた》みます。

【現代語訳】その皇后イハノヒメは、たいへん激しく嫉妬をなさる。そのために、天皇がお使いになっている他の妻たちは、宮殿のなかへ行くこともできず、もし天皇に新しい妻のうわさが立とうものなら、地団太踏みながら嫉妬なさる。

『古事記』では黒ヒメやヤタノワキイラツメが、『日本書紀』では桑田のクガヒメなどがイハノヒメの嫉妬の犠牲者となり、仁徳天皇との結婚を妨害されたり本国に追い返されたりしている。それらの説話では子供は問題になっておらず、本妻イハノヒメの怒りは一途に相手の女に向けられている。つまり、〈嫉妬〉とは一人の男をめぐる複数の妻（女）の間に生じる他の妻（女）への妬みを原因とする感情であるというふうに認識されていたということがわかる。しかもそれは、〈先の妻（本妻）〉から〈後の妻（若い妻）〉へという方向で生じてくるらしい。それが夫のウハナリ（新しい妻）への愛情の傾斜ということに対応しているという点は、先に引用した神武記の歌謡「コナミが肴乞はさば ………、ウハナリが肴乞はさば ………」に示されていたことでもある。

『古事記』や『日本書紀』で仁徳天皇に嫉妬譚が集中するのは、そこに人の世の家族の起源が考えられているからである。仁徳天皇にまつわる説話には、民のかまどに炊煙が立たないのを見て税金を免除したとか、池や堤など各種の土木工事を行なったとか、人の世の天皇の始まりが明確に意識されている。だから嫉妬譚にもまた、そうした人間の夫婦や家族の起源が意識されているはずなのである。しかも代々の天皇の皇后たちは天皇家の血筋を引く皇女のなかから選ばれるのが慣例なのに、イハノヒメは葛城氏という豪族出身の女性なのである。そこには、バックボーンとしての葛城氏と他の氏族たちとのあいだの政治的な勢力争いなども影を落としているのかもしれない。

一夫多妻制度が強固なものとしてあれば嫉妬という感情は生じないのではないかと言う人もいるが、必ずしもそうではない。制度というのはあくまでも共同体の問題である。ところが、一人の夫と複数の妻たちとの関係は個別的なものとしてもあるわけだから、個体に生じる感情（心）は制度によって消すことはできないのである。そのことは、ここに示したような嫉妬譚の存在からも明らかなことだろう。

顕彰される継子と後母

右にあげた資料は王権に関わる嫉妬の例だが、民間においても同様の問題は生じていたらしい。それを証明することのできる資料が歴史書『続日本紀』に見える。親孝行など徳のある人びとを褒める記事が『続日本紀』には多いのだが、そのなかに次のような記事が記されている。

大倭《やまと》国添上《そふのかみ》郡人大倭忌寸果安《やまとのいみきはたやす》、添上郡人奈良許知麻呂《ならのこちまろ》・有智《うち》郡の女四比信紗《しひのしんしゃ》、並びに身終るまで事なからしむ。孝義を旌《はた》せるなり。……（略）……麻呂は立性孝順にして、人と怨《うら》みなし。嘗《かつ》て後母に讒《ざん》せられ、父の家に入ることを得ざるも、絶えて怨色なく、孝養弥々篤《いよいよあつ》し。信紗は氏直果安が妻なり。舅姑に事《つか》へて孝を以て聞ゆ。夫亡ずるの後、積年志を守り、自ら孩穉《がいち》並びに妾が子惣《すべ》て八人を提《ひっさ》げて、撫養別なし。舅姑に事へて自ら婦の礼を竭《つく》す。郷里の歎ずる所なり。

（和銅七年〈七一四〉十一月四日条）

【現代語訳】大倭の国、添下郡の人、大倭忌寸果安・添下郡の人、奈良許知麻呂・有智郡の女、四比信紗の三人は、ともに一生涯、こまる事のないように取り計らおう。孝や義を果たした人物だからである。……（略）……

麻呂は生まれながらの性格が孝順であり、人を怨むようなことがない。以前、後母（継母）に讒言されて、父と一緒に住むことができなかった時も、決して怨みを見せたりせず、ますます親に孝養をつくした。

信紗という女は氏直果安の妻である。舅や姑に仕えて孝行で知られていた。夫が死んだ後には、ずっと操を守り続け、ひとりで八人の幼いわが子と妾の子とを抱えて、慈しみ養い差別することがなかった。また舅や姑にもよく仕えて、ずっと婦人としての礼を失わなかった。これには近隣の人々も感嘆するばかりである。

詳しい状況をうかがい知ることはできないのだが、たぶん奈良許知麻呂という男は、後母が来て父と同居するようになったために家を追い出されたのだろう。とすれば、そこに生じているのはまさに継子いじめそのものだということになる。また、信紗という女は実子と継子とを抱えてがんばる継母である。しかもこの女性は慈しみ深い継母であって、継子いじめ譚におけるいじ悪な継母とはまったく逆の性格をもつ母なのだが、こうした何でもないような人物たちがわざわざ顕彰されるということは、古代社会にあっては、逆に継母と継子との対立や葛藤が日常的なことであり、ここに引いたような事例が特殊なものであったということを示しているはずである。

この記事からわかることは、すでに八世紀初頭の家族や社会において、複数の妻をめぐる葛藤、継母と継子との対立などが一般的なこととしてあったということである。それは王権の問題としても民間の問題としても普遍的な状況だったのであり、継子いじめ譚の発生はそうした社会状況を基層にもつものだということができる。ただ、『古事記』や『日本書紀』の説話においては、継子いじめというかたちに展開するよりもウハナリ(先妻)のコナミ(後妻)への嫉妬というかたちが優勢だったということになる。しかし、『続日本紀』の記事をみると、人びとのあいだで継子いじめにかかわる話が語り継がれていなかったとは言えない。

『古事記』や『日本書紀』の事例は王権に関わる物語であり、そこでは『律令』の理念とおなじように、子供は王や天皇の子として位置づけられるから、継母による継子いじめという方向に物語は展開しにくかったはずである。なぜなら、いくら憎い別の妻が生んだ子でも、その子は「王(天皇)の子」であり、いじめることなどできないからである。そのために、妬みは王や天皇をめぐる妻たちのあいだの対立や葛藤として描かれることになったのではないか。たとえば先に引いたオホナムヂ神話で、スセリビメの嫉妬に耐えかねたヤガミヒメは自分の生んだ子を木の俣に挟んで帰ってしまうが、その行為は、生まれた子供の帰属権が王であるオホナムヂにあるために、王のもとに子供を置いていったということを表すものであって、自分の子を殺したりいじめたりしたということではない。

それに対して『続日本紀』の事例が継子いじめに向かっているようにみえるのは、母系的な性格の優勢な民間社会においては、子供の帰属権が母の側にあるという認識がつよかったからではないのか。つまり、もう一人の妻に向かう嫉妬が容易にその妻の生んだ子へ向いてしまうという、生みの母とその子との、一体といってもよい緊密な関係性がそこには存したとみることができるのである。

第五章　男の継子から女の継子へ

1　太子争い

『古事記』や『日本書紀』にみられる王権の伝承においては、王や天皇をめぐる妻たちの嫉妬が主題となって物語は展開されていた。そこでは当然、それぞれの妻たちの生んだ子供は王や天皇の子として認識されているから、継母による継子いじめという展開は生じにくいのだということをみてきた。日本の古代社会は双系制を基本とする社会であるが、天皇の場合には父系的な性格がきわめて強くあらわれている。それは、血筋が男によって継承され、妻たちが後宮に住んで天皇に仕えるという形態にはっきりとうかがうことができる。だからそこでは妻たちの序列や個体の感情から生じる嫉妬譚は語られるが、天皇の子である継子に対して妻たちのいじめが向かうということは起こりにくいのである。

もちろん、それがまったく存在しないわけではない。天皇が存命中の場合には王権の秩序に支えられて、いずれの子も天皇の子としてそれぞれの継母から守られているが、いったん天皇が死んだ場合には事情がちがってしまうからである。天皇の死は王権の秩序が危機に陥る時であり、王による父系的な秩序が壊されてしまう時なのである。そこでは、それまで隠されていた継母と継子との関係がにわかに浮かび上がってくることになる。それは、父系的な規制の核をなす天皇の死によって、本来的なものとしてある双系制のうちの一方である母系的な母子関係が象徴的にあらわれてくるためであり、もう一つは、皇位の継承という政治的な権力争いが母のちがう子供たちの間に生じることによって王権に固有な対立を孕むことになるためである。

『古事記』や『日本書紀』において天皇の死の直後にしばしば語られる〈太子争《ひつぎのみこ》い〉とよばれる内乱は、ほとんどの場合、異母兄弟たちのあいだに生じている。そして、そこには当然、両者の実母たちがからんでくることになる。皇子たちの対立は母あるいは母の背後にある勢力同士の対立ということになり、そこでは、継子いじめ譚に接近した継母と継子との緊張関係がにわかに顕在化してくるのである。

反逆者タギシミミ

初代神武天皇の死とともに語られている太子争いは、視点をずらせば、継子いじめ譚の始発に位置しているといってもよい伝承である。それは、『古事記』によれば次のように語られている。

故《かれ》、天皇崩《かむあが》りましし後に、その庶兄当芸志美々命《まませたぎしみみのみこと》、その嫡后伊須気余理比売《おほきさきいすけよりひめ》に娶《みあひ》せる時、その三《みはしら》の弟《おと》を殺さむとして謀る間に、その御祖《みおや》伊須気余理比売患《うれ》へ苦しみて、歌を以ちてその御子等に知らしめて、歌ひたまひて曰く、

佐韋《さゐ》河よ　雲立ち渡り　畝火山　木《こ》の葉さやぎぬ　風吹かむとす

又、歌ひたまひて曰く、

畝火山　昼は雲とゐ　夕《ゆう》されば　風吹かむとぞ　木の葉さやげる

是に、その御子聞き知りて驚く乃ち、当芸志美美を殺さむと為たまふ時、神沼河耳命《かむぬなかわみみ》、その兄神八井耳命に白さく、「なね汝命《いましみこと》、兵《つはもの》を持ち入りて、当芸志美々を殺したまへ」とまをす。故、兵を持ち

入りて殺さむとする時、手足わななきて殺し得ず。故しかして、その弟《いろど》神沼河耳命、その兄の持てる兵を乞ひ取り、入りて当芸志美々を殺したまひき。
（中巻・神武天皇条）

【現代語訳】さて、神武天皇が崩御した後に、その腹違いの兄タギシミミの命は、父帝の皇后であったイスケヨリヒメを妻とした時、イスケヨリヒメの子である三人の異母弟を殺そうとして謀略を練っている間に、母親であるイスケヨリヒメは妻と母との立場に苦しんでいたが、結局その子たちに歌で危機を知らせて、歌うことには、

佐韋河から雲がわき立ち、畝火山では木の葉がざわめき始めた。嵐が来ようとしている。

また、歌うことには、

畝火山では昼は雲が動揺し、夕方になると嵐が吹こうとしてか、木の葉がざわめている。

ここに、その子たちは歌を聞いて驚き、すぐさまタギシミミを殺そうとした時、神沼河耳命が兄の神八井耳命に、「ねえお兄さん、刀を持っていって、タギシミミを殺してください」と言う。そこで、神八井耳命は刀を持って入って殺そうとする時、手足がふるえて殺すことができない。そこで、その弟神沼河耳命が、兄の持っていた刀を乞い取り、自ら入っていってタギシミミを殺してしまった。

天皇の死後、次の天皇が先代の后妃を妻にするのは、皇位を継承したことを示す象徴的な行為である。だから、このタギシミミのふるまいを非道な行ないとして一方的に非難することはできない。天皇家の歴史を語る『古事記』の説話や系譜からみればタギシミミは反逆者でしかないが、先帝の后を妻にしたという記事に従えば、彼はすでに王位に就いていたか、有力な後継者の資格をもっていたのである。そして、もう一方にイスケヨリヒメの生んだ皇子たちが後継者としていた。だから、この説話からは皇位

継承をめぐる太子争いの果てに神沼河耳命が勝利をおさめて天皇の位につくことになったということが読みとれるだけである。

反逆者となったタギシミミと実子の危機を救ったイスケヨリヒメは、図6に示した系譜をみれば明らかなように、継子と継母という関係になる。そしてこの説話は、いったんはタギシミミの妻になったイスケヨリヒメが、新たな夫を裏切って実の息子たちに継子殺しをそそのかした話だというふうに読みかえることができる。とすれば、タギシミミこそ継子いじめ譚の最初の犠牲者だったということになる。皇位継承の資格をもつ皇太子が一人に定まっていない古代王権にあっては、タギシミミが天皇になってもいっこうに不思議ではないのである。ここではタギシミミが争いにやぶれて殺されたから反逆者になってしまったにすぎないのである。

継母イスケヨリヒメ

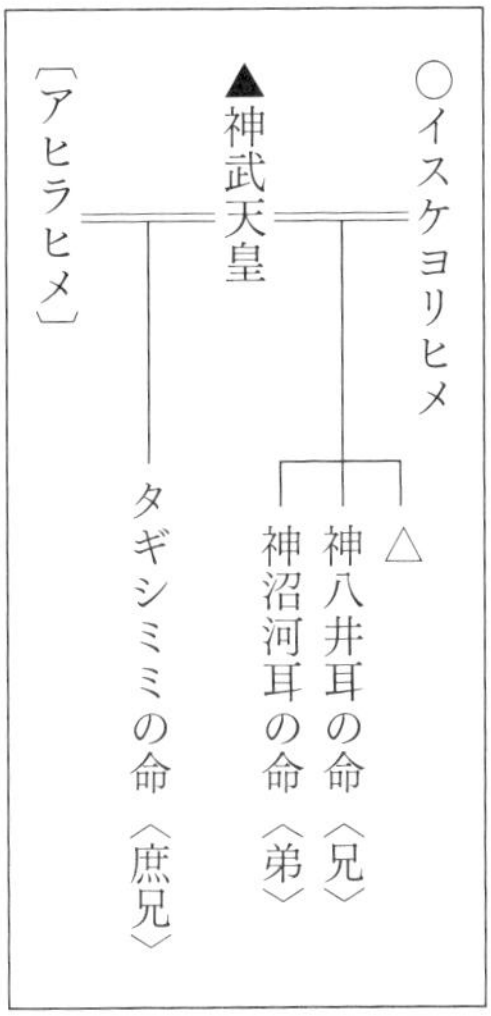

図6

この説話は、いうまでもなく皇位に就いた神沼河耳命、つまり王権の側から描かれているが、もしおなじ争いが王権から排除された反逆者タギシミミの側から説話化されたならば、間違いなく継子いじめ譚の要素を顕在化してくることになっただろう。その場合には、イスケヨリヒメは立派に継母の資格をもつ存在になる。対立を孕む異母兄弟たちにとって、実子である神沼河耳の側からみれば慈母であるイスケヨリヒメは、継子タギシミミからみれば悪母になるのは当然のことである。それは、説話における〈母〉像について論じた河合隼雄が、現実の母のもつ二面性が説話に描かれてゆくと、実母と継母とによって象徴化された慈母と悪母とに二極分化して現れることになると述べている通り（『昔話と日本人の心』）、母はどちらの側にも位置づけられる存在なのである。

また、この説話の人間関係はきっちりと様式化されている。タギシミミが反逆者になるのはまちがいなく「庶兄」だからであり、イスケヨリヒメの実子たちは年下の〈弟〉と設定されているから勝者になれたのである。しかも、二人の実子のうち兄の神八井耳の命が臆病な男と語られ、弟の神沼河耳命が勇敢な少年と語られるのも、説話の様式としての兄と弟との役割によるはずである（説話に「三人」とあって、系譜にも長子・日子八井耳の命という人物が出てくるが、タギシミミ殺しに登場するのは二人だけである）。ここには引用しなかったが、この事件の後に、兄は勇敢な弟に皇位をゆずり弟が天皇になったと語られているが、これも他に例のあるパターンで、弟の優位という説話の様式から生じ展開だとみなければならない。

また、両方の母親をくらべると、イスケヨリヒメは大物主という三輪山の神が巫女セヤダタラヒメのもとに通って生ませたという神話をもつ正真正銘の「神の子」であるのに対して、系譜にしか登場しないタギシミミの母アヒラヒメのほうは、即位前の神武天皇（ワカミケヌ）がまだ九州にいた時に結婚した地方氏族の娘なのである。神の血を引く貴種と田舎むすめ、それは『落窪物語』や『住吉物語』におけるふたりの妻の関係にも通じるものであり、イスケヨリヒメが慈母の役を演じることははじめから約束されているのである。

対立する異母兄弟のあいだがこれだけきっちりと説話的な様式に絡めとられていては、タギシミミに勝ち目がないのは明白だ。タギシミミが継子いじめ譚の主人公になれずに惨めな反逆者になってしまうのは、国家の側の歴史観に裏づけられて天皇の正統性を語ろうとする『古事記』*にとっては当然の帰結だが、そうした側面を措いて説話の様式からみても、結果は明らかなのである。

そのことでもう一つ付け加えれば、タギシミミの母アヒラヒメが神武天皇の先妻《こなみ》だということも見逃せない。説話におけるコナミは嫉妬する側の妻だから、悪母にはなれても慈母にはなれないということになる。しかもそこでは、タギシミミは先妻の子として、損な役廻りの〈兄〉の位置に立たざるをえないのである。

ただし、王権という視点をずらしさえすれば、これらの要素は逆転しうる。たとえば、アヒラヒメはすでに死んでいると語ればタギシミミは母を亡くしたかわいそうな継子となり、もう一方の母子によって殺されたという点を強調すれば悲劇の主人公ともなりうる。つまり、ほんのちょっとしたきっかけがありさえすれば、タギシミミは人びとの同情を一身に受けることができるのである。それは、この事件が鎮魂譚的な要素のつよい継子の悲劇として語られる可能性を内在化させているからである。そして、そのように語られていった歴史的人物がいる。

＊『古事記』について、ここでは国家の正統性を語ると解釈しているが、その後わたしの古事記論は大きく展開し、『日本書紀』とは違って、律令国家とは離れたところに存在するのが『古事記』であり、成立のいきさつについて述べる「序」はのちに付け加えられたと解釈するに至った。その詳細については、『古事記のひみつ』（吉川弘文館、二〇〇七年）や『古事記を読みなおす』（ちくま新書、二〇一〇年）を参照ねがいたい。

2 大津皇子事件

タギシミミの説話からすぐさま思い浮かぶのは、大津皇子と持統天皇(皇后)との関係である。天武天皇の死の直後、大津皇子は謀反のかどで逮捕され、翌日には処刑されてしまう。この事件について人びとは、いつからともなく、自分の実子である草壁皇子を皇位につけるために、天武のあとの中継ぎとして天皇の位を継承した皇后持統が、人望の厚かった大津皇子が邪魔になり、謀反をでっち上げて殺してしまったのだというふうに言い出した。この事件について記す『日本書紀』の記事を見てもそのようなことはどこにも描かれてはいないが、こうした理解はほとんど通説として承認され、たしかな事実と考えられるようになっていった。

継子大津と継母持統

その穿鑿のために用いられる資料は、歴史書や『万葉集』であり、いずれも文字によって残されたものばかりである。そこから歴史的な事実として何があったのかということを探ろうとしてみても、たしかな事実は何も出てこない。必要なことは、そこに描かれている内容がいずれも事実とは遠く隔たっているかもしれないと疑ってみることである。朝廷の正史としての『日本書紀』もまた、文字を介した作品なのだという点で〈物語〉なのだという視点に立たなければ、正当な読みはできないのである(三浦「物語としての歴史」)。

この事件は、タギシミミの場合とは逆に、継子である大津皇子の悲劇として物語化された伝承という側面をもっている。つまり、歴史的な事実とはかかわりなく、継子と継母との関係のなかで様式化された話であり、説話構造という面からしか理解できない出来事として、私たちの前に残されているのだということである。

『日本書紀』によれば、朱鳥元年（六八六）九月九日に天武天皇が没した直後の、十月二日に謀反は発覚する。大津はすぐさま逮捕され、翌三日には、「皇子大津を訳語田《をさだ》の舎《いへ》に賜死《みまからし》む」とあって、監禁先の訳語田の舎において処刑されたのである。謀反に加担した三十余人が同時に逮捕されたが、二十九日に天皇の勅が出され、皇子の舎人一人が伊豆に流され、謀反をそそのかしたとされる行心という僧が飛騨の国の寺に左遷されたのを除いて、あとはすべて罪を許されて事件は決着する。

謀反事件に直接関わる記事はこれだけである。ところが、この事件にからまるとみられる大津皇子や周辺の人たちの歌や漢詩あるいは記事が『万葉集』や『懐風藻』などにさまざまなかたちで伝えられてゆくのである。しかも、それらの資料はいずれも大津皇子に同情や共感をよせるような内容をもち、皇子を悲劇の主人公に仕立てあげようとする意図がはたらいているのではないかと感じさせるものが多い。

たとえば『日本書紀』にも、三日の処刑の記事につづけて、皇子の妃であった山辺皇女が夫の死を知り、髪を振り乱し裸足で外に走り出して後を追って死んだために、見ていた人びとは皆なげき悲しんだという記事を記している。また、大津皇子は文武ともに並はずれた能力をもつ立派な皇子であったという「伝」まで記している。

『万葉集』によれば、大津は自分の死をうたう辞世歌をのこし、石川郎女という女性との間に恋の贈答歌も伝えられている。しかも、この女性には異母兄である草壁皇子も思いを寄せていたらしく、恋歌がある。皇位をめぐる二人のライバルは一人の女性をめぐって争い、しかもその勝者は大津皇子だったらしいと読めるのである。また、同母の姉で伊勢斎宮をつとめていた大来皇女がうたった弟の無事を祈る歌や、その死を嘆く歌も残されている。とくに、大津皇子が「竊かに」伊勢に赴いて姉に会った折の、大和にもどる弟の身を案じた歌などは謀反事件とのかかわりを濃厚に漂わせているのである。

『懐風藻』にも辞世の漢詩が載せられているが、辞世歌の例のほとんどない古代にあって、短歌と漢詩の両方をもつというのは異例中の異例である。またそこには、大津皇子の人となりを称《たた》える「伝」が添えられていて、謀反の引き金となる僧行心のいわくありげな言葉、皇子の性格のすばらしさ、頭脳や武力の優秀さが大げさな漢文で記されてもいる。おなじく『懐風藻』の河島皇子の「伝」には、大津の謀反を密告したのが、持統の異母弟であり大津皇子の親友でもあった河島皇子だったということが記載されている。

これらの歌や漢詩はいずれも当事者たちの実作ではなく、後になって当人たちに仮託して第三者が作ったとみるのが一般的な見解である。それは間違いなさそうだし、『日本書紀』や『懐風藻』に記された「伝」も同様の性格をもつとみて誤りないだろう。それほどに、大津皇子事件には、悲劇的な最期をとげた皇子を物語化しようとする意志が強固にはたらいていたとみることができるのである。

この事件の真実がいかなるものであったのかということは確かめようがない。しかし、いくつかの文献に断片的に残された大津皇子をめぐる歌や漢詩や記事を繋げてゆくと、大津皇子を悲劇の主人公に仕立てようとする意図がはたらいているということは明らかに読みとれる。主人公の援助者となる姉や夫を慕う妻、親友を裏切る友人や謀反をそそのかすいわくありげな僧や巫者、皇位と女を争うライバルの異母兄、そしてその競争相手の母である〈継母〉持統など、大津皇子をとりまくすべての人物は援助者か対立者かのどちらかに位置づけられるのである。そして、どのエピソードも物語的なにおいを漂わせるものばかりのようにみえる。

そこから浮かびあがってくるのは、事件の真実とは別の、物語となった事件という側面である。そして、大津皇子がその主人公になりえたのは、彼が〈継子〉の位置におかれているからだと考えるしかない。その関係は図7に示した系譜をみれば明らかになるだろう。

大津の母である大田皇女はすでに早く没していて、大津皇子は母を亡くした子である。事件の生じた朱鳥元年に大津は二十四歳、ライバルの草壁皇子は一歳年長の二十五歳である。やさしい弟といじ悪な兄という兄弟対立譚の様式からみても、大津はかわいそうな継子の位置に立ちやすい。大来皇女は二十六歳で、亡母にかわる援助者としてもっともふさわしい同母姉の立場にいる。また、継母である鸕野皇女（持統）がどうしても実子草壁を皇位につかせたがっていたという推測が生じることも、太子争いのパターンや血を分けた母と子との緊密な繋がりからみて素直に納得しうる。そして、大津の亡母大田皇女と鸕野皇女は、ともに天智天皇の娘であり同母の姉妹である。この二人は、数多い天武の妃たちのなかでももっとも強く意識しあう相手として位置づけることができるのである。年齢は大田皇女が上だから、生きていれば皇后になったはずである。そして、そうなっていたら、鸕野皇女が嫉妬される若いウハナリ（後妻）を演じることができたのだろうが、姉の死によってその関係はすっかり逆転してしまい、妹でありながら鸕野皇女が嫉妬するコナミ（先妻）の役割を演じることになってしまったのである。

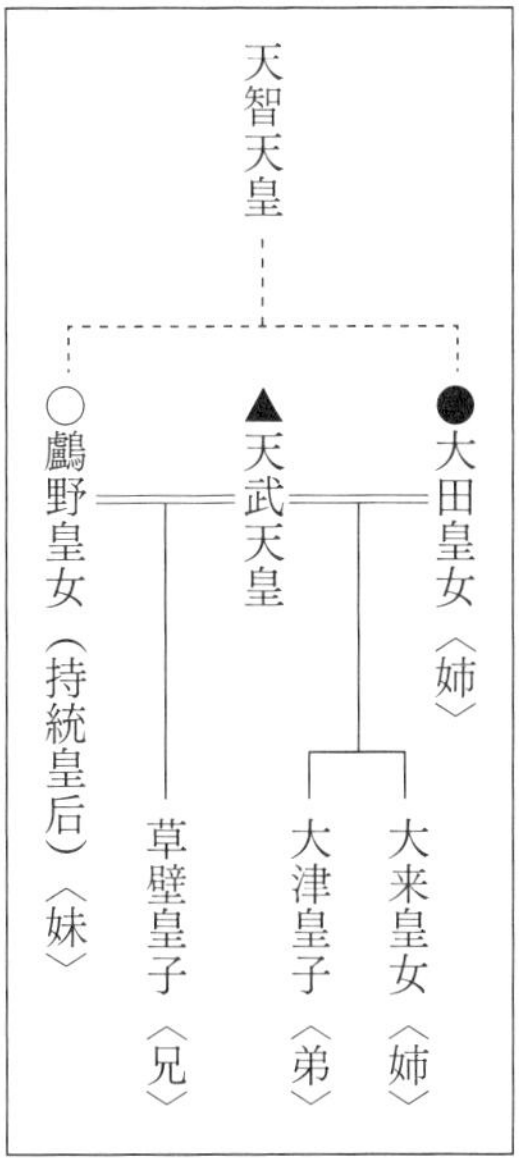

図7

大津皇子が説話的な〈継子〉になる条件はすっかりそろっているし、同様に、持統は〈継母〉になるしかない立場にいるということが了解できるはずである。両者は、事件の真実がどうであったかということを超えて、継子いじめ譚の様式に吸引されて当然の関係に置かれているのである。

朱鳥元年から『日本書紀』の完成する養老四年（七二〇）までの三十年余りのあいだに、すでに〈継子〉大津の像はできあがっていたのだろう。そしてその後も、『万葉集』の歌や『懐風藻』の漢詩や伝記にみられるようなさまざまなエピソードを加えながら語り継がれていったと想像することができる。いうまでもなく、その背景には、先にふれた『続日本紀』の継子や継母の褒賞記事からうかがえるような、継子いじめが一般的な状況として生じうる古代の双系的な社会制度があったということも押さえておく必要があるだろう。

滅びと栄光

王権の歴史としては、タギシミミ事件がそう語られていたように、大津皇子を謀反人として悪者に仕立てあげることもできたはずである。当然、そのほうが揺るぎない国家を主張することができるのである。タギシミミ事件にはそうした理想の王権の歴史が語られているのだし、その他の太子争いや嫉妬譚も王権の理想や天皇の徳に視点が据えられているから、王権の秩序を破綻させるような状況を露呈することはない。もちろん大津皇子事件も七世紀末の王権を破壊する力をもつことはなかったし、国家の史書である『日本書紀』は滅び去った大津を美化することはあっても謀反そのものを否定しているわけではない。しかしそこに、大津と持統が、継子と継母の像をおびて浮かびあがってくるのは否定しがたい事実であり、王権の歪みが否応なしに透けてみえるということは言えるだろう。

反国家・反権力への意志と言えばいささか大袈裟だが、少なくともこの伝承には、権力や制度に対するうさん臭さといった部分が感じられるはずである。そして、そのかすかな感覚を掬いあげてきたのが継子いじめ譚という話型だったのではないか。説話的な継子いじめという様式をもつことによって、あるいはその様式に支えられて、大津皇子は悲劇の主人公になりえたのではないかということである。もちろん悲劇の主人公はいつも継子ではないから、そのうちの一つという限定は必要である。そういえば、古代伝承のなかの悲劇の主人公の代表者ヤマトタケルも、父親から疎んじられ国家を追われる人物になることによって悲劇化への道をたどっている。家族や家の喪失と反国家・反権力への意志は、どちらも共同体と個体の葛藤をかかえこんでいるという点で重なる部分があるはずである。

継子いじめ譚の基層として嫉妬譚や王権に固有の太子争い譚などを考えてくると、そもそも滅亡に向かう主人公を描く伝承が、継子いじめ譚の原型としてあったとみる必要が生じてくる。それに対して、平安朝以降のいわゆる継子いじめの物語や民間に語りつがれる昔話では、主人公の継子は苦難の末に幸せな栄光につつまれた結末を迎えるのがふつうである。そして、そこにみられる両者の溝を埋めるのが、先にふれた貴種流離譚との結合だったのではないか。

折口信夫が貴種流離譚と名づけた話型には、ヤマトタケルのように主人公が各地を遍歴して最後には死んでしまうという物語も含まれるが、ここでいう貴種流離譚とは、ある主人公が試練や苦難を経たのちに栄光を獲得するという物語に限定しておく。そしてその種の貴種流離譚の典型としては、『古事記』『日本書紀』『播磨国風土記』などに記事をもつオケ・ヲケ二王子の伝承がある。

大長谷皇子（のちの雄略天皇）に父を殺されたオケ王とヲケ王の兄弟は、身に危険が迫るのを恐れて家を離れ、身をやつして各地を放浪する。その途中には二人を守る援助者としての忠実な舎人や二人を苦しめる妨害者が登場し、いくつものエピソードを重ねながら物語を語り継いでゆく。そして二人は、遍歴の果てに播磨の国の豪族の屋敷に火焚きの童子として雇われて日を過ごしているが、朝廷から派遣されていた役人も招かれた新築を祝う宴の席で、みずからの素性を明かす歌謡と舞いを披露する機会をもつ。天皇の血筋が途絶えそうな危機に陥っていた朝廷では、急いで二人の王子を都に迎えて皇位につけた。兄弟はたがいに位をゆずり合ったが、名告りの歌謡をうたうなどの功績のあった弟ヲケ王が先に皇位につくことになり、兄オケ王がその後を継いだ。それが顕宗・仁賢の両天皇である、というのがこの伝承のあらすじである。

兄が弟に位をゆずるというモチーフは、先のタギシミミ伝承の神沼河耳と神八井耳の兄弟にもみられたことで、明らかに王権の説話の一つの様式になっている。またこの伝承には、家を離れて放浪するほかに、身をやつして火焚きとなるとか宴席で素性を明かすなど、中世短編小説における継子いじめの物語やシンデレラ型の昔話と共通するエピソードをもち、遍歴する地名や登場する氏族名も中世小説の継子いじめ譚に繋がっていたりする(三浦『古代叙事伝承の研究』)。この伝承の主題は、高貴な王子がゆえあって身をやつして落ちのび、苦難を克服した後に天皇になるという点にあり、王権の側のサクセス・ストーリーとして語られているのは明らかである。そしてその結末は、かわいそうな少女が最後に幸せな結婚にいたるという継子いじめの物語の展開と重なるものだとみることができる。

継子いじめ譚を発生させる要因としての貴種流離譚の、主人公が試練ののちに栄光をかちとるという話型と、ここで論じてきた嫉妬譚や太子争い譚における対立や葛藤を語る話型が結びつくことによって継子いじめ譚は発生した、それが私の結論である。

しかも重要なことは、継子いじめ譚という話型が、日本文学が最初にもちえた、どこにでもいる普通の少女を主人公とした物語の一つだったということである。だから王権の側のサクセス・ストーリーである貴種流離譚だけに目を向けて、その発生を考えようとする立場には同調できないし、疑問を感じる。そうした疑問を解消するためには、ひとりの少女の、家や血筋などを原因として共同体の側から強いられる試練や苦痛が語られる理由を説明する必要がある。そしてそれは、継子の側ばかりでなく、同様に継母の側にも強いられていたはずである。したがって、継子にとっても継母にとっても共通にかかえこまれる、個体と家族（共同体）との歪みや矛盾という側面に視点を据えたとき、継子いじめ譚の基層として、嫉妬譚が抜きがたい話型に見えてきたということである。

3　少女の物語へ

以上のような結論をみちびいてきた時、解決しておかなければならない問題点が一つ残る。それは、ここで扱ってきた古代王権の側の伝承はいずれも男子を主人公としたものであるのに対して、いわゆる継子いじめの物語や昔話の主人公は少女たちだということである。もちろん平安前期に書かれた長編『宇津保物語』には、継母である北の方にさまざまに謀られ苛められ、父にも疑われて出家してしまう「忠こそ」という継子の男子が登場するし、昔話でも「灰坊」（大成話型番号二一一）のように男の子を主人公にするものや、「継子と笛」（同二一七）「継子の釜茹」（同二一九）「継子と魚」（同二二二）のように性を限定しないものもあるが、平安時代以降の物語類や昔話では少女を主人公とする話がほとんどである。嫉妬譚や太子争いなどを継子いじめ譚にからませるためには、男から女へと主人公が逆転する理由を説明しなければならない。

神話と物語

そのことを考えてゆくとき、継子いじめ譚の発生を論じながら神話と物語文学との差異を見据えながら物語を論じた古橋信孝の次のような発言が注目される（「物語文学と神話」）。

おそらく村落共同体の幻想が王権の形成によって釣り上げられたとき、その反作用として個幻想・対幻想が表現を要求した。神話が王権のもとに整序体系化されて、歴史となったとき、つまり神話で語られる神の世＝理想世界が遠い過去に位置づけられたとき、理想的でない現実が照らし出され、整序された共同幻想からはみ出す個別性が主題となった。すなわち神話が王権を担うものになることによって、神の子の追放は個別的な家の問題として焦点をあてられ、継子いじめ譚を弾き出してくることになった。そしてそこに要求される表現は、共同幻想に支えられた神話ではなくなるため、言語表現自体の動きにまかせるよりほか、普遍化しえない。かくして物語は神話＝歴史の反作用として、独自の表現領域をもつことになった。

古橋は継子いじめ譚の発生に、「神の子を追放する神話」を考えている。それはたとえば『丹後国風土記』逸文の奈具社伝承に遺された、天から降りてきた天女が衣を隠されたために老夫婦の養女となり、酒を醸して売ることによって老夫婦を豊かにするが、心変わりした翁から家を追われて放浪するという、天女伝説の一つのバリエーションをさしている。こうした神の子追放というモチーフは三輪山型の神婚神話にもみられるもので、追放という語り口は神の世界からきた神あるいは神の子は人間界に永遠にとどまることはできず、最後にはまた神の世界にもどっていくという、神に対する根源的な観念につながるものである。たしかに、奈具社伝承では天女は老夫婦の養女となり、それは『竹取物語』のかぐや姫と翁夫婦との関係にもつながっていて、その関係に〈継子〉をみるのは興味ぶかい。しかし、神の子追放の話型と継子いじめ譚とのあいだには隔たりが大きく、継子いじめ譚では追放モチーフが必須の条件にはなっていないという点でも、継子いじめ譚の発生に神の子追放譚を置くことはできない。

しかし、その神の子追放譚に関する部分をのぞいた古橋の発言は、かな物語の発生を原理的に追究した重要な提言である。男の継子から女の継子への逆転は、こうした王権の側の表現としての「神話＝歴史」の反対側にあらわれることになった「物語」が要求したものだというふうに説明できるだろう。そしてそれは、王権の「神話＝歴史」から「物語」へという単線的な流れとして文学史的にあるものではなくて、表面に浮かびあがってくる王権の「神話＝歴史」の裏側にいつも抱えこまれている、反・王権あるいは非・王権の言語世界のなかに存在していたのではなかったか。漢文世界を基盤とした八世紀以前の文献には現われえなかった世界が、かな物語によって掬い上げられてゆくことになったのだと言ってもよい。大津皇子への共感や『続日本紀』における顕彰記事などに痕跡として認めることができる、王権の「神話＝歴史」とは別の伝承世界の存在が、そのことを裏付けているようにみえる。

かわいそうな少女

王権では、その永遠を保証するためにも継承される血筋が重要な問題になる。そして、天皇の血筋は男によって受け継がれるのを原則としているから、貴種流離譚でも太子争いでも、王の子である男子が主人公にならざるをえないのである。ところが、王権から弾き出された、あるいは王権からはずれた物語世界においては、永遠の血筋など要求されないから、性を限定する根拠などなくなってしまう。そればかりか、継母にいじめられ数かずの苦難や試練に耐えるか弱い主人公を作り上げるためには、少年よりも少女のほうがよりふさわしいはずである。

それはただか弱いからというよりも、古橋のいう「神話＝歴史の反作用」として象徴化されるためには、王権の側の主人公である少年ではなく、神話においては主人公の結婚相手という役割しか与えられていなかった〈少女〉を主人公にすることがぜひとも必要なことであったのである。

『古事記』や『日本書紀』にみられる説話では、天皇や皇子たちを引き立て、王権の歴史をかざるためにしか少女たちは語られない。そしてそこでは、男たちに求婚され皇統をまもる受動的な存在として、少女は位置づけられるしかなかった。ただ一つ、主体的な意志や行動をしめす少女は、求婚を拒否する存在として説話にあらわれてくるだけである。

たとえば、仁徳天皇に求婚された異母妹女鳥《めとり》王は、天皇の求婚を拒み異母兄である隼別《はやぶさわけ》王とともに逃げて殺されるし、垂仁天皇と結婚したサホビメは同母兄サホビコの告白に応じて天皇と訣別して死を選ぶ。それらの説話には王権の意志に背こうとする女たちの姿がほの見え、物語が女性を主人公として描かれてゆく萌芽をみせている。しかしそこでも、天皇や皇子たちに象徴される王権の側の論理から女たちは自立しえてはいない。また、かな物語の始発に置かれた『竹取物語』のかぐや姫でさえも、物語の主人公にはなりきれない。彼女は文字通り〈神の子〉として地上に誕生し、主人公の位置におかれながら、夫になりそこねた翁や求婚する貴族たち、あるいは拒否しきれなかった帝など王権の側の主人公としての地上の男たちにふり廻されるようにしてしか自己を主張しえない存在なのである。

このようにみてくると、『落窪物語』に代表される継子いじめの物語とは、神や神の子（貴種）から離れた、人間の、ふつうの少女を主人公にした最初の物語だったということができるのである。そしてそれは、物語が王権から離れたことの証しでもあったし、今まで文字言語の世界に定位しえなかった側の出来事や表現が、はっきりとした姿をとって立ち現れてきたのだということでもあった。

かわいそうな少女の物語はそのようにして誕生した。だからこそ、家族を喪失した少女は王権の外側に位置づけられた象徴的な存在となり、苦難の果てに信じられないような栄光としての理想の家族を手に入れる真の主人公になることができたのである。

このように継子をめぐる物語や昔話を読んでくると、つい、吉本ばななの小説を思いだす。『サンクチュアリ』を除くすべてを一人称語りで構成する吉本の「わたし」は、物語的に様式化された継子の少女と同じ位置に立っている。

『キッチン』『うたかた』『哀しい予感』『TUGUMI』など、吉本の小説の登場人物は、「わたし」とその両親、弟または姉と「わたし」の恋人であって、それ以外の人物はほとんど出てこない。しかも、そこに描かれる家族はいつもどこかに欠如のある不安定な状態に置かれ、親子でありながら血が繋がっていないとか、「わたし」の恋人は血縁のない兄や弟であるとか、両親または母が死んでいないとか、母は愛人で父親と別居状態にあるとか、いとこだと教えられていた相手が実の姉だったなどというふうに、揺らぐ家族や恋人たちの間で、どこか傷ついた少女としてけなげに生きる「わたし」の姿が、家族や母をなくしたかわいそうな継子像と重なって見えるのである。違っているのは、吉本の小説には、継母のように意地悪な人物がいなくて、互いにいたわり合って生きるやさしい人たちばかりが登場するということぐらいだ。

吉本ばななの描く「わたし」の暖かさは、こうした家族の喪失とふれあっている。だから読者は、傷ついたふたりの恋が障碍の多いものだとはわかっていながら、幸せになるに違いない（なってほしい）と思ってしまうのである。吉本の小説がもたらすこの余韻は、物語として書き継がれ、昔話として語り継がれてきた継子いじめ譚の様式と、求め続けられる理想の家族に対する幻想によってささえられているらしい。

第Ⅱ部
英雄譚のゆくえ

第一章　古代の英雄

少女たちのサクセス・ストーリーである継子いじめ譚に登場する主人公は、いずれも幸せな結婚を手に入れることによって欠如を解消することになる。それはちょうど、肉体的にも精神的にも少女たちがもっとも微妙に揺れるころ、藤井貞和によれば、初潮を迎えるという「まことに恐るべき深裂をそのただなかにかかえている」十二、三歳をはさんだ、七〜十七歳くらいのあいだが少女期であり、物語では〈わらは〉と呼ばれているという（『物語の結婚』）。そこには、その「深裂」を境目にして初潮前の〈童女《うなゐ》〉の時期と初潮後の〈処女《をとめ》〉の時期とをふくんでいるとみればよい。そしてそのヲトメの終わりにおとずれるのが結婚なのである。

継子いじめ譚とは、ひとりの少女が、ウナヰからヲトメを経ておとな（女＝をんな）になってゆく物語であった。そして、この少女に対応するのが少年である。

現代語で少年というと、少女におけるウナヰの時期に相当するという印象が強いが、「少年法」でも二十歳未満の未成年を少年と呼ぶように、少年期はかなり長い期間をさしているらしい。そして、少女の場合とおなじように、少年も二つの時期に区切ることができそうである。少女期の前半をさすウナヰという語は性別に関係なく男女ともに用いられているのだが、とくに男子のこの時期をさすことばとして、『古事記』には「童男《をぐな》」という語が出てくる。年齢的にいえば少女より二、三歳ずれて、十五、六歳までの男子をさしているとみてよい。『律令』（戸令）の条文によれば、「男の年十五、女の年十三以上」

が結婚を許される年齢で、男女の間には二歳の隔たりがみられる。この年齢差は、男女の成熟差として現代でも一般的にみとめられているだろう。

その「戸令」に規定された年齢区分によると、二十一歳から六十歳までの男性が成人男子で「正丁」と呼ばれる。それに対して、十七〜二十歳までの男子を「中（中男）」、十六歳以下の男子を「小（小男）」と呼ぶ。「中男」というのは現代の語感では青年といったところで、少女におけるヲトメに対応する段階であろう。ヲグナに続くこの時期を何と呼んでいたのかはっきりしないが、語源的にみればヲトメに対する語はヲトコだから、「中男」はヲトコと呼ばれていたとみてよい。ところがヲトコ（青年）は成人男子をもふくんでしまうから、十五、六歳までのヲグナを過ぎるとすぐに成人してヲトコ（大人）になると認識される傾向が少女の場合よりもつよい。それは、女性では結婚がヲトメをヲンナに転換させるポイントであったのに対して、男性の場合には結婚がそうした明確な境界とはなっていなかったからかもしれない。ただ厳密にいえば、男子もヲグナ（小男）からヲトコ（中男）を経ておとなになってゆくはずである。その、ヲグナからヲトコにいたる男子を、少女に対応させてここではひとまず少年と呼ぶことにする。

この、少女の対《つい》になる少年たちのサクセス・ストーリーとしてまっ先におもい浮かぶのが英雄譚である。ひとりの少年がさまざまな苦難や試練の果てに栄光をつかみ、少女との恋を経験して結婚にいたるという物語、もちろん英雄譚のなかには悲劇的な最後を遂げる英雄もふくまれるが、継子いじめ譚が少女の成長物語であったのと同様に、英雄譚とは少年の成長を主題とした物語なのである。それは古代の神話から中世の戦さ語りを経て昔話や伝説へ、そして現代のアニメーションやファミコン・ゲームへと表現や媒体を変えて流れつづけ、聴き手でもある少年たちの心をおどらせ続ける物語である。

日本神話のなかに登場する代表的な英雄をあげるとすれば、たぶん誰もがスサノヲとオホナムヂとヤマトタケルの三人の名をあげるだろう。まずは、その典型的な少年英雄たちの活躍する神話を追いかけることからはじめよう。

1　文化英雄スサノヲ

追放されるスサノヲ

日本神話のなかでもっとも魅力的な神は、渾沌たる力を秘めたスサノヲである。『古事記』によれば、スサノヲは死の世界である黄泉の国からもどったイザナキによって、太陽神アマテラス・月神ツクヨミとともに生み成される。イザナキの左右の目から生まれたアマテラスとツクヨミがイザナキの命令のままに、それぞれ高天が原と夜の国を支配して天上と地上の昼と夜の秩序を守護する神となるのに対して、イザナキの鼻から生まれたスサノヲは、海原を支配せよという命令に従わず「妣《はは》の国」に行きたいといって泣きさわぐのである。しかもその泣くさまは、青山を枯らし川や海の水を泣き干してしまう凄まじさであり、世界を怖ろしい神々で充満させてしまうほどであったという。これは、スサノヲが溢れ出る渾沌たる力を秘め、しかもそれを自ら統御できない存在だということを示している。だから、イザナキの命令によって秩序化された世界から追放されてしまうのであり、高天が原へ行ってもアマテラスから、その心の清明を疑われて放逐されてしまうのである。

父イザナキから追放された後に、別れを告げるために天上に昇ったスサノヲは、姉アマテラスから邪心をもつと疑われ、心の清明を証すために、子を生むことによって神意をうかがう〈ウケヒ〉という占いをすることになる。この部分の描き方は『古事記』と『日本書紀』とで微妙な差異があり解釈上の問題も大きいのだが、スサノヲにかけられた疑いはウケヒによって晴らされたとみることができる。ところが、体系化された『古事記』や『日本書紀』本文では、スサノヲは心の清明を証明することができないのである。それは、天皇家の血筋の正統性と優位性を語る国家神話のなかで、太陽神アマテラスに対置された邪悪な異端神スサノヲという設定が明確に認識されていったことと関わっている（三浦『古代叙事伝承の研究』）。

そもそも、スサノヲの心は清明とか邪悪とかいった尺度では計ることのできない横溢としてあり、その噴出が、「われ勝ちぬ」と言って天上世界を渾沌に陥れるスサノヲのさまざまなふるまいだとみた方がよさそうである。だからこそ、困惑したアマテラスが天の岩屋にこもってしまうことによって宇宙は闇に閉ざされた状態となり、神々の計らいによってアマテラスが岩屋から引き出されて秩序が回復したのちに、スサノヲは高天が原からも追い払われて放浪しなければならないことになるのである。

自ら抑えることのできない力をもつゆえに、親であるイザナキからも姉アマテラスからも追放されたスサノヲは、高天が原から地上に降りてゆく。そしてそこで語られるのが、有名なヤマタノヲロチ退治の神話である。ここにスサノヲの英雄神としての性格がもっと顕著に現われているのだが、まずはその神話を原文になるべく忠実に口語訳して掲げる。

さて、スサノヲは追放されて、出雲の国の肥《ひ》の河の上流の鳥髪《とりがみ》と呼ばれる所に降りていった。その時、箸が川上から流れ下ってきた。それでスサノヲは、人が上流に住んでいると思って尋ね求めて行くと、老夫《おきな》と老女《おみな》がふたりいて、童女《をとめ》を真ん中にはさんで泣いていた。

スサノヲが、「お前たちは誰だ」と尋ねると、その老夫が、「私たちは大地の神オホヤマツミの子です。私の名は足ナヅチと言い、妻の名は手ナヅチと言い、娘の名はクシナダヒメと言います」と答えた。そこでまた、「お前たちが泣く理由は何か」と尋ねると、「私たちの娘はもともと八人いたのですが、高志《こし》の八俣《やまた》のヲロチが、毎年やってきて喰ってしまいした。また今年もそいつが来る時期が近づいたので、泣いているのです」と答えた。そこでスサノヲが、「そいつの姿はどんなか」と尋ねると、「その目は真っ赤なホオズキのようで、一つの胴体に八つの頭と八つの尾がある。また、その体には羊歯《しだ》や檜《ひのき》や杉が生え、長さは渓谷を八つ、尾根を八つも渡るほどで、その腹を見ると、あちこち爛れていつも血をたらしている」と答えた。

それを聞いたスサノヲは、老夫に、「この、お前の娘をおれにくれるか」と言うと、「恐れ多いことですが、あなたのお名前を存じません」という。そこで、スサノヲは自ら、「私は天照大御神の同母の弟である。ちょうど今、天上から降りて来たところだ」と素性を明らかにした。すると、足ナヅチ・手ナヅチの神は、「そのような高貴な方とは恐れ多いことです。娘を差し上げましょう」と答えた。するとスサノヲは、すぐさまそのヲトメを神聖な櫛に変えて、自分の束ねた髪に刺して、足ナヅチ・手ナヅチに次のように告げた。「お前たちは、つよい酒を醸し、また垣根を作り廻らし、その垣に八つの門を作り、門ごとに八つの桟敷を準備し、その桟敷ごとに酒を入れる槽《おけ》を置き、槽ごとに醸した酒をいっぱいに満たして待て」と。

そこで、命じられた通りに準備して待っていると、その八俣のヲロチが、本当に言葉どおりの姿でやって来て、すぐに槽ごとに八つの頭をつっこんで、その酒を飲みはじめた。そして、飲んで酔っぱらうとそのまま寝込んでしまった。するとそこにスサノヲが現われ、身につけた剣を抜いてその蛇をばらばらに切り散らすと、肥の河は血になって流れた。

その最中、真ん中あたりの尾を切った時に、剣の刃が欠けた。それで、不思議に思って剣の先で刺し割いて見ると、ツムガリの太刀があった。そこで、この太刀を取り出し、不思議な物だと思い、高天が原のアマテラスに報告し献上した。これが、草薙《くさなぎ》の太刀である。

〔以下要約――ヲロチを退治したスサノヲは、そのあと宮殿を造る場所をさがし求めて須賀の地を見つけ、そこに宮殿を造営してクシナダヒメと結婚する。そして、足ナヅチを宮主《みやぬし》に任命してそこに住み、クシナダヒメに子どもを生ませた。〕

（『古事記』上巻）

この神話はヨーロッパから東アジアまで世界的に分布し、ペルセウス＝アンドロメダ型と名づけられた英雄神話の一つである。大林太良によれば、それは、多頭の竜や大蛇が定期的に人身御供を要求し続けるのに悩まされる村人たちが、最後にのこった王の娘を捧げようとしていたちょうどその時、ひとりの若者が現れてその怪物を退治し、王の娘と結婚するという共通の内容をもって語られている神話である（『日本神話の起源』）。この内容はスサノヲのヲロチ退治ともほぼ一致するわけで、世界的な視野からの比較分析も必要なのだが、ここでは、ヲロチ退治神話に語られているスサノヲ像から見出せる英雄的な性格にかぎって考察を加えてゆくことにする。

文化と自然

ここに登場する怪物の名ヲロチは、もともと大蛇という意味をもつことばではない。得体の知れない恐ろしい怪物がヲロチなのである。だから『古事記』ではずっとヲロチ（原文は遠呂知）として語られ、切り殺される場面になってやっと正体がわかるから、そこにいたって「蛇」ということばが用いられるのである。正体がわからないからこそ恐ろしい怪物なのである。

そのヲロチという語だが、ロは格助詞ノ、チは霊格を示す語で、この神話の結末に「尾」から宝剣が出てきたと語られているところをみるとヲロチのもっとも象徴的な部分が尾にあるとみてよいから、ヲは尾の意とみてよいだろう。つまり、ヲロチとは「尾の霊」といった意味をもつ、正体不明の恐ろしいものの呼び名だったのである。

ヲロチが何を象徴しているかということは、足ナヅチの語るヲロチの姿がどこから連想されているかということにかかわる。多頭の蛇や竜がペルセウス＝アンドロメダ型神話に共通したイメージだというだけでは、ヲロチ像が構想される理由を説明することはできない。そしてその姿はヲロチ退治神話の舞台になっている肥の河（出雲国で最大の河川、斐伊川のこと）を象徴しているとみるのがもっとも理解しやすい。ホオズキのような真っ赤な目というのは恐ろしい怪物の不気味さを表わすお決まりだが、それ以外の、八つの頭と八つの尾はたくさんの支流を加えてうねうねと流れる姿を、体に生えた草や樹木は川をはさんだ両岸のさまを、たくさんの渓谷や尾根を越える巨大な姿は川そのものの流れを、腹から爛れる血は両岸が川に崩れ落ちた山肌の状態を、それぞれ示しているとみれば、雄大なヲロチのイメージは明らかに斐伊川そのものの姿を写しているのだということが納得できるはずである。

また八俣のヲロチは「高志の」と語られているが、このコシは越の国をさしているとみてよい。この神話の舞台である出雲にとって、「高志（越）」は共同体の外側の未開の地として認識される異境である。そのことは、『古事記』や『出雲国風土記』の各所からもうかがえる。出雲を中心に置いて、日本海沿いの東のはてにある野蛮な異境が高志であり、恐ろしいヲロチはそこから共同体を訪れると幻想される怪物でもあった。川を象徴する怪物と恐ろしい異境とが重層しているのである。

しかもそのヲロチは、毎年老夫婦のもとにやってきて娘を一人ずつ喰ってゆく（原文では「年毎に来て喫《く》ひき」）と語られている。そこからいえることは、足ナヅチ・手ナヅチに象徴された共同体の側と異境のヲロチとは、ヲトメを差し出すことによって契約関係を結んでいるということである。つまり、足ナヅチの側は年毎にヲロチを祭ることによって、ヲロチの被害から免れヲロチのもつ力を受けているということになる。これは、まさに神と人との関係なのである。

こうした点から、人びとに恐れられ退治されるヲロチとは、水という恵みをもたらしてくれる川と洪水によって命や財産を奪う川との、川という自然のもつ威力の二面性を抱えこんだ〈自然神〉の姿だということがわかる。そして、それを退治するスサノヲは、その自然神に立ち向かうもうひとつの神としてここに登場してくるのである。

図式的にいえば、〈自然〉を象徴したヲロチに対して、スサノヲは〈文化〉を象徴する神である。それは、渾沌に対する秩序というふうに言い換えてみてもよい。たとえば、スサノヲが自らをアマテラスの弟だと名乗るのも、〈高志〉という渾沌の異境に本拠を置くヲロチに対して、スサノヲが秩序化された世界（高天が原）から来訪した高貴な神であることを明かすためである。自然の力とは別の、もうひとつの力としての〈文化〉をもつ神というのが、ヲロチ退治神話においてスサノヲが与えられた役割なのである。

またそのことは、次のように説明することもできる。足ナヅチの側からいえば、スサノヲに娘を差し上げたということは、スサノヲの正体を知ることによってヲロチからスサノヲに祭る対象を移したのだということになる。娘を与えてしまうという点からみれば、ヲロチに喰われるのもスサノヲに与えるのも同じことなのである。しかしそれは、生贄として喰われてしまうことと結婚という人の側の秩序（文化）に組みこまれることとの違いをもつのである。足ナヅチは、新しく登場した新たな神との契約関係を選んだのである。それを可能にしたのはスサノヲの正体であった。だからそのスサノヲの姿は、奇怪なヲロチに対して人間と変わらない姿をもつ神としてイメージされているのである。この神話は、人間の結婚の起源神話だというふうにも読める。結婚して子を生むことこそが、人間の文化を生み出す根源であるという意味において。

知恵をもつ英雄

こうしたスサノヲの文化的な英雄神を象徴する性格は、〈知恵〉をもつということに象徴されている。スサノヲは、足ナヅチ・手ナヅチに命じて、ヲロチ退治の準備をさせる。それは、強い酒と垣をめぐらした門を準備することであった。そして、いうまでもなく、その設備はヲロチを酒に酔わせて眠らせ、その隙をみて殺すためであった。正面から一対一で対決するのも英雄の力ではあるが、文化英雄の第一の力は〈知恵〉なのであり、それがなければいくら武勇にすぐれていても英雄とは呼べないのだといってもよい。〈知恵〉こそがスサノヲを英雄にする最大の武器であり、それは自然神のヲロチには持つことのできない力だったのである。

ここで論じている〈英雄〉は、アフリカの英雄神話をもとに「いたずら者（トリックスター）」について論じた山口昌男の分析に多くの示唆を受けているのだが、氏はそこで、スサノヲのヲロチ退治神話における「妖怪に策略で立ち向うという構造」は、「いたずら者」の英雄のパターンによったものだと述べている（『アフリカの神話的世界』）。その通りだと思うが、「策略」というと、何か悪いことをたくらんでいるというイメージが強調されすぎてしまう。そして確かに、敵をだまして殺すのだから狡いやり方だというふうにもみえるが、このスサノヲの行為には、そのような認識はいっさいなく、それは知恵（文化）をもつ英雄の証しとして語られているとみるべきであろう。ただ、〈知恵〉がその裏側に〈狡さ〉を秘めているものだということは、後に分析を試みる昔話の英雄を考える場合に重要な視点だということをおぼえておく必要がある。

もうひとつ、クシナダヒメをクシに変えてしまうことのできる力をもつのも、この〈知恵〉とかかわっているだろう。凶暴なヲロチからヲトメを護るために、スサノヲはクシナダヒメを櫛に変え、もっとも安全な場所に隠しておく。それが、自分の髪に刺しておくことの意味である。それとともに、ここでは語られないのだが、クシナダヒメがスサノヲの援助者として存在するのだということを、この語り口は示してもいる。英雄が危機に陥ったとき、隠れていたヲトメが主人公を救うという展開は英雄神話に欠かせないパターンである。この神話ではスサノヲの〈知恵〉が強調されているために、巫女的な霊力をもつヲトメの援助者としての側面が忘れられているが、ヲトメを櫛に変えて身につけるという語り口には、間違いなく危機とその克服におけるヲトメの役割が意識されているとみてよいのである。

このようにみてくると、スサノヲのヲロチ退治神話に描かれたもろもろの性格は、新たな秩序としての〈文化〉を象徴するものばかりだということになる。そして、こうした秩序をもたらすスサノヲ像は、その前に描かれている父イザナキや姉アマテラスに立ち向かうスサノヲの性格とはまったく逆のものであるようにみえるが、じつはそうではない。文化英雄が単にやさしい力持ちではなく、自分では抑えることのできない横溢する力を秘めた存在なのだということが重要なのである。秩序の象徴としての父や姉に対する反抗的な態度は、スサノヲが共同体（秩序）を超えているということをあらわしており、その点では八俣のヲロチの凶暴性につながる力を秘めた存在だということになる。そうした横溢する力をもつゆえに、スサノヲは、異境から訪れる文化英雄神となり、自然神ヲロチにはない〈知恵〉によって共同体を救う英雄として構想されてゆくことになった。この横溢する力は、たとえばヲロチをバラバラに切り屠ってしまうという描写にその片鱗が窺えるだろうし、クシナダヒメを妻として要求する場面にもその力を認めることができるはずである。

スサノヲはそうした横溢する力を秘めたままにクシナダヒメと結婚し、共同体をまもる神として祭られることになった。クシナダヒメの名前が物語的なクシ（櫛）から連想されているとともに、クシ（奇し＝霊妙な力をもつ）イナダ（稲田）の女神、つまり農耕神を祭る巫女の性格をもっているということからも想像できるように、スサノヲは農耕神的な側面をもっている。追放されて出雲に降りる直前に、食物の女神オホゲツヒメを殺し、その死体から五穀の種を化生させるという役割がスサノヲに与えられているのもそのためである。そして八俣のヲロチもまた川の神の象徴として農耕神的な側面をもつわけで、その点でも両者は等価な存在なのである。そのヲロチからスサノヲへの共同体の祭祀対象の移行は、こうした自然神から文化神（人文神）への転換として位置づけることができるのである。こうしたスサノヲの性格は、このあと『古事記』ではスサノヲが地下世界の王として根の国にいるという唐突にみえる展開とも繋がっている。そこはあらゆる生命力をやどした根源の世界として認識される異境であり、農耕神的な性格をもち横溢する力を秘めたスサノヲにとってもっともふさわしい世界だったのである。

2 王になる英雄オホナムヂ

すでに本書第Ⅰ部の後半にも名前をあげたオホナムヂは、スサノヲの六世の子孫という系譜をもつ大国主の神の別名である。その大国主はアシハラの中つ国（地上世界）を統一した王として語られる神で、オホナムヂのほかに、ヤチホコの神・アシハラノシコヲなど五つの名をもつ。もとはそれぞれ別個の神であったものが、国家神話として整えられる段階で大国主に統一され、それぞれの神名が大国主の別名とされるに至ったと考えることができる。そのなかで、英雄神としての性格はオホナムヂという名で語られる神話に顕著に現れているから、ここではその部分に限定してオホナムヂの英雄神的側面にふれておく。

オホナムヂ神話は、よく知られている稲羽の白ウサギの話からはじまる。そして、この神話からは次のようなことが指摘できる。まずオホナムヂは異母兄弟である八十神《やそかみ》たちに対して弟の位置にいるという点である。そこには当然、いじ悪な兄とやさしい弟という説話の様式が顔をのぞかせている。ワニに皮を剝がれたウサギに対する八十神の対応とオホナムヂの対応とを比べてみれば明らかだろう。ただ、やさしさを内包している分だけスサノヲがもっていたような横溢する力は弱くなり、英雄神としては線の細い存在になっているというふうにも見える。だから、ウサギを助けるのは武力ではなくて医療によってだということになる。

ワニに皮を剝がれ、おまけに八十神たちにだまされて海水で水浴びして風に吹かれたために膚の裂けたウサギに、真水で体を洗って塩気をとり、蒲《がま》の穂を敷いてそこに横たわっていれば治るというオホナムヂの教えは、古代の医療技術を反映したものだとみてよい。そして、古代の王がシャーマンと医者の役割を兼ね備えているということは普遍的なことらしいから、オホナムヂのこうした巫医的な側面は王になるために必要な力だったとみることができる。しかもそればかりではなく、病気や怪我を治療する能力は、スサノヲのところで述べた言い方にしたがえば〈文化〉だということになる。つまり、オホナムヂもまた知恵をもつ英雄だといえるのである。

白ウサギに出会ったのは、八十神たちが出雲の国の隣りの稲羽（因幡）の国にいるヤガミヒメに求婚するために、弟オホナムヂに袋を背負わせて旅をしている途中であった。ところが助けた白ウサギの予言どおりに、ヤガミヒメは八十神の求婚を拒否してオホナムヂを選ぶのである。この神話もまた、八俣のヲロチ退治神話とおなじく結婚にいたる物語になっているという点で、少年英雄の成長物語という性格を濃厚にもっているのである。

ところがオホナムヂの場合には、そのまますんなりと結婚したとは語られない。怒った八十神たちがオホナムヂを殺そうとしてさまざまな妨害を企てるからである。山の上からイノシシだと偽って真っ赤に焼けた石を転がしてオホナムヂに抱き取らせて焼き殺したり、大木の間に入れて挟み殺したりするのである。そしてその危機には、いずれも母神が現れてオホナムヂを救助し天上の神の援助を要請したりしてオホナムヂを蘇生させる。英雄神の特徴の一つは死んでも生き返るという点にあるのだが、そこにはつねに援助者が登場する。それがここでは母神として語られているのである。もちろん援助者が付き添っているというのも英雄神話の条件であった。ここではそれがヲトメや妻でなく母だという点で、オホナムヂはまだ十分に成長していないのだとみることができるだろう。結婚の資格をえる前の少年ヲグナのままだといってもよい。だから、ヤガミヒメとの結婚は先に延ばされるのである。

その身を案じた母神によってオホナムヂは出雲から熊野のオホヤビコのもとに逃れるが、なおも追ってくる八十神を避けるために木の俣を抜けて地下の根の国に赴く。その地下世界での試練を語るのがオホナムヂ神話の後半である。

訪れた根の国にはスサノヲがおり、そこでオホナムヂはヘビやハチやムカデのいる部屋に寝かされたり、野に放たれた矢を拾いに行って火ぜめにされたりなど、さまざまな試練を課せられる。ところがその危機は、スサノヲの娘スセリビメやネズミたちによって救われる。ふたたび援助者たちの登場である。この神話は、先にふれたように少年が大人になるために課せられる試練、習俗としての成人式の通過儀礼を背景にもって語られているのだが、ここに登場する援助者が前半のように母神ではなくスセリビメで、オホナムヂはその女神と結婚することになるというのは、彼が試練を克服することによってヲグナからヲトコへと成長したことを示している。

また、野原に火をつけられて焼き殺されそうになったとき、「内はほらほら、外《と》はすぶすぶ」というネズミの声を聞いて地面に穴のあることを察知したり、スサノヲに頭のシラミ（虱）をとれと言われて見るとムカデがいっぱい髪の間を這いまわっているので困っていたとき、援助者スセリビメに椋の実と赤土を渡されるとすぐに、それを噛んで吐き出してムカデを取っているようにみせかけたりする。こうしたオホナムヂの行為は、その呪文の意味や渡された品物の謎をすぐさま察知できる能力をもつことを示すのであり、ここにもオホナムヂの知恵が描かれているとみてよい。また同様に、スサノヲが眠っている隙にスセリビメと根の国の呪宝をうばって地上に逃げるとき、スサノヲの髪を家の垂木に縛りつけ、逃げる時間をかせぐといったところにもオホナムヂの知恵は発揮されているのである。

最後にオホナムヂは、スセリビメと呪宝に象徴される異境の呪力を手に入れ、スサノヲから大国主となって地上を治めろという祝福のことばも与えられて地上にもどり、八十神たちを武力によって討伐してアシハラの中つ国の王となるのである。たび重なる試練を通過したのちに王となる英雄オホナムヂも、スサノヲがそうであったように、やはり〈知恵〉をもつ者として描かれているのである。それと、スサノヲにはあまり明確でなかった援助者が重要な役割を果たしているのもオホナムヂ神話の特徴の一つである。しかもそれは、母であり、妻であり、ウサギやネズミなどの動物たちであった。女たちと不思議な力をもつ動物（神）たちがそばに付き添っているのも英雄の条件だということも指摘できるだろう。ただ、あまりに援助者が多彩でしばしば登場する分だけ、英雄神としての性格は曖昧になってしまったかもしれない。

3　悲劇の英雄ヤマトタケル

これもまたよく知られたヤマトタケルという人物は、神がみの世界の英雄スサノヲを人の世の英雄に置き換えた存在だと言えるのではないか。それほどに両者の性格や語り口には共通する部分が多いのである。もちろん両者には差異もあるわけで、それは神話の英雄と人の世の英雄との違いとして現れている。ヤマトタケルがスサノヲやオホナムヂのように王として完結できないままに死と向きあわなければならなかったのもそのためである。

横溢する力

ヤマトタケルの死は、直接的には伊吹山の神をその使いと見誤り神の怒りにふれたことによってもたらされる。しかし、彼の死はその物語の最初から孕まれた必然として到来する。それは父である景行天皇との関係のなかに象徴的に現れている。

　ヤマトタケルという名はクマソタケルを討伐した際に与えられる名前で、それ以前はヲウスノミコトと語られているのだが、『古事記』によれば、景行天皇はわが子ヲウスの「建《たけ》く荒き情《こころ》」を恐れて西の国のクマソタケル兄弟の討伐を命じるのであり、それはヲウスを都から追放するためであった。その原因となった一つのエピソードが発端部分に語られている。

クマソタケルを殺すヲウス（「熊襲征伐」『尋常小学国語読本』巻五、大正八年）

　ヲウスには同母の兄オホウスがいて、彼が朝夕の食事を父天皇とともにしない日が続いたので、父が理由を尋ね教え諭せとヲウスに命じる。ところが何日たっても食事に出てこないので天皇がヲウスに教え諭したかと聞くと、すでに諭したという。どんなふうにと聞くとヲウスは、「夜明けに兄が厠に入った時、待ち捕らえて引っ掴み、手足を引っこ抜いて薦に包んで投げ捨てた」と答えるのである。それが父天皇を恐れさせ、ヲウスが都から追放される原因になったと『古事記』には語られている。

　たしかにヲウスのふるまいは凶暴である。そしてこれは、スサノヲの高天が原でのさまざまな行為がそうであったように、共同体の秩序を危うくするものであった。抑えることのできない横溢する力は、ヲロチやクマソタケルを討伐する力ではありえても、国家秩序の内部においては、そこからはみ出してしまう猛々しさでしかなかったということである。スサノヲと同様に追放されるしかない横溢する力を秘めた人の世の英雄は、共同体にもどることを許されないのである。だから、西の国からもどるとすぐに東の国の討伐を命じられ、故郷を失ってさまよう英雄となって悲劇的な死へと突き進んでゆくのである。

クマソの国に下ったヲウスは厳重に守りを固めるクマソタケル兄弟の隙を窺い、新築祝いの席に女装して入り込み、酒に酔って油断した兄弟を隠し持った短剣で刺し殺してしまう。その場面を、『古事記』では次のように描いている。やはり忠実な現代語訳によって再現してみよう。

そこで、その宴の真っ盛りになったとき、懐から短剣を出し、兄クマソの衣の襟首をつかみ、剣をその胸から刺し通すとき、それを見た弟のタケルは恐れて逃げだした。そこで追いかけてその建物のきざはしで捕まえ、その背中の皮をつかみ、剣を尻の穴から刺し通す。すると、クマソタケルが言うことには、「その刀を動かさないでくれ。言うことがある」と。そこで殺すのをしばらく許して押しふせた。すると、言うことには、「あなたは誰か」と。そこで、宣言して、「我は、纏向《まきむく》の日代《ひしろ》の宮に坐して大八島国を支配なさっているオホタラシヒコオシロワケの天皇の子、名はヤマトヲグナの王だ。お前たちクマソタケル兄弟は天皇に服属せず礼を失した者どもだとお聞きになって、お前たちを取り殺せと命じて私を派遣なさったのだ」と答える。そうすると、そのクマソタケルが言うには、「まことにそうだろう。西の方には我ら二人を除いて、猛く強い者はほかにいない。しかし、ヤマトの国には、我ら二人に勝る勇者がいらっしゃったのだなあ。ここに、我は御名を献上いたしましょう。今より後は、ヤマトタケルノミコトとお称えください」と申しあげる。

このことを言い終わると、即座に、よく熟れた瓜を切るように、ぶつぶつと切り刻んで殺してしまった。そこで、その時から御名を称えて、ヤマトタケルノミコトと呼ぶのである。

この場面からはさまざまなことが読めてくる。まずスサノヲとの共通性を指摘すれば、酒を飲ませ相手を酔わせて殺すという方法が一致している。それはすでにふれたように、英雄の〈知恵〉を語るパターンだといえる。また、ヲウスに剣を尻から刺し通されたままの状態で素性を尋ね、勇猛さを称えて自分の名を奉ったクマソタケルを、よく熟れたウリをぶつ切りにするようにばらばらに切り裂いたというのもスサノヲがヲロチをばらばらに切り散らしたというのと同じ語り口である。やはりヤマトタケルも、横溢する力を抑えきれない英雄なのである。しかも、それはただ武勇だけに頼ったふるまいではなく、隙を窺い女装し酔わせるといった用意周到な計画のもとに実行する〈知恵〉をそなえているという点でも、文化英雄スサノヲを受け継ぐ英雄だといえよう。

その女装のための衣装は、都を出る前に姨《おば》ヤマトヒメから与えられていた。このヤマトヒメという女性はヤマトタケルの援助者として、東国遠征の際にも登場し大きな役割をはたしているのだが、そこには伊勢神宮の巫女として奉仕する女性と語られ、タケルは父から疎んじられている自分の宿命を嘆きヤマトヒメの前で涙を流したと語られている。ここからみれば、姨ヤマトヒメはまさに継子いじめ譚における〈亡母〉あるいは大津皇子に対する〈姉〉大来皇女とおなじ役割を演じているとみてよい。母や姉のもつ巫女的な役割をこの姨はになっているのであり、少年英雄の援助者としてもっともふさわしい存在なのである。つけ加えれば、女装した姿が宴席のクマソタケル兄弟の興味をそそるほどの美しさをもっているというところにも、少年英雄の性格が示されているだろう。源義経が説話の中では美貌の持ち主でなければならないように、少年英雄ヤマトタケルも美しくなければならないのである。そしてそれは、スサノヲが天照の同母弟だと名告ったのと同様に、ヲウスが大和の天皇の皇子だと名告ることによって示そうとした、高天が原＝ヤマトの側に与えられた貴種性の証しでもあったのである。

追放された少年ヲウスは、クマソタケルを倒すことによってヤマトタケルとなった。それは、見方を変えれば少年から青年への成長であり、クマソ討伐は成人式の通過儀礼だということもできる。それによって、ヲグナ（少年）は真のタケル（勇者）となるのである。この展開は、もうひとりの英雄オホナムヂの、根の国訪問における試練とその克服という構造に重ねることができよう。オホナムヂも、スサノヲから大国主という名を与えられ王となる資格をかくとくしたのである。しかしヤマトタケルの場合は、勇者にはなれたが王者にはなれない。それは彼が共同体を追われた英雄だということに加えて、クマソタケルが奉ることのできるのはタケルという名だけであり、王を保証する呪宝や妻となるむすめを与える力をもってはいなかったからである。

スサノヲもヲロチを退治することによってクシナダヒメと結婚し祭られる神となった。少年ヲウスだけは、タケルにはなったが少年英雄を抜け出すことはできず、共同体を離れて放浪しつづけるのである。

逸脱する知恵

クマソの国からの帰途、ヤマトタケルは出雲の国に赴き、そこを支配するイヅモタケルを討伐することになる。しかもその殺し方は、徹底した〈知恵〉によってである。

そのまま出雲の国に向かったヤマトタケルは、イヅモタケルを殺そうと思い、着くとすぐに友だちになった。そこで、こっそりとイチヒの木で偽の太刀を作り、身に佩き、一緒に肥の河に水浴びに出かけた。そうして、ヤマトタケルが河から先に上がって、イヅモタケルが解き置いた太刀を取って身に付け、「太刀の交換をしよう」と言う。そこで、後にイヅモタケルが河から上がってヤマトタケルの偽の太刀を身に付けた。すかさずヤマトタケルは挑戦して、「さあ、太刀合わせをしよう」と言う。そして、それぞれ太刀を抜く時、イヅモタケルは偽りの太刀を抜くことができなかった。そこですぐさま、ヤマトタケルは、腰に佩いた太刀を抜いて、イヅモタケルを打ち殺してしまった。そして、歌をうたうことには、

八つ芽さす　出雲建が　佩ける太刀　葛《つづら》さは纏《ま》き　さ身無《みな》しにあはれ

【現代語訳】たくさんの芽が吹く出づ《い》藻《も》、そのイヅモタケルが身に付けている太刀は、鞘《さや》にはツヅラがいっぱい巻いてあって立派だが、刀身が無くてかわいそうに。

クマソタケルを殺したのと同様に、用意周到な計略と準備がなされており、これこそが知恵をもつ英雄の典型的な殺し方だといってよい。ただ、儒教的な道徳観念や武士道における倫理観など誠実さや正義を重んじる後世の人間からみれば、このやり口は卑怯ではないかともみえる。事実、東征のおりに焼津にいた土地の豪族がヤマトタケルを殺そうとして野中の沼に誘い出し、火をつけて焼き殺そうとする場面には、「詐《いつは》る」とか「欺く」とかいう表現が用いられており、『古事記』にも人をあざむく行為を悪巧みとする認識は存在する。ただ『古事記』の論理では、王権に対する反逆者の計略だけが卑怯な手段とされ、王権の側のそれは知略として称えられるのである。ヤマトタケルは天皇に追放された存在ではあるが王権の側に位置する英雄だから、ここでは〈知恵〉という認識のほうが優勢だということになる。ただし、ヤマトタケルが作っておいた木刀を原文に「詐刀（詐《いつは》りの刀《たち》）」と表記しているところからみると、

この場面に、相手をだましたという認識がまったくないわけではない。

すでにふれたように、〈知恵〉は裏側に〈狡さ〉を抱え込んであるのだということがここからも言えるだろう。そういう点でヤマトタケルという英雄は、怪物ヲロチを知恵によって退治したスサノヲの場合よりも微妙な位置に立たされているということもできる。それは、発端に語られている父との関係がしめすように、王権から排除され安住の地をもたない人の世の英雄の負性の現われだというふうにみえる。だから、父景行天皇との対立をみせず忠実な遠征将軍という役割に徹する『日本書紀』の日本武尊《ヤマトタケルノミコト》の説話では、このエピソードは語られないのである。

援助者としての女たち

西の国を平定して凱旋したヤマトタケルを待ち受けていたのは、父天皇の東の国を討伐しろという再度の命令であった。西征の疲れをいやす間もなく東征に向かったヤマトタケルは伊勢神宮に赴き、その心情を姨ヤマトヒメに泣きながら告白する。そして、この場面からあとの東征におけるヤマトタケルは、西征でみせたような横溢する猛々しさを見せなくなってしまう。ずるいとも見える知恵や勇猛な武力のかわりに、タケルを援助する女性たちが登場し危機を救うのである。もちろん、女性の援助者が付き添っているというのが英雄になるための一つの条件だということは、スサノヲやオホナムヂの神話でふれたとおりである。

まず西征にも顔をみせた姨ヤマトヒメが大きな役割を果たしている。自分の身の上をなげくタケルに、何か危険があったら開けなさいといって袋と剣を与える。そして、それはさっそく焼津の火責めで威力を発揮する。まわりの草を剣で薙ぎ払い袋の中にあった火打ち石で迎え火をつけて難を逃れるのである。

しかもその剣は、先にスサノヲが八俣のヲロチの尾から取り出し高天が原に献上した品で、天孫降臨とともに地上にもたらされ天皇家の三種の神器の一つとして王権のシンボルとなり、鏡とともに伊勢神宮にまつられていた草薙の剣なのである。

ヤマトタケルは母あるいは姉とおなじ役割を演じる血縁の庇護者ヤマトヒメの援助をうけるとともに、王権の力（草薙の剣）に護られて東征に向かうのである。それはまた、王権の側から排除されていったスサノヲ（あるいはヲロチ）のもつ負的な力をも身につけるという、危険な二重性で武装することでもあった。そしてこの剣は、死の直接の原因となった伊吹山にのぼる直前までヤマトタケルを守護しつづけている。東征がヤマトタケル自身の英雄的な力による討伐という猛々しい側面を稀薄にしているのは、王権の庇護という側面が強められたことに反比例しているとみることもできそうである。唯一、この場面で自分を焼き殺そうとした相手を、火の中から出てきて「切り滅して、即ち火を著けて焼きたまひき」と、「目には目を」式に語っている部分に、ヤマトタケルの猛々しい英雄の面影が残されているということができるだろうか。そして、こうしたスサノヲにつながる横溢する力も、剣を手放すことによって失せてしまうわけで、素手で伊吹山に登るということは、天皇に追い払われた少年にとって、すべての力を喪失することを意味していたのである。東征のほとんどが女性たちの援助によって語られなければならないのも、こうしたヤマトタケルの在り方と関わっているだろう。

焼津から東に進んだヤマトタケルは走水の海（浦賀水道）を渡ろうとして、海峡の神の怒りにふれて行く手を阻まれる。そこに唐突に登場するのが、タケルの妃オトタチバナヒメである。彼女は夫タケルの危機を救うために自ら神の生贄となって海に沈むのである。そしてこの援助者の登場こそが、それまでの少年の庇護者としての〈姨＝母〉ではなく〈妻〉であるという点で、ヤマトタケルのヲグナからヲトコへの成長を象徴している。つまり東征におけるヤマトタケルは、一人前のヲトコとして描かれているのであり、それが援助者としての女たちを引き出してくることになるのである。このことは、尾張の国で出会ったミヤズヒメという女性への求婚のエピソードなどにもつながっている。ただ、ヲトコになった分だけ少年英雄のもつ荒々しさは弱められてしまった。

ミヤズヒメは援助者としての役割をはたしているわけではないが、この英雄の恋を語るエピソードのなかにヤマトタケルの変貌は暗示されているのである。そして、東征の帰途にミヤズヒメとの恋が成就するとともに、ヤマトタケルは死に向かうことになる。このことは、ヤマトタケルの東征が女たちをめぐる恋物語として構想されてもいるのだということをあらわしている。高木市之助が名付けた「浪漫的英雄」(『吉野の鮎』)としてのヤマトタケル像は、東征のもつ恋や援助者に囲まれたある種の華やかさと結末の滅びとによってみちびかれたものだといえるだろう。それはたしかに悲劇的な英雄像を構想するためには必要だが、スサノヲの末裔としての文化英雄ヤマトタケル像の構想は、どちらかといえば西征のもつ猛々しさや狡さと紙一重のところにある〈知恵〉に多く負うているはずである。

古代の英雄の典型としてスサノヲ・オホナムヂ・ヤマトタケルを追ってきたとき、いずれも英雄として共通する条件をもっているということがわかった。それは、高貴な血筋と勇敢さと知恵と援助者をもっているということである。栄光をつかむか悲劇的な結末を迎えるかというのは、その英雄がどのような状況のなかに置かれているかという違いであり、英雄自身の性格を規定するものではない。ただ、横溢する猛々しさを抱えこむ英雄は共同体から追放されることになり、それは人の世(歴史)においては悲劇的な存在にならざるをえないのだというふうには言えるだろう。存在そのものが国家あるいは共同体の秩序を揺るがす力になってしまうからである。そこに神話的な英雄と歴史的な英雄との差異があらわれてくるのである。

こうした古代の英雄の末裔たちは、昔話の世界でどのように生きているのだろうか。少女たちのサクセス・ストーリーとしての継子いじめ譚のように、少年たちの夢をはぐくむ物語として昔話の英雄譚はありえたのか。そのことを次節以下で考察してみたいのだが、あらかじめ言っておくと、英雄譚は昔話において大きく三つのタイプに別れていくようである。

一つは高貴な血筋をうけた英雄の末裔である〈神の子〉の少年たちへ、一つは狡さの側に傾きを強めた〈知恵〉をもつ英雄の末裔たちへ、一つは知恵をなくし勇敢さだけにたよる英雄の末裔たちへ、というふうに昔話の英雄たちは姿を変えてゆくのである。どうも継子の少女たちのように幸せな結末を迎えることのできる少年英雄たちは、あまり多くはなさそうである。*

*本章で論じた「古代の英雄」については、のちに、『古事記講義』において分析した。英雄叙事詩の問題も含めてここで論じた内容よりは深められているので、興味をお持ちの方は参照ねがいたい。

第二章　昔話の少年英雄

1　正統派の少年英雄――一寸法師

神話の英雄たちの後裔として、その本流を受け継ぐ者たちを昔話のなかから挙げろと言われれば、誰もがまず「一寸法師」（大成話型番号一三六）と「桃太郎（桃の子太郎）」（同一四三）の名をおもい浮かべるだろう。「一寸法師」はすでに古く御伽草子の一冊として普及し、五大お伽話の一つ「桃太郎」も江戸時代中期の赤本以来なじみ深い昔話であった。どちらも明治以降の国定教科書に採用されて読まれ続け、現在も何種類もの絵本となって子どもたちに親しまれている。

関敬吾『日本昔話大成』の話型分類ではどちらも本格昔話の〈誕生〉譚に、柳田国男の『日本昔話名彙』でも完形昔話の〈誕生と奇瑞〉に分類されており、不思議な生まれの少年が活躍する冒険物語である。ここでは英雄譚という側面に焦点をしぼって、これらの昔話を考えてゆく。

神の子と追放

柳田国男や関敬吾の分類でも明らかなように、この系統の昔話に登場する主人公の特徴は、不思議な誕生によって語られるということである。たとえば、御伽草子『一寸法師』の発端は次のように語り出されている。

中ごろのことなるに、津の国難波の里に、おほぢとうばと侍《はんべ》り。うば四十に及ぶまで、子のなきことを悲しみ、住吉に参り、なき子を祈り申すに、大明神あはれとおぼしめして、四十一と申すに、ただならずなりぬれば、おほぢ、喜び限りなし。やがて十月《とつき》と申すに、いつくしき男子《をのこ》をまうけけり。さりながら、生れおちてより後、背《せい》一寸ありぬれば、やがて、その名を、一寸法師とぞ名づけられたり。年月をふる程に、はや十二三になるまで育てぬれども、背も人ならず。

【現代語訳】中ごろの昔のことなのだが、摂津の国の難波の里に、爺さんと婆さんが住んでいた。婆さんは四十になるまで子どものいないのを嘆き悲しみ、住吉大社に参詣し、子どもをほしいと祈願すると、神様はかわいそうだとお思いになって、四十一歳だというのに婆さんが子を身籠もったので、爺さんはたいそう喜んだ。そして十か月たったころ、婆さんはうつくしい男の子をもうけた。

しかしながら、生まれたのちも身長が一寸のままなので、その子の名を一寸法師と呼ぶようになった。そのまま年月がながれ、もう十二、三歳になるほどまで育てたけれども身長はいっこうに人並にならない。

子どものいない老夫婦が神や仏に祈願して子どもを授かるという、中世の物語や説話に多い〈申し子〉譚とよばれるかたちで語り出されている。これは昔話の「一寸法師」でも同様で、神の子誕生を語る昔話の普遍的な語り口である。しかも昔話では、子のない老夫婦は貧乏でやさしい人たちだと語られるのが様式化した展開なのだが、この点については本書のⅢ部で扱うことになるので、ここではその問題にはふれないことにする。

主人公一寸法師が神の子として語られるのは、神話の英雄たちが貴種として描かれていたのと同じことである。彼らは共同体の外から訪れる者だからこそ、普通の人とはちがう異常な力を秘めた存在になりうるのである。そして、その異常さが〈小さ子〉という姿によって示されるのもパターン化した語り口である。

ここでは、一寸ほどの身長で生まれた子は、十二、三歳になってもいっこうに成長しない。これも神の子の異常性を語る様式としてあるのだが、こうした状態は、英雄神話の主人公たちに見られた横溢する力の顕現の裏返しだとみればよい。スサノヲやヤマトタケルのように抑えきれない力としてあらわされても、一寸法師のように成長しない姿として描かれても、そこにみえてくるのは、共同体にはおさまりきらない異常さという点で等価なのである。神話の英雄たちの場合にはその力が表に現われてくるが、一寸法師の場合にはその力は秘められたままなのである。

「桃太郎」もやはり神の子として共同体に寄りついてくる。よく知られているように、桃太郎は婆さんが川で洗濯をしているときに川上から流れてきた桃の実に入っている。これも異境からよりついてくる貴種だという点で、一寸法師とおなじ異常な誕生を語っているとみればよい。桃の実のなかに入っていたと語るのだから、桃太郎もやはり〈小さ子〉なのである。絵本などでは子どもを大きくするために桃を異常な大きさに描くことも多いが、元来は一寸法師とおなじような小さ子であったとみなければならない。

「桃太郎」の場合にはいつまでも大きくならないという語り口は少なく、逆に異常なスピードで成長してしまったり、成長はふつうの子と変わりないが異常に強かったとか、反対に悪いことばかりしていたとか怠けてばかりいたというように、いろんな語り方がされている。それはどのように語っても同じことで、そこから読めてくるのは英雄の条件としての横溢する力のバリエーションとして説明できるのである。

神話の英雄たちは宇宙や国家の秩序を危うくする存在として父や兄や姉たちから共同体を追放され、異境へと向かう。一寸法師も、先の御伽草子ではいつまでも成長しないので老夫婦から疎んじられ出ていけと言われて、刀にする針と舟にする椀をもらって都にのぼって行くことになる。昔話「一寸法師」の場合には老夫婦が追放するという語り口は少ないが、あるとき少年は家を離れて旅にでる。また「桃太郎」でも、発端の設定がいたずらな子や怠け者の主人公となっている場合には家を追われると語られることが多い。異常な力を秘めた神の子は、いつまでも共同体に住みつづけることができないのである。そして村落の側にとっての異境である都や鬼が島に行くことによって、神の子の異常な力は十分に発揮されることになる。

桃太郎（江戸時代、中野三敏・肥田晧三編『近世子どもの絵本集・上方篇』）。この話では、子のない夫婦が神に祈願して授かった桃から「桃太郎」が誕生する。

そこで語られるのは、鬼退治に代表される勇敢な戦いとすばらしい女性との結婚である。「一寸法師」ではどちらか一方しか語らない場合とその両方を語る場合とがあるが、「桃太郎」は鬼退治だけである。それは、

「桃太郎」という昔話が勇敢な少年とサル・キジ・イヌという援助者の動物たちを語ることによって、どちらかといえば幼児を対象とした昔話という性格をつよくしているために、結婚というモチーフを要求しなくなっているからであろう。それに対して、「一寸法師」は御伽草子以来の伝統をもつ分だけ少年の成長物語という性格がつよく、そこでは英雄神話と同様に、少年の成長の証しとして欠かすことのできないヲトメとの結婚を語ることが多いのである。

鬼から奪った異境の宝物である打ち出の小槌によって一瞬のうちに異常な成長をとげた後に、一寸法師は高貴な姫君と結婚する。これは象徴的な語り口で、十二、三年もの間、小さいままに少年（というより幼児といったほうがいいかもしれないが）から抜けられなかった一寸法師が、共同体を離れて異境に行き、そこでの勇敢なはたらきによって試練を通過することで、はじめて少年を脱することができたのである。姫君との結婚はその証しであり、王権の英雄オホナムヂが試練ののちに王になったように、村落の英雄一寸法師は鬼退治ののちに立派な男に成長するのである。そのことは、鬼退治をして宝物をもって爺と婆のもとに帰る桃太郎や鬼退治型の一寸法師も同様である。もたらされる宝で彼らは幸せになったと語っている。

一寸法師や桃太郎はもっとも幸運な英雄の末裔である。そこにはスサノヲやヤマトタケルのように秩序化された世界との対立を孕まないから、試練の後にもとの共同体にもどることができるのである。それは、オホナムヂの場合に近いだろう。ただ、神話の英雄オホナムヂは王になるが、村落の英雄である昔話の主人公たちは〈家〉を完成させるだけだという違いをもつ。貧しかった老夫婦は豊かになり、主人公はすばらしい結婚相手と子どもたちをえて繁栄する。それは、昔話を語りつぐ共同体の人びとの願望としてこれらの主人公が存在するからだといえよう。それが現実とは遠いものだとしても、これらの昔話を語り継ぐ親たちやそれを聴く子どもたちにとって、彼らは自分たちの夢を託すことのできる理想の英雄だったのである。

知恵のはたらき

英雄の条件としてもっとも大事な要素である〈知恵〉についていえば、御伽草子「一寸法師」の主人公はなかなか知恵のある〈小さ子〉である。一寸法師は家を出て都に行き、「三条の宰相殿」の屋敷に住むことになるが、そこには十三歳になる美しい姫君がいる。

一寸法師、姫君を見奉りしより、思ひとなり、いかにもして案をめぐらし、わが女房にせばやと思ひ、ある時みつものの打撒《うちまき》取り、茶袋に入れ、姫君の臥しておはしけるに、はかりことをめぐらし、姫君の御口にぬり、さて、茶袋ばかり持ちて泣き居たり。

【現代語訳】一寸法師は、姫君を一目見たときから恋に落ち、何とかして知恵をしぼって自分の女房にしたいものだと思い、ある時《とき》、貢ぎ物の米を取って茶袋に入れ、姫君が眠っている隙に、計略をめぐらし、米つぶを姫君の口に塗り、自分は空の茶袋だけを持って泣いていた。

一寸法師が泣きながら自分の食料を姫君がとって食べてしまったと言うのを聞いた宰相が姫君にたしかめると、その口には証拠の「うちまき」が付いている。怒った宰相は、姫君を追い出してしまえと一寸法師に命じる。思い通りになったと喜んだ一寸法師は、事情がよく飲み込めずに困惑している姫君を連れて都を出て、姫を舟に乗せて難波に行こうとする途中に嵐に会い、「きやうがる島（風変わりな島）」

に漂着し、そこで例の鬼に出会うのである。

　この、寝ている女の口に米粉やきな粉を塗って、自分の食べ物をとられたといって騒ぎ女を自分のものにしてしまうというモチーフは、昔話「一寸法師」にも数多くみられるし、同じく〈誕生〉譚に分類された「田螺息子」（大成話型番号一三四）などでも一般的な語り口として用いられている。そしてこれは、主人公の知恵を語るためのエピソードだということになる。しかもそれは、スサノヲやヤマトタケルがもっていたのと同質の、〈狡さ〉と紙一重のところにある〈知恵〉だといわなければならない。というより、「案をめぐらし」「はかりことをめぐら」す一寸法師の知恵が向けられる相手が、怪物ヲロチや反逆者ではなく、かよわくうるわしい姫君なのだから、そこで発揮されるのは、ほとんど悪知恵といってよい類いの知恵になってしまうのである。

　また鬼に出会って勇敢に戦う場面でも、正面から刀を交えるのではなく、鬼が一寸法師をひと飲みにすると体のなかを駆けまわり針の刀で鬼を懲らしめたと語られるが、それは体の小さいことを強調するばかりでなく、一寸法師がそれを逆に利用する知恵をもっていることを示すための語り口なのである。「桃太郎」がきび団子をもって旅に出て、動物たちをお伴にして鬼が島に行き、そこで三匹の動物たちのもつ力を引き出し、それを利用して獰猛な鬼たちをやっつけてしまったと語られるのも、やはり英雄の知恵につながる語り口であるはずだ。とくに、鬼に象徴されるような、力がすべてという相手を打ち倒すためには、ぜひともこの種の知恵が必要なのである。そのことは、ヲロチとスサノヲとの戦いにすでに示されていたことでもあった。真っ正面から戦いを挑むのはただの武勇譚であり、英雄は知恵こそがすべてだということになる。

　しかし、ヤマトタケルがそうであったように、そこに現われてくる〈知恵〉は英雄の末裔たちにとってもかなり危険なものであった。なぜなら、彼らは儒教的な倫理観や武士道精神など正義や潔さを重んじるという観念がつよく現れてくる時代に生きているのだから。もし、「一寸法師」の主人公が立派な大人で、それが姫君を手に入れるために一寸法師とおなじ手口を使ったとしたら、彼は英雄の座から引きずり下ろされたにちがいない。神の子である〈小さ子〉だから、一寸法師の行動はかろうじて〈知恵〉として許されるのである。

2　異端派の少年英雄

分離する知恵と力

知恵をもつという点でいえば、「田螺息子」という昔話は「一寸法師」にきわめて近い内容の話である。この昔話も、子のない老夫婦が神に祈願して生まれた〈申し子〉譚になっているのだが、時に神さまは融通がきかないところがあって、「タニシのような子どもでもいいから、子をめぐんでください」と祈願したところ、神さまは本物のタニシを授けてくれるのである。これはもう、〈神の子〉誕生譚のパロディだといってみてもよい。

民俗学者が説明すると何でも呪力あるものになってしまい、タニシは水神さまの使いだと認識されていたのだということになるのだが、昔話「田螺息子」をそんなふうに説明してみてもどうにもならない。「タニシのような子どもでもいいから」という比喩を理解せずにタニシをよこしてしまうところに笑いがあるのだし、そのタニシがずいぶん長い年月を経て、爺と婆がうんざりした頃になって突然口を開き、庄屋さんの家に年貢をおさめに行くと言い出すところがおもしろいのである。もちろんその姿には〈神の子〉の末裔の面影が残されているとしても、昔話「田螺息子」のおもしろさは、このとんでもないタニシの登場によって成り立っている。

多くの場合、タニシは庄屋さんの家に行き、庄屋にめずらしがられて持てなしを受けたり、住みこんだりしているうちに、一寸法師とおなじように、そこの一人むすめの口に米粉をぬって自分の妻にしてしまう。そしてここでは、そのタニシの女房になった娘が英雄タニシの援助者となり、タニシがとつぜん変身して一人前の立派な男になるきっかけをつくるのである。それは、女房が神さまに祈願するとか、逆に女房がタニシなんかいやだと思って踏み潰そうとするとか、タニシ自身がいやがる女房に自分の体を踏みつぶさせるとか語られている。

ここでも、タニシが女を手に入れる手段は悪巧みと呼んだほうがいい内容であり、一寸法師とおなじく〈小さ子〉だからかろうじて許容されるような知恵として語られている。もともと英雄がそなえていなければならなかったこの種の知恵は、少しずれるととんでもない悪者を誕生させてしまうことになる。一寸法師や田螺息子はすんでのところで、英雄の末裔からの転落を免れた主人公たちであった。そして実際に転落してしまった英雄たちも多いのだが、それについては次節でふれることになる。

英雄神話における英雄たちは知恵と腕力を兼ねそなえる勇者であった。ところが昔話においては、知恵と腕力はなかなかひとつにはならないらしい。腕力の足りない一寸法師や田螺息子の場合は、それを過剰な知恵によって補っているし、桃太郎はどちらかといえば、知恵よりも腕力にたよる傾向の強い少年英雄として描かれている。そして、桃太郎の兄弟ともいえるような、腕力だけが頼りの少年英雄もいる。「力太郎」（大成話型番号一四〇）と呼ばれる昔話がそれである。

東北地方に語られることの多い「力太郎」も、子のない老夫婦の子として異常な誕生をする神の子の末裔である。ところが、この系統の昔話では〈申し子〉という語り方よりも、子どものほしい貧乏な爺と婆が自分たちの体にいっぱいたまったコンビ（垢）をこすり落とし、それを丸めて子どもをこしらえたと語ることが多い。それがコンビ太郎であり、婆さんの足のすねが膨らんでそこから生まれたと語られるのがスネコタンパコと呼ばれる主人公である。

大飯食らいのコンビ太郎はすくすくと成長し、武者修行に出かける。そして、旅の途中で出会ったお堂をかついでやって来る御堂《みどう》こ太郎や、手の平で大岩を割る石こ太郎と力くらべをして打ち負かし、二人を家来にして旅を続ける。そうしてある村に行くと、化け物の生贄に捧げられることになっているきれいな娘がおり、三人の大男は力をあわせて化け物と戦うことになる。ここでは真っ正面からの力技となり、ふたりの家来は化け物に飲み込まれてしまう。コンビ太郎は百貫目の鉄棒を振りまわし、組み合って戦うが、なかなか勝負はつかない。これじゃどうにもならんというので、コンビ太郎は最後の手段として化け物の股ぐらを思い切り蹴りあげた。これにはさすがの化け物もたまらず、飲み込んだ二人の家来を吐き出して逃げてしまう。そこに娘の親がでてきて、ちょうど三人いた娘を三人の大男の嫁にくれ、コンビ太郎は爺さん婆さんを引き取って幸せにくらした。

主人公のコンビ太郎は百貫目の鉄棒を振りまわす大男、二人の家来もお堂をかついだり大岩を手の平で割るようなどこかナンセンスな大男の力持ちである。スサノヲやオホナムヂも大きな体をもつ神だと読める部分があって、英雄神というのは元来巨人だとみることはできるのだが、この三人のように力がすべてという語り方をされると、知恵はどこへ行ってしまったのだということにもなる。かろうじて主人公コンビ太郎の知恵が発揮されるのは、決着のつかない化け物との戦いの最後にくらわせる、股間への一発の蹴りだということになる。しかし、これを知恵というにはあまりにも貧弱な、まるでプロレスのワン・シーンのような滑稽さである。

そもそも垢（こんび）から生まれる英雄というのが滑稽である。垢は体の一部だから呪性があるのだといってみたところで、垢を擦り落として人形をつくる爺さんと婆さんの滑稽さを説明することには遠く及ばない。しかも、この爺と婆はずぼらでぐうたらな人物だというふうに設定されていて、申し子を祈願する貧乏だがまじめでやさしい爺と婆とはずいぶん違ってもいる。たしかに、働き者で正直な老夫婦が垢こすりをして人形をこしらえていてはさまにならないわけで、そもそも発端の設定からして「力太郎」という昔話は、「桃太郎」のような正統的な少年英雄を語る昔話のパロディになっていると考えたほうがいい。

関敬吾はこの系統の昔話が世界的に分布するということから伝播の問題を考えているが（「桃太郎の郷土」）、それが英雄神話の末裔に位置づけられる昔話だという点からいえば、世界的な広がりをもつというのはむしろ当然のことであろう。それよりも、氏がそこで、「こうしたモチーフの誇張した昔話をドイツでは笑話昔話あるいは逆に昔話笑話という術語を使用している」という指摘のほうが興味ぶかい。すくなくとも「力太郎」と名づけられた一群の昔話は、笑話とみたほうがふさわしい内容で語られている話である。

そのことは、昔話の語られる村落共同体においては、「桃太郎」のような純粋な少年英雄はなかなか生きにくいということを示しているのではないか。共同体や国家を背負う神話の英雄たちとおなじように〈家〉を背負ってみても、滑稽さを超えたリアリティをもつのはむずかしい。家を豊かにしてくれる〈神の子〉少年の登場など夢のまた夢だし、神話が抱えこんでいるような起源の理想などとうにかすんでしまって、リアルな現実だけを抱え込んで在るのが村落における〈家〉なのである。だからそこには、

「桃太郎」を語る脇で自分の垢をこすって神の子を作ろうとする貧しい老夫婦をみちびき出してしまうのである。そして、昔話におけるただ一人の少年英雄ともいえる桃太郎が、富国強兵の象徴となって軍国の少年英雄という不遇な時期を経なければならなかったというのも（滑川道夫『桃太郎像の変容』、鳥越信『桃太郎の運命』）、じつは少年英雄が生きてゆくことの困難さを象徴しているとみなければならないのである。

パロディとしての少女英雄

少年英雄のパロディという点で加えておくと、〈誕生〉譚に分類されたうちでは数少ない少女を主人公とした昔話「瓜子織姫（瓜子姫）」（大成話型番号一一四A）も、「桃太郎」のパロディという性格をもっているのではないか。

神の子が中空のもののなかに宿る例は、ガガイモの莢《さや》を舟にしてやって来たスクナビコナや竹の節の中にいたかぐや姫以来の古さをもつのだが、考えてみればモモの実には空洞がない。芯にある種子を割るとそこにかろうじて小さな空間があるだけである。それに対してウリは中空の実だから、神の子が宿る植物としてはモモよりもふさわしい。そして、川上から流れてきたウリの中に小さな少女がおり、それが瓜子姫とよばれる神の子の少女だった。あるいは畑に植えてあったウリから生まれたと語る例もある。

すでに室町時代の短編物語（広義の御伽草子）に「瓜姫物語」として伝えられる由緒正しい伝承がある。そこでは、畑のウリの中から誕生した瓜姫はきれいな女性として成長し、国の守護代のところに嫁に行くことになったが、それを知った「あまのさぐめ」に誘拐され木に吊るされる。それを、鳥のなき声によって教えられた家来たちが見つけて救い出し、姫はめでたく結婚することができ幸せな生活をおくることがきたという、少女のサクセス・ストーリーになっている。

昔話の「瓜子姫」もこの室町物語と同様の語り口をとるものが多いのだが、それは主に西南日本にかたよって分布する。大島建彦の作成した分布図(『御伽草子集』『日本昔話事典』)によれば、東北日本で語られている昔話「瓜子姫」では、主人公の瓜子姫は、アマノジャクにつかまって無残にも喰われてしまうという結末をもつものがほとんどを占めている。神の子としてウリの中から生まれた瓜子姫は、爺と婆に育てられ、あるときアマノジャクの餌食になって死ぬという話である。

これはあまりにも残酷だといえば残酷な話で、何を主題に語っているのかよくわからないままに、神の子の少女は殺されてしまうのである。悪い奴には気をつけろという教訓を語るにしては発端の神の子誕生譚はあまりにも大袈裟すぎるだろう。もちろん、御伽草子の「瓜姫物語」や西南日本に多く伝えられている幸せな結婚を結末にもって語られているほうが、昔話としては整っているということはできるだろうし(大島建彦『お伽草子と民間文芸』)、それが崩れて瓜子姫の死が語られるようになったとみることも可能だが、その説明では、なぜこれほどに崩れた形が数多く、しかもそれが東北地方にかたよって分布しているのかという疑問に対する解答にはならない。

それを、「力太郎」がそうであったように、「瓜子姫」もまた「桃太郎」のパロディという要素をもっているのだと考えれば、すこしは納得できるのではないか。よく似たモモとウリとがおなじように川上から流れてきて、子どもが誕生する。その一方は男の子で片方は女の子、桃太郎は英雄神話の正統派として大活躍をし、英雄にはけっしてなりえない女の子に生まれてしまった瓜子姫は無残にもアマノジャクに喰われてしまう。これほど対照的に語られている昔話はほかにないということをみても、「力太郎」

がそうであるように、「瓜子姫」もまた笑話的な要素をもったパロディだみることはできるはずである。

もちろん、そこに生じるであろう笑いはブラック・ユーモアと呼んでいいような、かなり暗い笑いである。とても明るく笑い飛ばすことのできるような内容ではない。そしてこうした昔話が語られるのは、「瓜子姫」や「力太郎」という昔話が、少年英雄の生きにくい時代の村落共同体において語り伝えられた昔話であったということを象徴的に示しているだろう。それはあるいは、間引きや子殺しの伝承がまことしやかにあるいはリアリティをもった事実譚として語り継がれてゆく社会状況と通い合っているということもできるだろう。現実を見据えたとき、ちっともリアリティのない少年英雄の夢物語など語ってなんかいられないのである。*

＊本章で述べている「桃太郎」のパロディという点について言えば、「瓜子姫」のほうが昔話としての歴史は長いわけで、「瓜子姫」のパロディが「桃太郎」だといったほうが事実に則している。そのようなこともあって、「瓜子媛」については、のちに「瓜子姫の死」という論文を書いた（『東北学』vol.1、一九九九年一〇月、東北芸術工科大学東北文化研究センター。のちに『増補新版 村落伝承論』青土社、二〇一四年所収）。そこでは、鳥になる魂に焦点をしぼりながら、少女のままで不遇の死を遂げる主人公について考察した。

第三章　狡猾な英雄――俵薬師

英雄の知恵をたどって「一寸法師」や「田螺息子」に目を向けてゆくと、否応なしに知恵の裏返しとしての〈狡さ〉という問題を引きだしてしまうことになる。そしてこの問題は、英雄神話における文化英雄がそのはじめから抱えこんでいるものだということは述べてきたとおりである。

知恵と狡さ

昔話における少年英雄の知恵は、その〈狡さ〉の側へ傾斜してゆく傾向がつよくみられる。それは、昔話全体をながめ渡してみたとき、その主役たちの大多数が、ばかといっていいような〈正直さ〉やありえないような〈やさしさ〉を徳目として掲げているということと裏腹の関係にある性格である。なぜなら、昔話に描かれるやさしさや正直さは、ほんのちょっとでも功名心や欲望をおこした途端にいじ悪や欲張りに接近してしまい、やさしい主人公はいじ悪な隣のじいに転落してしまわなくてはならないからである。無心であること以外にやさしく正直な主人公であり続けることはできないということである（これは本書Ⅲ部で問題になる）。そしてこのことを逆にいえば、知恵をもつ人物はやさしく正直な主人公にはぜったいになれないのだということになる。知恵をもつ英雄たちが〈狡さ〉を抱えこんでしまうのはそのためなのである。

数は多くないが、昔話の登場人物のなかにはこの種のずるい知恵を徹底的に利用して成り上がってゆく、異端派の英雄のそのまた異端に属する者たちがいる。彼らは昔話の主人公たちのなかでももっとも強烈な個性を主張して、やさしさや正直さに昔話の暖かさを感じとり、そのような昔話を生み出した昔の人たちの心の豊かさを感じとって喜んでいる聴き手（読み手）たちをぶっとばしてしまう。

この話群に含まれる代表的な昔話に、「馬の皮占」（大成話型番号六一六）「俵薬師」（同六一八）「知恵有り殿」（同六二四）などがあり、それらを関敬吾は笑話の〈狡猾者〉譚に分類し（『日本昔話大成』）、『日本昔話名彙』では完形昔話の〈知恵のはたらき〉に分類している。この分類の違いは、それぞれの話のどこに中心を据えるかということとかかわっている。柳田国男は主人公の知恵という問題にこだわっているのだし、関敬吾はだましのテクニックのおもしろさにこだわっている。どのように分類するかは研究者の側の昔話に対する認識をしめすもので、個々の昔話を読む場合にはどちらに分類されていてもかまわない。ただ、この話群の昔話が主人公の逸脱した知恵にポイントがあり、他の昔話とは違って、かなり危険な〈悪〉の側に焦点をしぼった面白さのある昔話だということを確認しておけばよい。

この系統の昔話が世界的に分布するものだということについては、すでにさまざまに指摘されている。たとえば「馬の皮占」は日本での採集例がきわめて少なく、『日本昔話大成』にも七話の類話しかあげられていない。同書に記された関敬吾の注記にもある通り、それらの話には尾崎紅葉の『二人むく助』（明治二四年三月に叢書『少年文学』第二編として博文館より刊行）という作品の直接的な影響がみられ、しかもその『二人むく助』がアンデルセンの「小クラウスと大クラウス」の翻案であることは、紅葉自身がその作品の序に「あんだあせんが物がたりを補訳するとて」（『日本児童文学大系』第四巻）と記しており、内容的にみてもかなり忠実な翻訳であることが明白なものだから、昔話「馬の皮占」がどこまで古くさかのぼれるかという点については大いに疑問がある。また柳田国男もこの系統の昔話を外国からの伝播とみて、「東西の一致に驚歎するよりも、寧ろ多くの類話の比較によつて、個々の民族の改造技能が、少しでも現はれて居る点に興味を惹かれる」と述べ、「俵薬師は恐らく日本で始まつた趣向であらう」と指摘している（『昔話覚書』）。

その「俵薬師」にしても厳密に考えてゆけば日本固有のものだというのは怪しいもので、構造的な面からいえば柳田自身も指摘するように朝鮮やヨーロッパの類話にくらべてそれ程大きな差異はなく、それこそ「改造技術」という問題だけしか残らないのかもしれない。しかし、それは何も狡猾者譚にかぎらず多くの昔話についても指摘できることで、伝播を意識した途端に昔話は論じられなくなってしまうし、英雄神話でさえもすでに同様の問題をかかえているのである。本書で私がとっている立場は、それらの神話や昔話を固有の話としてどう読めるか、それらはなぜ語られるのかと問う立場であり、それは伝播という視点とはまったく別個の、語りや様式や表現の問題としてあるから、外国の話との類似ということにこだわる必要はないのである。狡猾者譚でいえば、それがいつから語り始められていようと、どこかから伝わったものであろうとかまわない。この系統の昔話が英雄神話の主人公たちのもつ〈知恵〉につながる〈狡さ〉を主題にしているのだということが見えてくれば、そこからこれらの昔話がなぜ語り継がれるのかということは説明できるはずだと考えるからである。

のし上がる少年

狡猾者譚のなかでもっとも類話も多く、全国的に広く分布している話型は「俵薬師」である。この系統の昔話は長編化する傾向がつよく、また細部の描写が的確になされないとその面白さは半減してしまうから例話を選ぶのはむずかしいが、比較的短くてまとまりのよい話を引用してみよう。

昔あったじもな。和山《わやま》の阿野様では太郎というわらし《（子供）》を使って、毎日馬放しにやってるど、太郎はある日、自分の家がら精《しら》げの糯米《もち》を一杯（二合五勺）盗んで来て、それをニタニタとかんで、野原の松の木さ吹きかけ、ニタニタとかんでは吹きかけして、夕方馬を引いで帰って来ると、「旦那様し、旦那様し、野原の松の木さ鷹は巣をくってるがら、巣を取りさあえでござえ」と言った。そこで旦那様は、次の日だまされで、太郎さ梯子をたながせ《（持たせ）》て行って見るど、なるほど松の木さ鷹はいっぱい糞をひりかげで、そこらあたり白くなっていだがら、太郎に「木さ上がって、巣を取れ」と言うたらば、太郎は、俺は梯子をおさえてるがら、旦那様に上がれ。と言うので、旦那様は木さ上がるど、鷹の巣らしいものはめな《（見え）》いとて、「太郎、鷹はどごさ巣をくってら」と聞けば、太郎はやぐ《（うそ）》どついて、「もっと上の枝だから上さ登れ」と言った。旦那様はだまされて、その枝さのると、太郎は急に、「旦那様し、あれお屋敷さ火はついだ」とて、梯子を木がらはずして走って帰り、「おかみ様し、おかみ様し、旦那様は松の木がら落ちて死んだがら、早く尼になってござい」とて、いやがるおかみ様の頭を坊主にしてすまった。

そこさ、ようやく旦那様は松の木がら下りて、もどって来て、ごせやいで《（立腹して）》人夫をたのんで太郎を藤モッコさ入れ、前のつつみ《（ため池）》さ投げ入れることにした。それで、人夫は藤モッコさ太郎を入れでつつみさかつんで行ったら、太郎はおいおい大きな声で泣ぐがら、人夫は「つつみさ入れられるのはくやしので泣ぐが」と言うと、太郎は「俺はくやしくて泣ぐのではないが、おがみ様の白鑞《しろみ》の鏡どあっぱ《（母）》の白鑞の鏡を盗んで、ちゃらぼぐ《（伽羅木）》の下さほっこんで《（埋めて）》おいたのは、くやしくて泣ぐ」と言うがら、人夫は「それは本当のことだが」と聞くど、太郎は「本当にほっこんであるによって、それをお前たちさけるがら、今行って掘って来てござえ」と言うので、人夫は太郎を藤モッコさ入れたまま土手の上さ置いて、鏡を掘るにちゃらぼぐの下さ行った。

そこさ目腐れな牛方はベゴ《（牛）》さ塩つけで土手の下を通ると、太郎は、

目腐れ目の用心、目腐れ目の用心。

と藤モッコの中で体をゆすってるど、牛方はこれを見つけで「何をしてるのだ」ど聞ぐがら、太郎は「俺はひどい目腐れ目《まなご》はめなくなったたのを、こうしてこのモッコさはいって、ゆすていだら、今日で五日目だが、この通りめるようになったがら、お前もこれさはいって見ろ」と言うた。すると牛方は「俺も目腐れで困ってるので、治るならばはいりたい」とて、だまされで藤モッコさはいるど、太郎は「このベゴはお前の行く先さ届けでやる」とて、引いで行ってすまった。

人夫はちゃらぼぐの下を掘っても白鑞の鏡はないので、太郎にだまされだとごせやいで、土手さもどって来るど、藤モッコで牛方は、

目腐れ目の用心、目腐れ目の用心。

とゆすっているのを太郎だと思い、「この餓鬼はまたうそついて人をだましてれ、何のまねをしている」とて、その藤モッコさ大きな石を入れで、つつみの中さどぶんと投げ込んだら牛方は死んだ。それで太郎は家《うち》から干餅を一枚はずして来て、ベゴを草さ放すながら、土手の上さまんぬき《（あお向け）》だまになってれ、その干餅を食ってるど、そごさ旦那様は来て、「太郎はなぞして生ぎで来たが」と言うので、太郎はごんけら《（自慢）》しく、「このつつみの底さ行げば何でもあって、干餅でば干餅、ベゴでも塩でも、このとおりもらって来た」ど言うど、旦那様もつつみの底さ行って見たくなり、「それでは俺も連れで て見せろ」と言うと、太郎は旦那さまの袂さ石を入れさせ、まなぐ《（目）》をふくらせ《（閉じさ）》で、後ろがら突きのめ

して、つつみさ入れ、水底さ旦那様は沈むのを見とどげでがらお屋敷さ帰って来て、「おかみ様し、おかみ様し、旦那様は今つつみさはいって死んだがら、俺と夫婦になってござい」とて、いやがるおかみ様と無理やり夫婦になったたどさ。どっとはらい。

（「阿野様」『紫波郡昔話集』三〇）

「俵薬師」は、ここで語られるように奉公人と主人という設定をとるものが多いのだが、とくにここではその奉公人が「わらし（子供）」となっているのは注目しておいてよい。他の類話では奉公人の男とあるだけで年齢のわからない場合も多いが、未婚の男であるのが普通だから主人公は若者のはずだし、他の設定でも父親と息子とか和尚と小僧という関係をとるから、この昔話の主人公は基本的に子どもなのであり、やはり少年英雄の末裔に位置する人物だとみることができる。

この少年は、金持ちや力をもつ者たちを〈知恵〉によって徹底的に痛めつけ、のし上がってゆく。そして、そこで発揮される〈知恵〉は、ほとんど「やぐど（うそ）」ばかりである。その口をついて出る〈うそ〉は、文化英雄を語る神話に引きつけていえば、少年の抑えることのできない横溢する力の顕れだということができる。それが共同体の秩序を破壊してしまう。

雇い主の長者は松の木の上にとり残され、その女房は髪の毛を剃られて坊主頭にされてしまう。なぜそんないたずらをするのかは何も語られていないし、他の類話でも説明されることはない。そしてそれは、説明する必要がないからである。スサノヲが泣きわめきヤマトタケルが兄を惨殺してしまうように、少年は自らの力を溢れさせるだけである。

金持ちの主人や父親や和尚などが昔話ではいつも共同体の秩序をになう者たちとして登場し、彼らは、貧しく小さな主人公の正義によって懲らしめられるというのが、多くの昔話に共通する普遍的なパターンである。そしてそこではいつも主人公の側に正義があって、欲ばりでいじ悪な金持や権力者をやっつけるという勧善懲悪のスタイルをとる。しかし、昔話「俵薬師」には正義など存在しない。もちろん、主人をだましつづけて最後には殺してしまうというところだけをみれば、この昔話にも権威をかさにきた相手をやっつける痛快さは認められ、少年は正義の使者だということもできる。

だが、少年の身代わりに俵に入れられて淵のなかに投げ込まれて殺されてしまう目の悪い牛方はどうなるのだ。類話の多くがその不幸な脇役を、偶然通りかかった座頭や眼病を患っている乞食だと語っている。もちろんこの昔話のポイントは、殺されそうになった主人公が身代わりを立てて危機を脱出する場面のスリルと主人公の機転にあるわけだが、それはいつも弱者をだまして身代わりに俵に押し込んでしまうというふうに語られている。そして、そんなことをする主人公に正義などあるわけがない。人権擁護団体からクレームのつきそうなこの昔話に、暖かさや正義など持ちこんでみても破綻してしまうだけである。

少年は自分の口から出てくることばを抑えることができないのだ。そしてその溢れ出る力が、共同体の権威を痛快にやっつけてしまう。しかし一方で、それは誰に向かうかもわからないような制御不能の状態にあるというところに、そのウソは英雄が自らの〈文化〉性を象徴する力としてもっていた〈知恵〉につながっているということが暗示されているのである。

袂に石を入れた主人を後ろから水の中に突き落とし、その女房を自分の妻にしてしまうという結末も、この話が英雄譚の末裔であることの証しである。文化英雄たちはみんな、怪物退治や試練のあとに美しいヲトメを手に入れて幸せな結婚生活を手に入れる。ここではいやがる女房を無理やり自分のものにしてしまい、長者の財産までぶんどって、自分が長者におさまってしまう。それは、鬼のもつ富と姫君を知恵によって手に入れた一寸法師と同じである。もちろん、その手口はかなり悪辣なものだが、構造や展開をみると文化英雄のそれと等しいものだということになる。

この少年もやはり英雄たちとおなじように、自らの〈知恵〉によって試練をのりこえて大人になったのだというふうに説明するのがいちばん納得しやすい。そこに〈心〉など持ちこんでみてもどうにもならないのだということに、早く気づかなければならない。

上昇願望

主人は、少年の横溢する力を恐れ、使用人たちに命じて少年を殺そうとする。文化英雄や一寸法師と同様に、少年は共同体を追放されるのである。ことばを換えて言えば、奉公人の少年にとっては、それが通過儀礼としての試練だったのである。俵やモッコに詰められることが少年の死を象徴し、目の悪い通行人をだましてそこからまんまと抜け出す行為に死からの再生が象徴されているのだといえば、あまりにも強引な説明でいささか胡散臭いが、説話構造の上からみればそういう形で英雄神話と対応しているのはあきらかである。だから主人はもちろん、牛方（あるいは乞食や座頭）のような無関係な弱者を平気で殺すこともできるのである。

この主人公にみられるのは、善とか悪とかいった日常的な価値基準を超えたところにある異常性、共同体にとっていえば反秩序なのだが、その底に秘められているのは強烈な上昇願望である。あらゆるものを打ち倒して上昇しようとする意志が、この少年には満ち溢れている。村落共同体の伝承のなかで、奉公人という弱者の側に位置づけられた主人公が立ち向かうことのできるのは、彼自身が置かれている現在の境遇だけである。文化英雄たちのように宇宙の始まりや国家の秩序にかかわることなどできないばかりか、〈神の子〉の少年英雄たちのように異境の怪物に立ち向かう力も与えられてはいない。〈神の子〉ではないただの奉公人として生まれてしまった少年は、自らの共同体の中でのし上がってゆくしかない。だから彼の横溢する力が目ざすのは、主人を殺し主人の女房を自分の妻にして長者におさまることだったのである。

そしてそれを実現してしまうだけで、彼はじゅうぶんに村落共同体の英雄なのである。たぶんこうした昔話の語り手や聴き手たちの願望として少年の活躍は語られていたはずであり、そこでは手段など選んではいられない。窮地に陥ったときには、仲間であるモッコ担ぎの使用人でも自分より弱い目を病んだ牛方でも、誰かれかまわず罠にかけて生き延び這い上がろうとする、そのたくましさが主人公の行動をささえている。かなり現実離れした内容をもつ昔話だが、上昇願望の切実さという点からみれば、やけにリアルな現実が顔をのぞかせてもいると読めるのである。

この主人公の兄弟ともいえる人物には、「隠れ蓑笠」（大成話型番号四六八）の主人公がいる。天狗をだまして透明人間になれる蓑と笠を手に入れた男は、それを着て自分の姿を消し、酒やごちそうを失敬したり女の子にいたずらしたりして楽しんでいる。ところが、その不思議な宝物を家に隠しておいたあいだに、母あるいは女房に見つけられ、それがあまりに汚いために焼かれてしまう。仕方がないのでその灰を塗ると同じ効果があらわれたので出かけ行っていたずらしていると、こぼした酒（あるいは自分の小便や雨）にぬれて灰が落ち、正体がばれてしまうというのが「隠れ蓑笠」という笑い話である。

この昔話でも、主人公は知恵と口のうまさで天狗をだまして透明になれる宝物を奪いとるのであり、そこまでは少年英雄の面影をたもっている。ところが彼はその使い方を誤ってしまう。というより、せっかく呪宝を手に入れたのに、酒を盗み飲みしたり女の子をからかったりするということぐらいにしか利用できない人物なのである。共同体を超える力をもてない主人公は、そのなかでちょっと楽しい夢をみてみるということで満足してしまう。だから灰が溶ければ元の木阿彌、ただの男にもどるしかないということになる。

この「隠れ蓑笠」の主人公にくらべれば、「俵薬師」の主人公はずっと英雄にちかい。いや、まさしく彼は村落の側の英雄なのである。そしてそこでは悲劇なんてまっぴら御免だから、「俵薬師」の主人公はかならず主人の女房と財産をまんまと手に入れてほくそえむ。

何の罪もない牛方（座頭）さんが殺されてしまうなんてかわいそうなどというへんな同情心などおこさずに読むことができれば、これほど痛快な昔話はほかにない。それを楽しんでみたいなら、井上ひさしの長編小説『馬喰八十八伝』を読んでみるといい。この小説は、狡猾者譚の話型を縦横に駆使した、口から飛び出すウソを抑えきれない貧乏な若者が、貪欲な長者を相手に大活躍する痛快無比の冒険物語である。ただ残念なのは、この作品が主人公である貧乏な若者をやさしく親孝行な人物として設定して悪漢どもと対決させるという、お決まりの勧善懲悪パターンに乗っかってしまったことである。*

*今振り返ると、トリックスターと呼ばれる世界的な主人公を加えて論じるべきであったと思う。のちに書いた『日本霊異記の世界』（角川選書、二〇一〇年）において、小さ子を中心にしてそのあたりの問題を論じているので参照いただければ幸いである。

第四章　笑われる英雄

英雄に与えられた知恵が狡さに傾斜してゆくように、もう一つの力である武勇や腕力は笑いの対象になってしまうことがある。昔話「力太郎」の場合には、かろうじて「桃太郎」の兄弟として少年英雄の側に残ることができたが、力がありすぎるゆえに笑い飛ばされる英雄の末裔は古くから存在する。民間伝承に語られるオホナムヂもそうした一人だが、ここでは〈知恵〉を忘れてしまったために笑い者にされてしまう、いささかかわいそうな英雄たちについてふれておこう。

1　力に頼る英雄

国家神話のなかでアシハラの中つ国を統一し、地上の王者になったと語られるオホナムヂは、『出雲国風土記』や『播磨国風土記』においても国作りの神として語られている。ところが、そこで語られている「国」は、国家としての国というのではなく、大地といった意味がつよい。つまり、古代の民間伝承に登場するオホナムヂは、ダイダラ坊やダイダラボッチなどの名をもつ大男に近い存在なのである。

そのダイダラ坊伝説の一つをあげておくと、たとえば次のような話が埼玉県秩父地方に語られている。

巨人が、一つの畚《もっこ》に武甲山を入れ、もう一つの畚には土を入れて担いだ。ところが、目方が重いため縄が切れ、畚は地上に落ちた。武甲山は固い岩だったのでそのまま残り、一方のこぼれた土は宝登山になった。天びん棒は後に木が生え、今の長尾根の山になったという。

（「ダイダラボッチ」『日本伝説大系』第五巻）

典型的なダイダラ坊伝説で、ダイダラ坊（巨人）の担いでいたモッコの縄が切れて土や天秤棒が山となって残ったと説明することで、現在立っている山の起源を語るのである。この類いの伝説は現在も日本の各地に伝えられているが、その巨人神の死を語る次のような伝説もある。

井内、赤沢の地内に「おおふとの足跡」とよばれている土地がある。人間の足跡のような形をした、大きくくぼんだ所である。昔、この辺におおふとがいて、井内山を越えて、八郎潟をひとまたぎにして男鹿山へ行こうとした。しかし、八郎潟をひとまたぎしたものの、彼の衣服が井内山のいばらにひっかかって、思いどおりに飛ぶことができず、ついに転倒して日本海深く沈んでしまったという。井内、赤沢にあるくぼんだ土地は、その時にまたいだおおふとの足跡であると伝えられている。

（「おおふと」『日本伝説大系』第二巻）

これは秋田県に伝えられている話だが、オオフトと呼ばれる巨人が八郎潟を飛び越えようとして踏ん張った時にできた足跡として、「くぼんだ土地」の由来を説明するのは秩父の伝説と同じである。ところがこの話では、ただ地形を説明するのではなく、そこに巨人の死を語るのである。しかもそれは、大男が衣のすそを茨に引っかけて転んで海に落ちたというように、いささか滑稽な雰囲気を漂わせているのである。大男の愚鈍さといった気分が、この巨人の死を引き出していると見ることができるだろう。そしてオホナムヂという巨神も、民間伝承のなかではそうした滑稽さをともなって語られている。

糞を我慢するオホナムヂ

オホナムヂという名前は、「オホ（大＝偉大な）ナ（大地）ムチ（尊い方）」という意味で、大地の神を称える神名である。そして、この神の国作りはスクナヒコナ（ネ）という神とペアで語られることが多い。スクナヒコナの名も「スク（少）ナ（大地）ヒコ（彦＝男神）ナ（接尾辞）」と解することができ、両者は名前の上でも対《つい》になる神である。しかもオホとスクとが対になっているところからわかるように、両者は大男と小人という関係にある。『古事記』によれば、スクナヒコナが常世の国からガガイモ（植物）の実のさやを舟に、ヒムシ（蛾のことか）の皮を衣に着てオホナムヂのもとに寄りついて来たと語られているところからも想像できるように、この神は典型的な〈小さ子〉神なのである。そして、それに対するオホナムヂが巨大な体をもつ神として設定されることによって、この両神は対の神としての神話を構成することになる。

当然のこととして、巨大な神は力持ちとして描かれてゆくから、民間に語られるオホナムヂは国は国でも土をはこんで大地（国）を作ったというような、古代のダイダラ坊として語られてゆくことになるのである。そのために、いささか滑稽な英雄というイメージを与えられてゆくことにもなった。

堲岡《はにおか》の里　土は下の下。堲岡と号《なづ》くる所以《ゆゑ》は、昔、大汝命《おほなむぢ》と小比古尼命《すくなひこね》と相争ひて云はく、「堲の荷を担《にな》ひて遠く行くと、屎下《くそま》らずして遠く行くと、この二つの事、何《いず》れか能《よ》く為《せ》む」と。大汝命曰はく、

「我は屎下らずして行かむと欲ふ」と。小比古尼命曰はく、「我は埿の荷を持ちて行かむと欲ふ」と。かく相争ひて行でましき。数日逕《へ》て、大汝命曰はく、「我は忍び行くこと能はず」と。即《すな》ち、坐《ゐ》て屎下りたまひき。その時、小比古尼命、咲《わら》ひて曰はく、「しか苦し」と。亦、その埿をこの岡に擲《なげう》ちましき。故、埿岡と号く。又、屎下りたまひし時、小竹《ささ》、その屎を弾き上げて、衣に行《は》ねき。故、波自賀《はじか》の村と号く。その埿と屎とは、石と成りて、今に亡《う》せず。

（『播磨国風土記』神前郡）

【現代語訳】ハニ岡の里。土質は下の下。ハニ岡の里と名をつけた理由は、むかし、オオナムヂとスクナヒコネとが競争して、「赤土（ハニ）の荷を担いで遠くまで行くのと、糞を我慢して遠くまで行くのと、この二つのうちどっちが遠くまで行けるだろうか」と言い出した。オオナムヂは「俺は糞を我慢して行くのがいい」と言い、スクナヒコネは「では私は赤土を担いで行こう」と言って、たがいに競争して出かけた。何日か過ぎて、オオナムヂは、「俺はもう我慢できない」と言うやいなや、しゃがみこんで糞をした。それを見てスクナヒコネは、笑いながら、「こっちも苦しいよ」と言って、かついでいた赤土をこの岡に投げ捨てた。それで、ハニ岡と名付けた。また、オオナムヂが糞をした時に、笹がその糞を弾き上げて、オオナムヂの衣についた。そこでハジカの村と名付けた。その赤土と糞は石になり、今も残っている。

ハニ岡と呼ばれる赤土だらけの痩せ地がなぜ出来たのかを説明する地名起源譚である。ふつうなら先にあげたダイダラ坊伝説のように、巨人オオナムヂが赤土をかついでやってきたけれど、ここまで来てかついでいた赤土の縄が切れたり天秤棒が折れたりして、赤土をそのまま残して行ってしまったと語ればすむ話である。ところがここではそれを、力持ちの英雄オオナムヂが、その力と体の巨大さゆえに与えられることになった滑稽性によって、笑い話に仕上げられているのである。

二神の競争・対立によって地名や事物を説明しようとする方法は、古代伝承ではことに『播磨国風土記』に多くみられるもので、それは、二者の葛藤や闘争という説話的モチーフによって物語性を抱えこんでゆくという手法をとることが多い（三浦『古代叙事伝承の研究』）。ダイダラ坊伝説のパターンからいえば、赤土を担うのは巨人の役割であり、この土地にもそうしたオーソドックスな語り口が存在していたということを想定してみることも可能である。ところがここでは、もともと重いハニをになうべきオホナムヂにクソを我慢させ、相棒の、小さくて力のなさそうなスクナヒコナにハニを担わせて競争させるというかたちで、両者の本来的な関係から想像できる行為を逆転させることによって、〈説明〉における笑話的なおもしろさを作りあげているのである。いくら大男で力持ちの神様でも便意には勝てないよ、というちょっと下品なからかいが、赤土と糞との連想によって引き出されてくる。

その笑話性は、つけ足しとも思えるハジカという地名の説明によって補強されている。この説話では、あくまでもハニ岡という地名の起源を語ることに中心はあるのだが、二者の競争譚によって付加的にハジカが要求され、それが説明における「さげ」の役割を果たすことになった。想像をたくましくすれば、このハジカという地名は「端処《はじか》（端っこの土地）」の意であり、その村はハニ岡にある集落（里）の端っこに位置したはずである。だからその地名には「おこぼれ」といった軽蔑的な視線が込められ、昔話における〈愚か村〉話のような笑話性が内包されることにもなったのである。

この点に関して付記しておくと、ハジカ（ハシカ）という地名は他にもあって、神前郡の東に接する賀毛郡の条には次のような地名起源譚が伝えられている。

端鹿《はしか》の里　右、端鹿と号くるは、昔、神、諸村に菓子《このみ》を班《あか》ちたまひしに、この村に至りて足らず。故《かれ》、仍《よ》りて曰はく、「間《はした》なるかも」と。故、端鹿と号く。この村、今に至るまで、山の木に菓子なし。

（『播磨国風土記』賀毛郡）

【現代語訳】端鹿の里　右のように端鹿と名付けた理由は、昔、神様が村々をめぐって果物の苗（種）を分かち歩いていたとき、この村に来て分ける苗が足りなくなった。そこで言うことには、「足りないなあ」と。それで端鹿と名付けた。この村の山には、今でも果物のなる木が生えていないのである。

神の発したことば「間有哉」を、諸注に従って「間《はした》なるかも（足りないなあ）」と解釈したが、あるいは、「間《はし》なるかも（端っこだなあ）」と理解した方がよいかもしれない。いずれにしても、この賀毛郡の端鹿の里の場合には、そこが端っこの地であることを強調して地名の起源が語られているのであり、そこには軽蔑的な笑いがこめられているとみてよい。そして、こうした認識は神前郡の波自賀の村の場合にも認められるはずである。

今にも漏れそうな糞を必死で我慢しながら冷汗をたらして歩く滑稽なオホナムヂが語られるのは、ここに語られる巨人神オホナムヂが、〈力〉だけを残してもうひとつの肝心な〈知恵〉を忘れてきてしまったからである。昔話「力太郎」の古代版だといってもよい。国作りの英雄は、村落共同体の語りのなかでは、こうしたパロディ風の主人公にもならなければならないのである。

武勇譚

武勇をほこる英雄たちも、古今東西さまざまに語られている。そしてどうやら、彼らもいつも勝者になれるとは限らないのである。

六角牛山《ろっこうし》の麓にヲバヤ、板小屋などいふ所あり。広き萱山なり。村々より苅りに行く。ある年の秋飯豊《いいで》村の者ども萱を苅るとて、岩穴の中より狼の子三匹を見出し、その二つを殺し一つを持ち帰りしに、その日より狼の飯豊衆《いいでしゅう》の馬を襲ふことやまず。外の村々の人馬にはいささかも害をなさず。飯豊衆相談して狼狩りをなす。その中には相撲を取り平生力自慢の者あり。さて野にいでて見るに、雄の狼は遠くにをりて来たらず。雌狼一つ鉄といふ男に飛びかかりたるを、ワッポロ（上張り）を脱ぎて腕に巻き、やにはにその狼の口の中に突込みしに、狼これを噛む。なほ強く突き入れながら人を喚《よ》ぶに、誰も誰も怖れて近よらず。その間に鉄の腕は狼の腹まで入り、狼は苦しまぎれに鉄の腕骨を噛み砕きたり。狼はその場にて死したれども、鉄も担がれて帰り程なく死したり。（『遠野物語』四二）

子を殺された母狼と武勇のほまれ高い「鉄」という男の一騎打ちを語る説話である。この話については旧著『村落伝承論』において、子を慈しむ母と説話の証人について論じたおりに、次のように分析したことがある。

それにしても、慈母狼の口の中に腕を突っ込んだ男が「鉄」という名を持っているというのは、あまりにも出来すぎてはいないか。もちろん、鉄という字をもつ名前は珍しくはない。ありふれた名だといってもよい。しかし、鉄という名をもつと語ることによって、狼の口に入れられた「腕骨」が、偶然にも鉄腕であったということにこそ、この出来ごとが事実そのものにとどまらず、説話という言語表現になっていった理由の一つはあるのだということに気づかねばならない。そして、説話的にいえば、「鉄」という名の男は、その名をもつかぎり〈英雄〉でなければならないのである。だから、この狼がただの狼であったならば、鉄の鉄腕は狼の鋭い牙をボロボロにするだけの力をもっていたと語られ、鉄は狼退治の英雄になっていたはずなのである。鉄の腕が鉄腕であるというその証拠に、鉄は「相撲を取り平生力自慢の者」と語られているではないか。

また、一方、慈母狼の側からいえば、一騎打ちの相手になる人間は、もっとも優れた者でなければならないのである。そうであることによって、子を殺された母狼の、人間への恨みの強さと殺された子狼への慈愛の深さとを語ることができるのだから。

鉄と雌狼とをこのように位置づけると、その一騎打ちの結果はわかりきっている。ここに語られているような相打ちしかないのである。鉄の、死をも恐れない武勇と、勇敢な慈母狼に対する人々の同情との両方の要求を満たすために、説話において可能な唯一の結末として、相打ちという結末は必然的な選択だったのである。それによって、狼も鉄もともに英雄となった。

今もこの読みを変更しようとは思わない。ただ英雄譚という側面を強調して、鉄がなぜ慈母オオカミとともに死ななければならなかったのかという点について付記しておけば、彼もやはり〈知恵〉を忘れた英雄だったのである。人間の側に後ろめたさのある慈母オオカミに、素手で立ち向かうということ自体まちがっていたのである。ここに登場する母オオカミは、いくら武勇のほまれ高い鉄でも、とても力では勝ち目のない相手だったのだから。

ここでは、死んだ鉄は勇敢な男として語り継がれるとともに、一方でやはり笑いの対象にもなったは

カモに引かれて空を飛ぶミュンヒハウゼン男爵（『ほらふき男爵の冒険』岩波文庫）

ずである。人びとの同情や驚嘆は、自分たちの後ろめたい行為もあって、どちらかといえば母オオカミのほうに多く集まるはずだから、鉄のほうにはどうしても、なんて無鉄砲なことをしでかしたんだという視線が向かってしまうのである。というより、ひとりの仲間を犠牲に供することによって、オオカミの子をなぶり殺しにしてしまった側の人びとの後ろめたさや恐れを解消しようとしたのである。生贄に捧げられるヲトメの代わりに、鉄という英雄がオオカミの前に差し出されたのである。

　しかも、オオカミの口に腕を突込んで仕留めるという話は、ヨーロッパでは「ほらふき男爵」のほら話に類話のあるもので、もともとは猟師たちのほら話として、オオカミとの一騎打ちの際に語られるパターンだったと考えられる話である。もちろんその場合には、ほらふき男爵も猟師たちもまんまと相手をやっつけてしまう。それをここにもってきて語るというのは、どうしても鉄という一方の主役が分の悪い笑われ役に仕向けられているからに違いない。

　同じことをしても、出番を間違えるととんでもないことになってしまうということであろうか。そういえばオオホナムヂだって、小さ子のスクナヒコナを相手にとんでもないことを言ってしまったばかりに、笑い者になってしまったではないか。糞を我慢するオオホナムヂといっしょに並べるのは気の毒だが、鉄腕を向ける相手をまちがえた鉄も、やはり神話の英雄たちからは隔てられてしまった英雄の末裔である。

2　ほら話をする英雄——鴨取り権兵衛

右に名前をあげたほらふき男爵という主人公も、笑われる英雄の代表である。そして日本で語られるほら話の主人公は、鴨取り権兵衛という名で知られた猟師である。昔話「鴨取り権兵衛」（大成話型番号四六四）は、『日本昔話大成』の笑話〈誇張譚〉に分類される次のような話である。


むかしあるところに、権兵衛さんという、鉄砲打ちの名人がおったそうな。

ある日のこと、人がやって来て言うたんじゃと。「権兵衛や、何でも奥の池には、毎朝、鴨がぎょうさん《（たくさん）》おりてくるそうなが、お前、ひとつ行って撃ってみんか」「そうか、そりゃあ、ええことを聞いた」さっそくあくる日には、権兵衛さんは、早ばやと起き出して鉄砲をかつぐと、どんどこどんどこ歩いて奥の池へ行った。行ってみたところが、なるほど鴨が六つも七つも泳いでいる。「ほんに、こりゃあ、おる、おる。おるにはおるが、一発ドンと撃ちゃ一羽しか取れん。あとはみんな翔って逃げる。どうやってみんな取ったもんだろうか」

考えたあげく、「よしっ」と、鉄砲をかまえた。一番手前の鴨をねらうと、鉄砲の尻をぶるるんと震わせて撃ったんじゃ。するとまあ、三羽も当てたら上出来じゃと思ったのが、七羽が七羽とも撃ち抜いた上に、たまは、まだまだビューンと飛んで行って、向こう岸で、ええ気持で寝ておった猪《いのしし》にぶち当たった。

〔以下要約――喜んだ権兵衛さんが池の中に入ってカモを集め、岸にあがろうとして手をかけた枝が実はウサギの耳で、それもつかまえて上にあがり、獲物をしばる紐にしようと近くにあった蔓を引っぱると立派な山イモが抜けてきた。何だか尻のあたりがムズムズするので見てみたら、褌の中にドジョウが一升ばかり入っている。権兵衛さんはそれらをみんなかついで、勇んで山を下りていったそうな。〕

(『日本昔話百選』八三「鴨とりごんべえ」)

右の話と並んでよく語られるもう一つの話は、「ある冬の寒い朝、権兵衛さんが池に行ったところ、たくさんのカモが氷漬けになって動けないでいる。それをみんなつかまえて紐で縛って腰にぶら下げて歩いていたら、日が出て暖かくなったせいでカモの氷がとけて急に飛び立った。権兵衛さんはカモに引っぱられたまま空に飛び上がり、京まで飛んで五重塔の上に落っこちてしまった」というふうに、ちょっとへまをやらかした権兵衛さんを語るものである。この二つの笑い話は、『ほらふき男爵の冒険』でもまったく同じかたちで語られており、世界的な分布圏をもったほら話なのだということが確認できる。

本人たちにとってはまじめな事実譚として語られるのだが、聞いている人たちは誰もそれを信じてなんかいなくて、また権兵衛さんのほら話が始まったという感じで、しかし喜んでその話に耳を傾けるような、そういう話群なのである。ヨーロッパのほらふき男爵は一人称語りになっており、権兵衛さんの話は第三者が語るスタイルをとるという違いはあるけれども、基本的には同質の笑い話である。そして、彼らもまた笑われる英雄の代表者だということができよう。

じつはこの種の笑い話のルーツは意外に古いものだということを、『播磨国風土記』の断片的な記事によって知ることができる。国家神話の向かい側で人びとがどんな話を語っていたのかということを知るためにも恰好の材料である。そしてそれは、王権神話の英雄オホナムヂと民間神話の笑われるオホナムヂとの関係にも重ねられる。

大羅野《おほあみの》といふは、昔、老夫《おきな》と老女《おみな》と、羅《あみ》を袁布《をふ》の山中に張りて、禽鳥《とり》を捕るに、衆鳥多《とりどもさは》に来て、羅を負ひて飛び去《ゆ》き、件《くだり》の野に落ちき。故《かれ》、大羅野といふ。（託賀郡）

【現代語訳】オホアミ野という地名の由来は、むかし、爺さんと婆さんがヲフ山に網を張って鳥を取っていたら、あまりにたくさんの鳥が網にかかってしまって、鳥は網をひっかけたまま飛んでいって、あの野原に落っこちたんだって。だから、オホアミ野って呼ぶんだってさ。

網にかかった鳥がその網を負って飛ぶほどにたくさんの鳥が棲む所だという語り口は、そこが山の幸に恵まれた豊かな土地だという讃美表現のパターンであり、「昔」という発端句は、この短い伝承が古くから語り継がれてきたものだったということも示していて、『風土記』ではごくありふれた地名起源譚である。ただ、豊かな大地を賛美するものだとしても、網にかかったまま飛ぶ鳥の姿に、何か異常で滑稽な事態を思い描いてみたくなる話でもある。

この記事からは、爺さんと婆さんがどうなったかは読みとれないが、ひょっとしたら権兵衛さんが腰に縛りつけたカモにぶら下がって飛んでいったように、鳥に引っぱられて網といっしょに飛んでいったのかもしれない。もしそうなら間違いなく二人は、権兵衛さんと同じく笑い話の主人公なのである。そして、そんなふうに連想するのは、『摂津国風土記』逸文に次のような話が残されていることにも起因する。後世の文献に引用された記事だから、古代の資料だとは断定できないが、十二世紀にはすでに語られていた話である。

堀江の東に沢あり。広さ三四町許《ばか》り、名を八十島《やそしま》といふ。昔、女、人を待つに、その児《ちご》を負ひき。その間、羅《あみ》をもちて鳥を取らむとす。鳥待つ間、河の鳥飛びて羅にかかる。女人、鳥の力に耐へずして、却《かへ》て引き返されて、落ち入りて死ぬ。又、人有り。その頭を求むるに、人の頭二つ、鳥の頭七十八あり。合せて八十頭《やそかしら》なり。これによりて号《なづ》くる也。

【現代語訳】難波の堀江の東に広さ三、四町ほどの沢があり、八十島と呼ばれている。昔、女が子供をおんぶして人を待っていた。その間に網をしかけて鳥をとろうとしたところ、河に降りていた水鳥がいっせいに飛び立って網にかかった。ところが、網に入った鳥の数があまりに多くて女の力では引く力に耐えられず、逆に女の方が引っぱられて網といっしょに飛び、その沢に落ちて死んでしまった。ある人が引き上げて数えると、網の中には母と子どもと七十八羽の鳥がいて、合わせて八十もの頭があった。それで、「八十島」と名付けられたのである。

女は堀江で誰を待っていたのだろう。また、なぜ人を待ちながら網を張るのだろう。子持ち女が人目を避けて男にでも逢うためのカモフラージュとみるのは、あまりに穿ち過ぎか。何だか訳のわからない話で、ちょっと哀れな感じもして、これを笑い話と呼ぶにはためらいもある。しかし、笑い話というのはけっこう残酷なものだし、こうした訳のわからないところに面白さがあるのだと言えるのかもしれない。少なくともこの話からは、鳥に引っぱられて人が空を飛ぶという奇抜な発想が意外に古いものだということは確かめられる。だから先の「老夫と老女」も網にぶら下がって飛んだのかもしれないという読みはそれほど突飛なものではないし、ほら吹きの英雄が古代から空を飛んでいたとしても不思議なことではないのである。
またもう一方の、鉄砲の尻を震わせて撃った一発の玉で七羽のカモをしとめた権兵衛さんと同じく、弓の名人の信じられないような話は古代にもすでに語られている。

品太《ほむだ》の天皇、巡り行《い》でましし時に、この鴨飛び発《た》ちて、修布《すふ》の井の樹に居りき。この時、天皇、問ひて云はく、「何の鳥ぞ」と。侍従、当麻《たぎま》の品遅部君前玉《ほむぢべのきみさきたま》、答へて曰はく、「川に住める鴨なり」と。勅して射《い》しめたまふ時に、一矢《ひとや》を発《はな》ちて、二つの鳥に中《あ》てき。即ち、矢を負ひて、山の岑より飛び越えし処は、鴨坂と号け、落ち斃《たふ》れし処は、乃ち鴨谷と号け、羹《あつもの》を煮し処は、煮坂《にさか》と号く。

（『播磨国風土記』賀毛郡）

【現代語訳】応神天皇がこの地を巡行していた時、（つがいで巣をかけ卵を抱いていた）カモが飛び立ってスフの泉のほとりの木に止まった。このとき、天皇が「何という鳥だ」と問うと、従者である当麻の品遅部の君サキタマが、「川に住むカモです」と答えた。そこで天皇が射させると、サキタマは一本の矢で二羽の鴨を射抜いた。すると、その二羽のカモは矢をつけたまま山を越えて飛んだので、そこを鴨坂と名付け、落ちて死んだ所を鴨谷と名付け、鴨汁を煮た所を煮坂と名付けた。

権兵衛さんが射抜いたカモの数はもっと多くて、鉄砲の尻を震わせたり筒を曲げてたりして撃った一発のスライス玉《ボール》で、七羽とか十二羽とかのカモを撃ち落とす。サキタマの射たカモは二羽だが、そのカモは串刺しになったまま山を越えて飛んでおり、ここではカモの側も笑い話風の超能力をしっかりと発揮しているのである。しかも、この話が地名を重ねながら語られているところをみると、元来は、最後の煮坂という地で鴨汁を作って食べたという結末まで連続した話としておもしろおかしく語られていたとみえる。

先にふれた糞を我慢するオホナムチの話もそうだったが、『播磨国風土記』にはこうした笑い話的な語り口をもつ伝承がけっこう多いのである。そしてそのいずれもが地名起源譚として語られているが、これらの伝承は地名の由来を語る話になっていなくても笑い話として独立しうる内容をもつ話であり、『風土記』が地名起源譚として記載しているのとは別に、語りの現場では、ただの笑い話として人びとのあいだで語られていたはずなのである。

こうした古代の民間伝承の断片をながめていると、昔話「鴨取り権兵衛」のルーツは意外に古い時代にまで遡れそうだということがわかってくる。そして、文化英雄たちによる怪物退治がはなやかに語られている脇で、英雄になりそこねたとんまな英雄たちの冒険や失敗がさまざまに語られているといった姿がうかんでくる。語りの現場は、いつの時代にもそうした二重構造をもっていたらしい。

第Ⅲ部

隣のじい譚のリアリティ

第一章　笠地蔵

あったてんがの。あるどこに、貧乏な、じさとばさがあったてんがの。ほうして、二人で、まいんち、笠をこしろうて、それを売って暮らしていたてんがの。ほうして、年の暮れになって、トシトリもくる、正月もくるんだんが、「笠をいっぺ、こしろうて、米を買うたり、魚を買うたりしよう」と、じさとばさ、真剣で、笠をこしろうていたてんがの。

ほうして、トシトリの日に、じさ、その笠をぶて、町へ売りにいったてんがの。「笠エー、笠エー、かさ、いらんかの」と言うてあいんでも、トシトリの日で、せわしいんだんが、だっれも、かさを買うもんがねえてんがの。ほうしているうちに、雪がボサボサ降ってくるんだんが、「あ、おおごとだな。雪が降ってくるし、笠は売れねえし」とおもて、日も暮れるんだんが、うちへ帰っていったてんがの。

ほうしたら、道のはたに、地蔵さまが、六体《たい》、並んでいらしたてんがの。ほうして、さぶいがに、笠もかぶらんで、雪が、頭から、ボサボサと降りかかっているてんがの。じさは、「あ、これや、地蔵さまは、どんげんさぶかろう」とおもて、その売れなかった笠、ンな《みんな》、地蔵さまの頭に、かぶしてやったてんがの。ほうしたら、もう一かい、笠がたらねんだんが、自分でかぶっていた笠をぬいで、かぶせてやったてんがの。ほうして、じさ、「あ、よかった、よかった」と喜んで、うちへ帰ったてんがの。

ほうしたれば、ばさが、「おうこ《おや》、じさ、今日は、ごうぎ《たいそう》、遅かったのし」「おう、今日は、笠がなんにも売れないで、持って帰ってこようとしたれば、地蔵さまが、笠もかぶらんで、ボサボサ降る雪のなかにいるんだんが、おら、笠、ンな、地蔵さまにかぶせてきたや」「おうこ、お前、いいことをしてくられたのし」「いや、おら、米も魚も買わんかったや」「あ、買わんでもいいで。米が、あこに、ちっとあるすけ、晩には、オカユでもして食おうで」

ほうして、じさ、うちへはいって、ばさと二人で、オカユをくて、「ばさ、ばさ、こんにゃ《こんばん》、さぶいすけ、はや、寝ようれや」というて、寝たてんがの。ほうして、ひと寝入りして目がさめたれば、むこうの方で、なにか、ドヤドヤと音がしるてんがの。じさとばさは、「はて、まあ、なんの音だろうな」とおもて、聞いていたてんがの。そのじさ、ペコ太郎という名だてんがの。ほうしると、「ズーイとひいた、ペコ太郎が、トシトリガイモン、セットコ、セットコ」というて、むこうの方からくるてんがの。「はて、まあ、なんだろう。おらの名をいうてくるが」とおもて、聞いていたれば、また、「ズーイとひいた、ペコ太郎が、トシトリガイモン、セットコ、セットコ」というて、くるてんがの。ほうして、うちの前まできたれば、なんだか、ドサリというような音がしたてんがの。

じさは、「なんだいや」とおもて、ソロリとおきて、障子の破れ目から、覗いて見たてんがの。ほうしたれば、俵が三つも四つもあるてんがの。ほうして、笠をかぶった六地蔵さまが、むこうにもどっていがっしゃる姿が、めえた《みえた》てんがの。「あ、これや、地蔵さまが、何か持ってきてくらしたがら、もったいない」というて、手をあわして、お礼を申していたてんがの。ほうして、戸を開けて見たれば、俵の中に、米やら魚やら金《かね》やら、宝物やらドッサリ入っていたてんがの。ほうして、じさとばさ、楽々と正月をむかえ、一生安楽に暮らしたてんがの。

いきがさけた。

（「笠地蔵」水沢謙一『おばばの昔ばなし』一五〇）

貧乏な爺と婆

数多い昔話のなかでもとくに、聴く者や読む者をほのぼのとした暖かさに包んでくれるのが、この「笠地蔵」と呼ばれる昔話だろう。正月の準備もできないような、とことん貧しい爺と婆が地蔵さまの祝福を受ける。それは、何の見返りも期待しない爺の地蔵への憐れみと、その爺の行為をよろこんで受け入れた婆の心根のやさしさによってもたらされたものである。

ここに語られているのは、爺と婆の徹底した〈やさしさ〉である。それは、どうみても生半可なやさしさではない。だからこそ今も、この話は教科書に載せられたり幾種類もの絵本になって子供たちに読み継がれ、また、母親が良い子に成長するようにという願いをこめて子どもたちに語り聞かせる昔話の代表であり続けるのだろう。しかし、けちをつけるわけではないが、この昔話に描かれた爺と婆のやさしさに、大人たちや親たちが期待する、子どもたちへの教訓となるためのどれほどのリアリティがあるのだろうか。

昔話「笠地蔵」は、関敬吾『日本昔話大成』によれば、大晦日の晩に訪れた神から善良な主人公が祝福され幸せになったという話群〈大歳の客〉の一話型として分類されている（大成話型番号二〇三）。たしかに、「笠地蔵」で地蔵さんがお礼にやって来るのはほとんどの場合に大晦日（大歳）の晩だし、恩返しとして思わぬ富をさずけられて幸せになるという結末からみても、〈大歳の客〉の話群に含めるのはふさわしい。ただこの話の場合には、同じ話群に分類された「猿長者」（同一九七）や「大歳の客」（同一九九A）のように、対立的存在としてのケチでいじ悪な隣のじいの登場する隙がない。それほどに、この爺と婆のやさしさは完璧で、主人公を引き立てるための悪役を語る必要もないということらしい。

引用した昔話は、前にも使わせていただいた池田チセさんの語りで、ひとりで一五〇話以上の昔話を語ることのできたすぐれた語り手である池田さんの話は、どれも整った内容と安定した語り口をもっている。この「笠地蔵」も、語り手である池田さんの暖かさと語り口の巧みさが十分に感じ取れる話になっている。まずはその表現をたどりながらこの昔話の内容にこだわることからはじめよう。

発端は、例によって、「あるどこに、貧乏な、じさとばさがあったてんがの」と語り出されている。「笠地蔵」に限らず、爺と婆の登場する昔話のほとんどは、とことん貧乏な爺と婆がその日の食べ物にも困るような状態で暮らしていると語られる。そして、これらの老夫婦には子どももいないのである。そこに子どもが描かれていないということを、すでに成長して家を出ているためだと考えることはできないだろう。こんなに貧乏な親をそのままにしておくような親不孝者に子どもを育てるような爺と婆なら、神からの祝福など与えられるわけがない。だから、はじめから二人には子どもがいなかったのだとみなければならないのである。つまり、「貧乏な爺と婆＝子なし」というのが、この系統の昔話の主人公に与えられたもっとも基本的な設定だということになる。

この点に関しては、古橋信孝の、村落共同体の構成原理を三つの世代において象徴的にとらえようとする認識によって説明するとわかりやすい。すでに生産活動から離れ、知恵によって共同体に位置づけられる上の世代（老人）、あらゆる生産活動をになう中の世代（大人）、次の時代に共同体を支える予備軍としての下の世代（子ども）、この三つの世代がそろうことによって、共同体は完全な姿になるのだと氏は論じている（「神話と歴史」）。

三つの世代をもつということは永遠の循環を可能にするということであり、それが共同体の永遠性を保証することになるのである。たとえば、下の世代は次の時代には生産をになう大人の世代となり、子供を生産して、つぎには知をになう老人となり、ついには共同体から去ってゆくというふうな時間（歴史）

をもつことになる。それが共同体の存立、つまり永遠の繁栄を約束する前提になるのである。このことは、家(家族)の存続に置き換えることもできる。現代の核家族化の進行と、それと表裏の関係にある老人の一人暮らしが抱えるさまざまな矛盾や混乱などをみても、家という単位が基本的に祖父母・両親・孫の三世代がそろうことで完全な姿をもつというのは明らかなことである。

「笠地蔵」の爺と婆にもどれば、子供を持たないままに生産の世代から離れて老人になってしまった二人は、中の世代も下の世代ももたないわけだから、家を支えてゆくための生産手段を何ももたない人たちとして位置づけられるしかないのである。それが、貧乏な老夫婦という昔話の様式化された語り口を生み出してくる。この二人がほそぼそと笠を編んでようやく一日の糧をえることのできる人物として描かれるのは、子のない老夫婦として説話的に設定された主人公に与えられた宿命なのである。

こうした説話的な様式化は、すでに平安時代前期に成立した『竹取物語』にも明確にあらわれている。かぐや姫を見つける前の竹取の翁は、「野山にまじりて、竹を取りつつ、よろづの事につかひけり」と語られている。それは、翁が律令制度のもとで班田を与えられ公民として組み込まれた人びとではなく、そこから排除された民だということを示しており、そこからみても竹取の翁が貧乏な人物だということはわかるのである。そして、竹取の翁と嫗のあいだに子どもがいないということが、それを裏付けている。とすれば、説話の様式からして、この二人も例によってやさしい人たちであったに違いない。だからこそ、「いささかなる功徳を翁つくりけるにより」て、かぐや姫を手に入れることができたのだし、その後も竹の節から黄金を見つけることによって裕福になることができたのである。

働き者

「笠地蔵」の貧しい爺と婆は、たいへんな働き者である。二人は毎日毎日懸命に（「真剣で」）笠を編み、それを売って生活の糧をえている。人びとの生活が農耕を中心になされていた社会において、二人の、笠を売った金で米や魚を手に入れるという暮らし方は、この爺と婆が生産の階層としての農民から隔たったところに位置づけられていると言わざるをえない。この二人の貧しさはそこからきているはずである。だからこそ、いくら頑張って働いてみても貧しさから抜け出すことすらできないのである。

このようなこだわり方が昔話の読みとしてふさわしいかどうかは別にして、六体の地蔵さんにかぶせてやろうとした笠が一枚足りずに自分の笠まで使ったという描き方にこだわって言えば、爺と婆が年取りの準備のために一生懸命に働いて作った笠は、たったの五枚だけだったということになる。二人は怠けていたのでもないしのろまでもないはずなのに、これだけしか作れない者たちと語られなければならないのである。もちろん昔話の展開からいえば、かぶせる笠が一枚足りないという描き方は、爺のやさしさや自己犠牲を語るためなのだが、それは一方で彼らが貧しさを宿命として負わされた存在であり、生産力をもたない人物として設定されているからだとも読めるのである。もし丹精こめて作った五枚の笠が売れたとして、どれほどの米や魚が買えたのかということを想像してみれば、彼らが置かれている位置ははっきりするだろう。

もちろん、「笠地蔵」にはさまざまなバリエーションがあり、主人公の仕事は笠作りだけではない。婆の織った反物を売りに行くとか焚き木を売りに行くとか、年取りの買い物をするための品物はいろいろである。しかし、町に行った爺はそれらを売って得た代金で地蔵さんのために笠を買ってしまい、家で待つ婆のもとには何も持って帰ることができない。とすれば、反物も焚き木も、やはり何枚かの笠とおなじ程度の値打ちしかもたず、爺と婆の労働は、社会的・経済的にみればほとんど価値のないものだということになる。もちろん、その笠が地蔵さんにかぶせられることによって、爺と婆の生活に大逆転をもたらすというのが「笠地蔵」のおもしろさである。そしてそこに、蓑笠は神の装束でありそれをかぶることで石の地蔵は生きた神となって二人を祝福することができるのだというふうな、笠の呪力という民俗学的な解釈が行われたりする。しかし、そうした説明が可能だとしても、この昔話に描かれた爺と婆の貧しさは、老人二人のまじめな労働によって逃れることのできるような生半可なものではなかったのだということは確かである。

やさしさ

子どももいない貧乏な爺と婆に与えられた性格は、底ぬけといってもよい〈やさしさ〉である。笠が一つも売れずに帰る途中の道端に雪をかぶった地蔵さんを見つけて、持っていた笠をかぶせてやる。六体の地蔵さんに対して五枚の笠しかなかった爺が自分の笠までぬいで地蔵さんにかぶせるというのは、爺の献身的なやさしさを強調するための語り口で、笠のほかに手拭いやふんどしが使われることもある。ちょっとにおいそうな使い古しのふんどしの場合、その恩返しに滑稽な展開をみちびく可能性だってありそうだが、それも「笠地蔵」という昔話では爺の心根のやさしさを倍加するばかりである。こうしたエピソードが添えられるのは、売れなかった笠をかぶせたというだけでは売れ残りの品物だという感じがつきまとって、爺のやさしさを語るためには完璧ではないからだろう。

また、売れ残りの笠ではなく反物や焚き木を売りに行くと語られる場合には、町へ行く途中に雪や雨に濡れている地蔵さんを見てかわいそうに思った爺が、売れた反物や焚き木の代金でわざわざ笠を買ってかぶせたと語られる。これだと爺の心根のやさしさは手拭いやふんどしを使わなくても描くことができるから、こちらの語り口も採集例の多い安定したスタイルになっている。

「笠地蔵」に登場する婆は、爺に輪をかけてやさしい人物として描かれている。爺が、二人して作った笠を地蔵にかぶせて帰ってきたり、婆が丹精こめて織った反物を売った代金で笠を買い地蔵にかぶせてしまっても、わけを聞いた婆さんはグチ一つこぼさないばかりか、「おうこ（おや）、お前、いいことをしてくられたのし」と言って爺のふるまいを喜んで受け入れるのである。そのために年取りの御馳走を何も手に入れることのできなかった二人は、わずかに残っていた米でお粥を作ってすすったり、湯を飲んで我慢しながら年取りの晩の床につく。そこに描かれた爺の行為は自らの積極的な意志によってなされたものであり、それは外側を向いた見栄や手前勝手な施しあるいはちょっとした気紛れであるかもしれない。そのふるまいを爺の心根のやさしさとして完結させているのは、その行為を心から喜んで祝福する婆さんの態度によってなのである。

笠編みや機織りには婆さんの労働が大きくかかわっていながら、その施しは婆の意志とはかかわりなくなされてしまい、大事な年越しも満足にできないという不利益を被ることになってしまうのだから、割が合わないのは婆さんなのである。だからこの話では、爺と同じかあるいはそれ以上のやさしさを、婆はそなえていなくてはならないのである。

「貧乏＝子なし」と設定された爺と婆は、〈やさしさ〉を合わせもつことによって地蔵の祝福をえて幸せになることができた。この種の昔話では、貧乏とやさしさはほとんど同じことだといってよく、神や仏に認められるのは貧乏でやさしい人たちに限られている。もちろん、現実の問題としていえば貧乏人でもいじ悪はいるし、やさしい金持ちもいるにちがいない。ところが、昔話におけるやさしい心は貧乏な者の専有物である。それも「笠地蔵」の爺と婆のように、底ぬけといってもよいようなやさしさ、ほとんど何の欲望ももたず、爺の行為をすべて受け入れて自己の意志を主張することもない婆の心根、神仏に祝福される主人公にはそうした並はずれたやさしさが要求されているのである。

昔話のリアリティ

ここに描かれているような爺さんと婆さんに、どこまでリアリティがあるのか。何の見返りも期待しない徹底したやさしさ、それはたとえば神におのれを捧げたある種の宗教者の献身的な行為に通じるものがあるかもしれない。しかしそれら宗教者も、何らかの意味において己れの信じる神からの祝福を期待しているはずである。そして昔話「笠地蔵」においても、相手が人間を救ってくれる地蔵さまだからこそ爺は笠をかぶせたのであろうし、婆はその行為を喜んだとみるべきだろう。したがって、多くの霊験譚がそうであるように、この昔話も地蔵信仰を基盤として出てきたものだという把握はある意味では説得力をもっている。

しかし、もしここに登場する主人公が、地蔵さまを信仰していれば幸せになれるのだというような気持ちをほんの少しでも抱いていたとすれば、地蔵はごちそうや宝物をもってやって来てくれることはなかったはずだ。なぜなら、そうした気持ちは、やさしさとは正反対の〈欲張り〉に接近したものだからである。また、現実にそのような見返りが信じられていたのならば、雪の日には地蔵さんは笠で埋まってしまうだろう。ここに描かれている二人のやさしさは、そうした類いの信仰や現実的なご利益を超えたところにあるのだということである。

リアリティという面からいえば、この話の爺と婆にはほとんどリアリティなどないし、いささかの存在感も感じられない人たちである。笠や蓑を身につけるのは神の姿になることであり、石の地蔵が動きだすのはそうした神衣としての蓑笠の呪力によるのだというような民俗学的な意味付けは、語られている内容に対する単なる説明にしかすぎない。たしかに高天が原を追放されたスサノヲは蓑笠を身につけてさすらうし、沖縄県石垣市の川平という集落において家々を訪れ祝福をさずけるマユンガナシという神は、蓑笠姿で村びとの前に登場する。そこから、蓑笠をまとった姿が神の装いの一つであるということは言えても、そう説明することによって、昔話「笠地蔵」に登場する爺と婆のやさしさがリアリティをもつわけではない。

いっそのこと、とことんやさしい爺のつれあいには、意地悪な婆さんがいたほうが現実性を保証できるのではないかと私などは感じてしまう。じつは、爺が笠売りから帰ってきて婆に事情を話す場面は、この話にとってもっとも危険な瞬間なのである。もし婆が一言でも爺を責めたり不平を言ったりすれば、爺のせっかくのやさしいふるまいも水の泡になってしまうかもしれないからである。事実、「笠地蔵」にも危険な婆さんの登場する話がないわけではない。採集された全国の類話を網羅し、一話ごとの梗概を紹介する『日本昔話大成』をみると、そうした危険な婆さんが何人かいる。

地蔵さんにかぶせる笠が一枚足りず、笠をかけられなかったその一体の地蔵を背負って家に帰った爺さんに対して、婆さんは小言をいう。しかし、それにもめげずに爺さんが囲炉裏のそばに地蔵さまを置いておくと、地蔵は毎日二人が食べる分だけの米をヘソあるいは尻の穴から出してくれる。ところがそれに満足できず、一度にもっとたくさん出したいとおもった欲深な婆さんは、焼け火箸をその穴に突っ込んで穴を大きくしようと試みる。すると地蔵さまは怒って出ていってしまい、二人はもとの貧乏に逆もどりしてしまったという話も語られている。

こうしたふるまいに及ぶ婆（あるいは爺）は、昔話「龍宮童子」（大成話型番号二二三）などでもおなじみで、昔話では親しみやすいキャラクターである。ところが「笠地蔵」に限っていえば、そうした行動に出るのはごく例外的な人物だけであり、ほとんどの婆さんは爺の行為に満足してしまうのである。欲をこいて焼け火箸を握るなどというのはまったくの少数派である。また不平を言って不貞寝してしまう婆さんが登場する場合でも、夜中には何事もなかったかのように地蔵さんは宝物を持ってやってきてくれるのである。なぜかこの昔話では、つい本音を吐いてしまった婆さんの心は、中途半端なままに忘れ去られてしまう。また、貧乏でやさしい爺さんにはつきものの、隣の欲張りでいじ悪な爺や婆が顔をだしてもよさそうなのに、こちらはもっと少なくて、『日本昔話大成』ではっきり確認できる事例はたった一話だけである。

どうも、「笠地蔵」の爺と婆はやさしさの権化といった人物として徹底的に様式化されているらしい。それを、昔の人はこのようなやさしい心をもっていたのだとか、石の地蔵さまの祝福にすがるしかないような極貧の暮らしを強いられていたのだというふうに説明するのでは、どこか釈然としない気分が残ってしまう。それは、自分はとてもそこまでやさしくなんかなれないし、石の地蔵さんはやっぱり石の地蔵さんでしかないじゃないかという思いを抱いてしまうからに違いない。

こうしたいささかヘソ曲がりな感想をもつのは、数は少ないけれども、どこまでもやさしく暖かな昔話「笠地蔵」のなかで、ぶつくさ文句を言いながら不貞腐れてふとんをかぶってしまう婆さんの背中に、妙なリアリティを感じてしまうからである。そしてそこの部分に、この系統の昔話が語り継がれる本質の一つはあるのではないかという気がする。そのことにこだわりながら、やさしさやいじ悪とは何かということを追求してみよう。

第二章　福慈の神と筑波の神

1　巡り来る神

昔話「笠地蔵」に登場するのは、この上もなくやさしい爺と婆であった。ところでこの話が分類されている〈大歳の客〉系統の昔話には、やさしい爺と婆に対立する隣の爺と婆が語られることが多い。いうまでもなく隣の爺と婆はいじ悪でけちんぼな人物で、やさしい爺婆とは正反対のキャラクターである。そして、きっちりとした様式をもった、典型化された人物が登場することによって〈話型〉を成り立たせる昔話にあっては、この隣の爺と婆の存在が、話を安定させ登場人物のリアリティを保証するために大きな役割をになっている。ここでは、そこを突破口にして論を展開する。

爺と婆ではないが、対照的な二人の登場人物による正反対の対応を語る話は、すでに古代の説話にもさまざまに現れており、それは語りの基本的な様式であったとみてよい。そしてその本質を考えてゆくためには、われわれが遡ることのできる始まりのところからみてゆくのが理解しやすい。そこで、昔話「大歳の客」や〈隣のじい〉譚を考える前提として、まずは古代の説話を読んでみることにする。

古老のいへらく、昔、祖神《おやがみ》の尊《みこと》、諸神《もろがみ》たちのみ処《もと》に巡り行《い》でまして、駿河国の福慈《ふじ》の岳《やま》に到りまし、卒《つひ》に日暮れに遇ひて、遇宿《やどり》を請欲《こ》ひたまひき。この時、福慈の神答へけらく、「新粟《わせ》の初嘗《にひなへ》して、家内諱忌《やぬちものいみ》せり。今日の間《ほど》は、冀《ねが》はくは許し堪《あ》へじ」と。是《ここ》に、祖神の尊、恨み泣きて詈告《の》りたまひけらく、「即ち、汝《いまし》が親ぞ。何ぞ宿さまく欲《ほ》りせぬ。汝が居《す》める山は、生涯《いき》の極み、冬も夏も雪ふり霜おきて冷寒《さむさ》重襲《しき》り、人民《たみ》登らず、飲食《をしもの》な奠《まつ》りそ」と。

更に筑波の岳に登りまして、亦、客止《やどり》を請ひたまひき。この時、筑波の神答へけらく、「今夜《こよい》は新粟嘗《にひなへ》すれども、敢《あへ》て尊旨《みこと》に奉らずはあらじ」と。爰《ここ》に、飲食を設けて、敬ひ拝《をろが》み祇《つつし》み承《つかへ》まつりき。

是に、祖神の尊、歓然《よろこ》びて謌《うた》ひたまひしく、

愛《は》しきかも我が胤《すゑ》　巍《たか》きかも神《かむ》つ宮　　愛乎我胤　巍乎神宮
天地《あめつち》と並斉《ひと》しく　日月と共同《とも》に　　天地並斉　日月共同
人民《たみぐさ》集ひ賀《ほ》ぎ　飲食富豊《みけみきゆたけ》く　　人民集賀　飲食富豊
代々に絶ゆることなく　日《ひ》に日《け》に弥栄《いやさか》え　　代代無絶　日日弥栄
千秋万歳《ちあきよろづよ》に　遊楽窮《たのしみつき》じ　　千秋万歳　遊楽不窮

是をもちて、福慈の岳は常に雪降りて登臨《のぼ》ることを得ず。その筑波の岳は、往き集ひて歌ひ舞ひ飲み喫《くら》ふこと、今に至るまで絶えざるなり。

（『常陸国風土記』筑波郡）

【現代語訳】古老が伝えていうことには、昔、祖神の尊が、あちこちの神たちのもとを巡り歩いていた時に、駿河の国の福慈の岳に着くと日が暮れてしまったので、一夜の宿を頼んだ。すると、福慈の神は答えて、「ちょうど新しく収穫した粟の収穫祭をしており、家中で物忌みをしています。今日だけは、お申し出にこたえることはできません」と言った。すると、祖神の尊が恨み泣いてののしって、「ほかでもない、私はお前の親なのだ。それなのに、どうして泊めようとしないのか。お前が住んでいる山は、この後ずっと、冬も夏も雪が降り霜がおりて寒さが続き、人びとが登らなくなって飲

み物や食べ物を供える者もなくなるだろう」と言った。
そして次には、筑波の岳に登って行き、一夜の宿りを請うた。すると、筑波の神が答えて、「今夜は新しい粟の収穫祭をしていますが、どうしてお申し出を拒んだりいたしましょうか」と言った。そして、飲食物を準備し、祖神の尊を敬い拝み丁重にもてなした。それで、祖神の尊は大いによろこび、祝福の歌をうたった。
いとしいことよ我が子孫よ、高々と聳え立つ立派な宮殿よ
天と地が永遠であるように、太陽や月がいつまでも廻り続けるかぎり、
人びとがお前の元に集い祝福し、供えられる飲み物や食べ物があふれ
いつまでも絶えることなく、日ごとに繁栄し続けて
千年も万年も永遠に、その豊かな生活が尽きるということはないだろう。
こういうことがあってから、福慈の岳はいつも雪が降って人びとが登れなくなり、供え物もなくなってしまった。それに対して、筑波の岳には、人びとが寄り集まり、神とともに歌ったり舞ったり、酒を飲んだりごちそうを食べたりすることが、ずっと今まで絶えることなく続き、筑波の神は豊かに暮らしているのである。

「風土記」という作品は、和銅六年（七一三）に大和朝廷が各国に出した、それぞれの土地の地名やその名の由来、産物、土地の肥沃状態などを書物にまとめて献上せよという命令に従って提出された公文書である。そしてその命令のなかの一つに、「古老が昔から語り継いでいるめずらしい出来事（古老相伝旧聞異事）をまとめよ」という項目があり、そのおかげで我われは古代の民間伝承をしのばせる興味深

い説話を読むことができるのである。右に引いた説話も、そうした「旧聞異事」の一つである。

発端の「古老のいへらく」という書きだしは、風土記撰録に際して出された条件に一致し、ことに『常陸国風土記』にはこのスタイルが多いのだが、そこからも、この説話がもともと民間で語られていたものであったということを想像させる。少なくとも、それが「古老相伝旧聞異事」であるという前提のもとで書かれているということは確認できる。もちろん、風土記は漢文体で書かれた文献であり、中央から赴任していた官人たちが朝廷の命令を受けて成書化してゆく段階で、漢文による修飾や改変が加えられただろうということは明らかである。

事実この説話でも、筑波の神のもてなしに対して祖神の尊が喜んでうたったとされる歌は、各句の末尾が韻（宮・同・豊・栄・窮《ヤウ》）をふんだ四言十句の漢詩に翻訳されている。全体の内容からみて、この歌（あるいは呪詞というべきか）は、筑波の神が永遠の繁栄を約束されることになった由来を語るうえでもっとも重要な部分である。したがって、編者の側にそれを音声で語られるままに採録しようとする意図があったなら、いわゆる万葉仮名で表記することも可能だったわけで、『常陸国風土記』の他の部分においても歌謡には音仮名を用いた和語表記が採用されている。ところがこの神の言葉は、もともとの呪詞の意味だけを生かした漢詩に翻訳されたとみられるわけで、音声で語られていた伝承が文字化の過程で被った変化は、かなり大きなものであったと考えなければならないのである。ただ、「昔、……」という語り出しや来訪した祖神の尊に対する二神の対立的な対応を描く構造などからみて、この説話が民間で語られていた固定的な様式をもつ伝承をもとに文字化されたものだということは間違いないはずである。

この説話は、筑波の神を斎き祭る共同体において行なわれていた筑波山での祭りごとの由来を語ったものである。したがって、来訪した祖神の尊の願いを聞き入れて一夜の宿を提供した筑波の神とは、この説話を語りついでいた筑波地方の人びとによって祭られていた神なのである。

　祭られる神と祭る人との関係は、持ちつ持たれつという状態にあるとみればよい。神は人から祭られることによって繁栄することができるし、人は神に護られることによって豊かな生活を保証されている、人びとは神との関係をそのように考えていた。そして、そうした関係を持続させるために人は酒やごちそうを神に供えるのだし、それを受けて神は人の願いを聞き入れるのである。この説話において、筑波の神の繁栄が、人びとの「往き集ひて歌ひ舞ひ飲み喫ふこと」と語られているところには、こうした神と人との関係性が明瞭に示されている。そして、祖神の尊が歓待のお礼として保証したのが、筑波の神とそれを祭る人びととの揺るぎない関係性の確立なのだとみればよい。したがって、ここに語られている祖神の尊と筑波の神との関係は、筑波の神とその神を祭る人びととの関係に重ねられるのである。

　筑波の神は、来訪した祖神の尊を丁重に饗応することによって、永遠の繁栄を約束する祝福の呪言を授けられることになった。この「祖神尊」は、写本によっては「神祖尊」ともあるが、他の資料に「神祖」という用例はなく、「祖神」の例は、この説話を載せる『常陸国風土記』にも「諸祖神《おやがみ》」(香島郡条)、『古事記』に「阿曇連等《あづみのむらじら》の祖神《おやがみ》」とあって祖先神という意味で用いられている。ここも「祖神《おやがみ》の尊《みこと》」と読み、「祖」の神様という意味で用いられているとみてよいだろう(「尊」は敬称)。

　その「祖」だが、古代の文献には「御祖」「御祖命」という言葉も数例でてくるが、その多くが母神あるいは母親という意味で用いられているから、ここの「祖神」も一般的な祖先神というよりは、母神をさしていると見た方がよいようだ。そのことは、宿りを拒否した福慈の神に対して、祖神の尊が「即ち汝が親ぞ」と述べていることからも明らかである。そして当然、祖神が母神だとすれば、福慈の神と筑波の神は兄弟として設定されているということになる。対立的に設定された二人の登場人物が兄と弟として語られるのは、『古事記』神話の八十神とオホナムヂ、海幸彦と山幸彦などにみられ、すでに古くから様式化された語り口である。したがってこの説話でも、母神の来訪に対する兄弟神の相反する対応が祝福と呪詛を生じさせたという設定をとっていると考えることができるのである。

2　話型――拒否と受諾

筑波の神を祭る共同体において、人びとと筑波の神との揺るぎない関係を保証する起源を語るために、一晩泊めてほしいという祖神の要求を受諾し歓待したという始源の時の出来事が語られる。そのとき、筑波の神の受諾を語るための説話的な設定として、二つのモチーフが導き出されてくる。その一つは、受諾する筑波の神の行為を引き立てるための対立者としての、祖神の要求を拒否する福慈の神の登場であり、もう一つは、筑波の神が祖神を受諾するという行為が祝福されるにふさわしい行為であるということを強調するための「新粟嘗」という場を準備することであった。

この説話においては、福慈の神は筑波の神を引き立てる以外の何らの役割も与えられていない。それは別の神であってもかまわないし、対立者としての福慈の神が登場しなくてもかまわないのである。ところが、その福慈の神の拒否を前に置くことによって説話は安定した様式をもつことになり、それが語りを支える装置としてはたらくことで、この起源神話は言語表現として完結したのである。なぜなら、主人公に対する対立者あるいは競争者が設定されることによって、語られるべき主人公は相対化され表現の内部に善者として定位されるからである。つまり、祖神の要求を拒否する福慈の神を設定することによって、筑波の神の受諾とその結果としての祖神による祝福がたしかな事実になるのである。それが

〈話型〉の役割である。

大歳の客

来訪者が一夜の宿を請うたのに対して一方が拒否し一方が受諾したために、その結果として神がそれぞれに祝福と懲罰を与えるという昔話「大歳の客」に典型化された〈話型〉は、すでにこの説話を成り立たせる前提として強固に存在する。というより、この話型がいつどのようにして発生したのかというような問いは、あまり意味のあるものではない。ある状況に立ち向かった二者の対照的な行為を語ることによって、それぞれが被ることになった二つの結果をあざやかに描き出すというのはしごく単純な展開ではあるが、むしろ単純であるがゆえに、それは口承文学の普遍的な様式になってゆくのである。

当然のこととして、失敗する者や拒否する者たちは成功者や受諾する者たちの前座として、主人公を引き立たせる役割をになわされる。その場合、自分よりもすぐれた者や誰でも知っている強い者でなければ、引き立て役としての効果は弱くなる。福慈の神（富士山）というのは、いつの時代においても、そうした相手役にもっともふさわしい存在だったのである。だから、弟に対する兄も、同様の意味で引き立て役にまわされることになる。

筑波の神の受諾が祖神から祝福されるにふさわしい行為であることを強調するために、福慈の神という対立者とともに準備されたのが、新粟嘗（にひなめ）という舞台設定であった。これは、昔話「大歳の客」の多くが大晦日の晩を舞台に語られるのとひとしい設定だとみればよい。

大晦日は一年の境い目の、歳神が訪れて家々を祝福してまわる神聖な夜であった。人びとは、神を迎えるために穢れを遠ざけて忌みごもっていなければならなかった。そしてそのような特別の夜だからこそ、そこに訪れ一夜の宿りを願う乞食や旅の僧の要求を拒否することが当然のふるまいだと認識されるのである。彼らは共同体に穢れをもたらす者なのであり、だからこそ逆に、そういう神聖な夜に、タブーを犯してまで招かれざる客の願いを受け入れた爺と婆の行為が、祝福されるのである。

もし訪れた乞食が身をやつした神ではなく、ただの乞食だったらどうなったのか。大晦日に守るべきタブーを破った爺と婆は歳神の来訪を得られないばかりか、穢れまでしょいこんで、以前よりもみじめな生活を強いられることになったに違いない。もちろん昔話の世界では、やさしい爺と婆のもとを訪れる乞食は身をやつした歳神に決まっているからその心配は不要なのだが、こだわってみれば、爺と婆のふるまいは聖なる夜のタブーを犯す、かなり危険な行為だったということも確認しておく必要がある。またそのことは、既成の秩序を壊すほどの危険を犯さなければ、爺と婆には繁栄がもたらされることはないということを示してもいる。

筑波の神の行為も爺と婆のやさしさも、共同体のなかに張り廻らされた秩序、つまり神を祭るために求められたつつしみを踏み外した異常なふるまいであった。だからこそ、信じられないような祝福をさずけられることにもなったのである。思いもかけない幸運は、日常的な秩序をこわすことによってしかもたらされないのだという認識がここにはあるだろう。ところが一方で、共同体の秩序を守ることによって人は幸せな生活を保証されるのだという観念もまた、強固に存在する。このまったく逆立した二つの命題のなかで人びとはうろたえ、それが説話における相反する二者を生じさせてしまうのではないか。

筑波の神の説話に設定されているニヒナメの夜も、大晦日の晩とおなじである。ここのニヒナメは原文に「新粟新嘗」「新粟嘗」とあるから粟の収穫儀礼とみられるが、一般的にニヒナメという祭祀は、粟にかぎらず稲をはじめあらゆる穀物の収穫儀礼をさす言葉である。新たに収穫した穀物の実りをもたらしてくれた神を迎え、ごちそうを捧げて神を饗応し神に感謝するとともに、来年のゆたかな実りをも願うのである。その神を迎えるために厳重な物忌みが課せられていたということは、しばしば引用される『万葉集』東歌のつぎの短歌によってもうかがい知ることができる。

誰《たれ》そこの屋《や》の戸押《お》そぶる
新嘗《にふなみ》に我が背《せ》を遣《や》りて
斎《いは》ふこの戸を

誰なのか、この家の戸を押しゆさぶっているのは。
神を迎えるニフナミのために、夫を外に送りだして
忌みごもりをしている、この家の戸を。　（14・三四六〇）

神の来訪するニヒナメ（ニフナミ）の夜に男の訪れを幻想している女の歌であるが、ここで女が聞いている戸を押しゆさぶって訪れてくる男の気配は、ニヒナメの夜に迎えられる穀霊神と重ねられているとみればよい。神を迎えるための忌みごもりは、ここでは主婦である女がになっている。それは家ごとに行われることもあろうし、共同体の儀礼として村ごとにとり行われる場合もあっただろう。右の歌でも、「新嘗に我が背を遣りて」を、村落の祭祀として行われるニヒナメに夫を送り出し、自分は家の中で忌みごもりをしているとみる解釈もなされている。

実りをもたらしてくれた神を迎えるための聖なる夜に宿を乞うて訪れた祖神を受け入れるということは、ニヒナメのタブーにふれる行為であり、共同体における祭祀秩序を壊す行為である。したがって福慈の神が、「新粟の初嘗して、家内諱忌《ものいみ》せり。今日の間は、冀《ねが》はくは許し堪《あ》へじ」と言って祖神の要求を拒否したことをあながちに非難することはできない。逆に、「今夜は新粟嘗すれども、敢て尊旨《みこと》に奉らずはあらじ」と言って祖神を泊めた筑波の神の行為こそ、ニヒナメの掟をやぶり、守るべき秩序を壊

してしまう危険性をはらんでいるということができるのである。それなのに訪れた祖神は福慈の神には罰を与え、筑波の神には永遠の繁栄を約束する。これは、考えようによってはおかしなことなのである。

たとえば、この祖神を、ニヒナメの夜に迎えられる穀霊神にとって代わる新たな穀霊神であり、この説話は新嘗祭が祖先神信仰を抱えこんで変貌してゆく段階を示しているのだとみることができれば、筑波の神が祝福されることを矛盾なく説明することができよう。あるいはまた、共同体レベルの穀霊神が、来訪する「祖神」として象徴化された国家的な祭祀秩序のなかに組み込まれてゆく段階を語っているのだというふうな説明も可能かもしれない。たしかに、さまざまな要因によって共同体は変貌してゆくし、それとともに共同体が祭る神や神の力も変化してゆくはずである。しかし、この説話にそうした共同体における祭祀秩序の変貌を重ねようとする解釈には無理がある。なぜなら、そこでは拒否した福慈の神と受諾した筑波の神の、言語表現としての説話に抱えこまれている二者対立型の様式性という問題が考慮されていないからである。

すでにふれたようにこの説話の主人公は筑波の神であり、福慈の神は筑波の神を引き立てるために置かれた脇役でしかない。だから、福慈の神のふるまいには積極的な意味づけなどほとんどできないはずである。筑波の神の言動こそが繁栄をみちびく根拠としてあり、それとは逆の失敗例を語るために、福慈の神の行為は説話の様式にのっとって語られているにすぎないのである。

筑波の神の言葉にみえる「今夜は新粟嘗すれども」という逆接句は、祖神の要求を受諾しましょうという言葉を強調するために置かれている。平たくいえば、自己の行為を正当化し、そのふるまいのむずかしさを示すために添えられているのである。こうした逆接句をともなう表現は、讃辞や強調の表現として普遍的に見られる常套的な言いまわしである。だから、ニヒナメという祭祀やその変遷にこだわりすぎると、説話自体の解釈を誤ってしまうことにもなりかねない。この説話は筑波の神の祭祀（筑波山における歌垣）の起源を語るもので、新嘗祭の起源を説明するものではない。そこで語られているニヒナメは、二者対立型の構造によって来訪者の歓待を語る〈話型〉を完結させるために持ち出された舞台設定だとみるのが自然なのである。

話型の規制力

発端の、「昔、祖神の尊、諸神たちのみ処を巡り行でまして」と語り出されている文脈に従えば、福慈の神も筑波の神も、尋ねて来たのが母神（あるいは祖先神）であるということがわかっていたというふうに読める。ところが、福慈の神の拒否をうけて発した祖神の言葉は、「即ち、汝が親ぞ（即汝親）」となっている。この「即ち」は現代語に訳しにくいことばだが、とりもなおさずとか、ほかでもないといったふうに理解するのがよいだろう。つまり、祖神が福慈の神に宿りを拒否された後に、はじめて自分の素性を明らかにしたとみなければならない表現なのである。

この矛盾しているようにみえる展開は、昔話「大歳の客」と重ねて考えるのがよい。大晦日の晩に宿を貸して親切にもてなしてくれた爺と婆に幸運をさずける歳神は、乞食や旅の僧に身をやつし、本性を隠したままで巡り来るのである。隣の爺婆もやさしい爺婆も迎えるべき歳神に試されているのであり、本人たちはそれが神だとは気づいていないのである。それがやさしい〈心〉を導き出してくるというのが、昔話の語り口である。そしてこうした昔話の展開を重ねてみると、この説話の文脈もわかりやすくなる。発端に「祖神の尊」と出てくるから、つい福慈の神も筑波の神も訪れてきたのが祖神であるということがわかっているのだと読んでしまうが、じつは発端の「祖神の尊」という素性を示す表現は、この説話の読み手に対する説明であって、主人公たちに初めから素性が明かされているわけではないと理解しなければならない。だからこそ、「即ち、汝が親ぞ」という素性を明かすための名告りが必要になるのである。

このようにみてくると、筑波の神の祭祀起源を語る神話と、みすぼらしい来訪者を歓待する昔話「大歳の客」との構造的な一致はますます明瞭になる。そして同時に、この話型の成立の古さも証明されるのである。そしてこれらの話に共通するのは、正体不明の来訪者を迎えた二者がどのようにその相手を遇したかということである。もちろん、どちらの場合も受諾した側に主眼がおかれている。そしてそこでは、来訪者の正体が明かされていないということが基本的な約束ごとであり、そうでなければ語り出せない話型なのである。

一方、『常陸国風土記』の説話と昔話とでは大きな違いも認められる。それは、昔話「笠地蔵」がそうであったように、〈大歳の客〉系統の昔話では登場する人間たちの〈心〉が問われているのに対して、筑波の神の説話では迎える側の心は、とりたてて問題にされていないという点である。もちろん、まったく問題にしていないわけではなく、ニヒナメのタブーを犯してまで宿を貸したという語り口が、筑波の神の〈心〉を引き出してしまうのは明らかである。しかし、この説話で語ろうとしている第一の眼目は、訪れる神の迎え方であり共同体の繁栄の根拠なのである。個体や家の問題としてではなく、共同体全体の問題として来訪する神がとらえられているということである。そこでは、神を迎える側の個別的な〈心〉は前面に出てこない。共同体において祭られている筑波の神を主人公として語るのもそのためである。だから、その筑波の神にくらべられる相手は、隣りに住むいじ悪ではなくて、共同体の外部を象徴する福慈の神として設定されてゆくことになるのである。

ただその差異は、必ずしも語り出された時代の違いによって生じているのではなさそうである。筑波の神の説話は〈心〉を主題にしていないけれども、一方で、拒否と受諾という話型が、訪れる神を迎える側の〈心〉に踏み込みやすい構造を本質的にもっているということも指摘しておく必要がある。古代の伝承にみられる二者対立譚をみてもそうだが、対照化された二者はどうしても個体を抱えこみ、そこのところではいや応なく〈心〉が問われてしまう。すでにふれた『古事記』の「稲羽の白うさぎ」神話においても、うそを教えてウサギを苦しめる八十神とウサギの苦しみを救う弟オホナムヂの行為をくらべたとき、二者対立型の〈話型〉を取り込んで八十神という対立者を設定したとたんに、共同体における王の巫医性を描くということとは別に、二者の個別性を抱えこんでしまい、いじ悪な八十神とやさしいオホナムヂという〈心〉を引き出してしまうことになる。

それと同様に、拒否と受諾という〈話型〉は、共同体の祭祀秩序を語るという主題とは別に、主人公の〈心〉をその内部に抱えこまざるをえない構造をはじめからもっている。それが二者の対立や対照を構造としてもつ〈話型〉の必然的な展開であったと言えそうである。いかなる場合も、外部を持つということはそういうことであるらしい。

第三章　蘇民将来

備後の国の風土記に曰はく、疫隅《えのくま》の国社。昔、北の海に坐《いま》しし武塔《むたふ》の神、南の海の神の女子《むすめ》をよばひに出でまししに、日暮れぬ。その所に将来《しょうらい》二人ありき。兄の蘇民《そみん》将来は甚《いた》く貧窮《まづ》しく、弟《おと》の将来は富饒《と》みて、屋倉《いへくら》一百《もも》ありき。爰《ここ》に、武塔の神、宿処《やどり》を借りたまふに、惜《を》しみて借さず、兄の蘇民将来、借し奉りき。即ち、粟柄《あはがら》を以ちて座《みまし》と為し、粟飯等《あはいひども》を以ちて饗《あ》へ奉りき。

爰に、畢《を》へて出でませる後に、年を経て、八柱《やはしら》のみ子を率て還り来て詔りて、「我、将来に報答《むくひ》為《せ》む。汝《いまし》が子孫《うみのこ》その家にありや」と問ひたまひき。蘇民将来、答へて、「己《おの》が女子《むすめ》、斯《か》の婦《め》として侍《さもら》ふ」と申しき。即ち詔りたまひしく、「茅《ち》の輪を以ちて、腰の上に着けしめよ」とのりたまひき。詔の随《まにま》に着けしむるに、即夜《そのよ》に蘇民の女子一人を置きて、皆悉《ことごと》にころしほろぼしてき。

即ち詔りたまひしく、「吾は速須佐雄《はやすさのを》の神なり。後の世に疫気《えやみ》あらば、汝、蘇民将来の子孫と云ひて、茅の輪を以ちて腰に着けたる人は免《まぬか》れなむ」と。

（『備後国風土記』逸文）

【現代語訳】〔備後の国の風土記に次のようにな話が記されている。疫隅の国の社〕昔、北の海に住んでいらっしゃった武塔の神が、南の海に住む神のむすめを妻にするためにお出かけになったが、途中で日が暮れてしまった。その地には、将来という兄弟が住んでいた。兄の蘇民将来はひどく貧しく、弟の将来は裕福で家や倉が百もあるほど栄えていた。そこで、武塔の神が弟の将来に宿を乞われたところ、弟はけちで貸さず、貧しい兄の蘇民将来が宿をお貸しした。そして、粟柄で座を作り、粟の御飯を差し上げて、丁重にもてなした。

こういうことがあって武塔の神が出ていかれた後、何年か経て、南の海の神の娘との間に生まれた八人の子供を連れて北の海にもどる途中、蘇民将来の家にお寄りになり、「俺は弟の将来に報復しようと思うが、お前の一族の者はやつの家にいるか」とお尋ねになった。そこで、蘇民将来が、「私の娘が、弟将来の妻になっております」と答えた。すると、「茅を束ねて輪を作り、お前のむすめの腰につけさせせよ」とおっしゃった。教えの通りに茅の輪を付けさせせると、その晩、蘇民の娘ひとりだけを残して、弟将来の一族を皆殺しにしてしまった。

報復のあと、武塔の神は、「われは速スサノヲの神である。この後、もし疫病が起こったならば、お前たち一族の者は『蘇民将来の子孫』と言いながら、茅の輪を作って腰の上に付けていれば、そのわざわいから免れることができるだろう」とお教えになった。

茅の輪神事

この説話は、鎌倉時代十三世紀後半に卜部兼方によって書かれた『日本書紀』の注釈書『釈日本紀』に引用されている記事で、八世紀に撰録された『備後国風土記』に採録されていたかどうかは疑わしい。蘇民将来という主人公の名前は外国風だし、武塔の神という名前もよくわからないが、少なくとも中世にあっては、この説話は広く流布していたようで、十四世紀半ばに成立した説話集『神道集』巻三にも「祇園大明神の事」と題してほぼ同様の内容をもつ縁起が載せられている。そこでは、巡り来る神は祇園社の祭神である牛頭天神王（またの名は武答天神）とされ、来訪した神を泊める兄蘇民将来に対して、宿りを拒否する弟の名前を巨端《こたん》将来と伝えている。あるいは、引用した『備後国風土記』逸文では、弟の名前が脱落しているのかもしれない。

茅の輪を腰につけるという習俗は、現在も茅の輪神事とか夏越《なごし》（名越）の祓えとか呼ばれて各地の神社で行われる神事に受け継がれている。この神事は多く六月晦日に行われるもので、参詣人たちが境内に設けられた大きな茅の輪をくぐったり、六角や八角に削った木の札に「蘇民将来子孫」と書いた蘇民符（蘇民札）と呼ばれる護符をもらって身に付けたりすることによって、疫病や邪霊を退散させ無病息災を祈願する行事である。あるいは正月に行われる地域もあるが、一年が六月晦日と十二月晦日とによって二つに区分されるとする観念は古くからあり、そこからみれば、この神事の行われる時期はどちらも境目の時だということがわかる。その区切りの時に、身についた穢れや恐ろしいものたちを遠ざけ、清浄な状態をつくる儀礼が行なわれるのである。

『神道集』に記された祇園社というのは祇園祭りで有名な京都の八坂神社のことだが、この神社の祭神もスサノヲノミコトと伝えられている。山桙巡行など現在も華やかに行われる祇園祭りは、もともと疫神や怨霊を鎮めるための御霊会、より古くは鎮花祭・疫神祭・道饗祭など古代以来の祭事に起源をもつものであるという（高原美忠『八坂神社』）。それらの祭事はいずれも、荒ぶる神がみや恐ろしきものの飛散や蔓延を鎮めたり、共同体への侵入を押しとどめたりするための祭りとして行なわれていたものである。

ここに引用した蘇民将来の説話は、そうした茅の輪神事の起源神話として語られているもので、先にみた筑波の神の祭祀起源を語る神話と同様に、神を祭ることによってもたらされることになった共同体の秩序の始まりとその神の祭り方を説いている話である。ただ、筑波の神の場合には祖神の祝福によってもたらされた繁栄のいわれを語っていたのに対して、ここでは、蘇民将来が武塔の神（スサノヲ）の恐ろしい威力からのがれることができた由来を語っており、両者はずいぶん違った話のようにみえる。しかし、祖神も宿を拒んだ福慈の神に対しては恐ろしい威力を発揮して報復しているし、蘇民将来がわざわいを被らずにすんだということは祝福されたということでもあるわけだから、両者の語り方に大きな差異があるとは言えないのである。神の力がどのように顕れるかという点がすこしばかり違っているだけなのである。

来訪してくるのは武塔の神という素性のよくわからない神だが、これはこの話型の構造から考えると、武塔の神と速スサノヲの神とが習合したために生じた混乱とみるよりも、発端では素性のわからない武塔の神として設定され、最後になってその正体が明かされるという構造になっているとみるべきだろう。蘇民将来が歓待して送り出してから何年か後に、ふらりと現れた武塔の神が宿りを拒否した弟に報復し、そのあとで自ら、「吾は速須佐雄の神なり」と素性を明かすのである。それは、福慈の神のふるまいに対して、「即ち、汝が親ぞ」と名告ったり、乞食坊主がじつは大歳の神（歳神）であったと語る説話や昔話の展開と同じことなのである。

もともと神というのは善い神と悪い神というふうに、それぞれの神ごとに性格が区別されていたわけではない。たとえば祖神でいえば、福慈の神に対しては人びとが近づけないように呪詛してしまうような恐ろしい力をもつし、筑波の神に対しては永遠の繁栄を約束する力を発揮するのである。人間の側からいえば、それぞれの神は人びとを祝福する力も人に災いをもたらす恐ろしい力ももつのであり、人間の側の対応次第でどのような力が顕れるかが決まるのだ、人びとはそのような存在として神を認識していた。

昔話において、人を貧乏にしてしまう貧乏神が時として福の神の役割を果たして主人公を豊かにしてしまうのも、そのような神の多面性と関わっているだろう。そこから言えば、村人を繁栄させる祖神も疫病で人間を皆殺しにする力をもつ武塔の神（速スサノヲの神）もおなじ威力をもった神なのである。だからここに語られるような起源神話が必要にもなるのである。これらは、どのように神を祭りもてなせばよいかということを教えるための話として語り継がれているのである。

はじめにふれたようにこの説話は『釈日本紀』に引用されたものだが、一般的には古代の『風土記』に載せられていた説話だと考えられている。しかし、主人公の「蘇民将来」という名前はどうみても日本的とは言えないし「武塔神」という呼称も古代に例のないもので、現在伝えられているままのかたちで八世紀初期に成立した『備後国風土記』に記載されていたとは考えにくい。あるいは古い時代に海彼の伝承が渡来人とともに伝えられていたということも考慮にいれるべきかもしれないが、追跡する手だては残されていない。また、十世紀に入った延長三年（九二五）にも、朝廷では各国に対して『風土記』の提出を求めており、そこでは、奈良朝に編纂した資料が残されていない場合には新たに編纂せよと命じている。したがって、「備後の国の風土記に曰はく」とあっても、それがどの時代の風土記をさすのかはわからない。

こうした点から考えると、この武塔の神の説話は新しいもののようで、奈良時代に備後地方で語られていた伝承だとは認めにくいのである。しかしそうだとしても、二者対立型の拒否と受諾を語る話型を考えようとする場合に、この説話が重要な資料であるということに変わりはない。

兄と弟

巡り来る神が宿りを乞い、一方が拒否し一方が受諾する。その結果としてそれぞれに神の報復と祝福がくだされるという構造としてみると、右の説話は、『常陸国風土記』の祖神の来訪伝承とまったく同一の語り口をもっているということがわかる。拒否した弟一族が皆殺しの目にあっているのは神の威力の凄まじさを強調するもので、それは福慈の神の零落した姿を語るのとひとしい。

　この説話の読みについて一言すると、結末の、「蘇民の女子一人を置きて、皆悉《ことごと》にころしほろぼしてき」という部分を、宿を貸した蘇民将来もふくめてみんな殺されてしまったのだと解釈するのが一般的だが、そんなばかな話はない。そうした解釈は、注釈書類が、「己が女子《むすめ》、斯の婦《かめ》として侍ふ（己女子与斯婦侍）」と私が訓んだ部分を、「己が女子と斯の婦と侍ふ」と訓んで、「私の娘とこの妻がおります」と解釈するからである。そうなると蘇民の「女子（娘）」と「斯の婦（妻）」は別人だということになり、娘以外のものは、妻もそして蘇民将来さえも、みんな殺されたのだという解釈にならざるをえないのである。そうした誤解は、原文の「与」を「女子」と「婦」とを並列する言葉として理解することから生じている。しかし、ここの「与」は、「女子」と「婦」が同一人であることを示す言葉だと解釈すべきなのである。そして、報復されたのが、宿りを拒否した弟将来の妻になっていた蘇民将来の娘一人を除いた弟将来の一族であるというのは当然の結果でもある。兄のむすめが弟の妻になるという現在では許されない結婚関係は、古代にあっては別に不自然なことではない。それは、中大兄皇子（天智天皇）の娘たちが弟大海人皇子（天武天皇）の妃になっているという事例からも了解できるはずである。

　この説話では、弟将来が来訪した神の要求を拒否した理由を、「惜しみて」と語っているという点に注目しなければならない。その前に、「兄の蘇民将来は甚く貧窮しく、弟の将来は富饒みて、屋倉一百ありき」と語られているように、貧乏な兄と裕福な弟という設定が、弟の拒否を引き出しているのである。それは、昔話における主人公の性格設定とおなじだということができる。昔話においては、「貧乏

＝やさしい」「金持ち＝いじ悪でけちんぼ」という関係がきっちりと固定化していて、それが昔話の展開を安定したものにしているのである。そのことは、「笠地蔵」の爺さんと婆さんにもはっきりと示されていた。

ただし、兄弟の対立によって語られる神話や昔話の場合、ほとんどの事例がやさしい弟といじ悪な兄という関係をもつが、ここでは兄と弟との役割が逆転している。しかし、兄・弟とやさしさ・いじ悪との組み合わせは絶対的なものではなく、説話の様式の問題だから、ここの場合のように、やさしい兄といじ悪な弟というふうに、その役割が逆になっていても、話自体がなり立たないというようなものではない。たぶん何らかの事情、たとえば家を継ぐのは兄だから、兄に子孫を継ぐ役割を与えるために、安定した説話様式としての兄と弟との関係がひっくり返ってしまったということかもしれない。

なお、兄と弟を対立的に設定して語りを展開させる例は、すでに本書でもふれた八十神とオホナムヂ、海幸彦と山幸彦など『古事記』の神話にも語られており、この伝承が兄弟譚の最初をかざるものではない。ただ、その両者が金持ちと貧乏人という設定を明確に示している事例としてはもっとも早いものの一つである。

大切なニヒナメの祭りを行なっているから宿を貸すわけにはいかないというしごく正当な理由で、福慈の神は祖神の要求を拒否した。それに対してこの弟将来は、裕福な男でしかも何の障碍もなかったはずなのに、宿を貸すのを「惜し」んで拒否したと語る。そしてそう語られることによって、宿を拒んだ弟の〈心〉が問題になってしまうのである。それは当然のこととして、受諾した貧しい兄の〈心〉をも引き出してくることになる。

福慈の神と筑波の神の話では、共同体の側の筑波の神に対立する福慈の神を共同体の外部を象徴する存在として設定することによって、共同体における神と人との関係性を語ろうとした。そこでは、筑波の神あるいは福慈の神は共同体の象徴として登場するから、個体にかかわる〈心〉を問題にする必要がなかったのである。それよりも、共同体にとって祭りとは何かということこそ重要な問題だったからである。それに対して兄と弟という関係は、ともに共同体あるいは家族それ自体を象徴する存在になる。だから、この説話が共同体における祭祀の起源を語っているという点では祖神の伝承と同じだが、その描き方には大きな差異が生じてしまうのである。

ここでは、疫隅《えのくま》の国社に坐すスサノヲを祭る者たちは、擬制的であるにしろ血縁的な繋がりをもった同族として認識されている。そしてここの場合のように、家族や共同体の内部に対立する二者を設定した時には、共同体の外側の世界を別に設定できなくなるから、巡り来る神に対する対応の違いを、個別的な個体の関係性として抱えこまざるをえない。つまり、受諾した兄と拒否した弟との違いをどのように説明するかというと、そこでは個別の〈心〉をもった個体としてしか区別できないということになる。やさしい心といじ悪な心という対応は、兄弟譚においては必然的な展開だったということである。

そういえば、日本神話における敵対する兄弟たちの伝承をみても、八十神はある狡さやいじ悪さを抱えこんでいるのに対して、弟のオホナムヂはウサギを治療してやるなどやさしい心を浮かびあがらせていた。一方、海幸彦と山幸彦の場合には、海を象徴する存在と山を象徴する者との対立という性格を濃厚にもっていて、心を抱えこんでいるとは言いにくい。そこに描かれているのは二つの世界の対立なのだから、海幸彦と山幸彦は兄弟として語られなくてもよいのである。ところがそれを、『古事記』神話ではホデリの命とホヲリの命という兄と弟として設定し、海幸彦と山幸彦という呼び名はふたりの別名あるいは属性を示す名前として語っている。そこからは、伝承の二重性がみえてくる。

たとえば、ホデリとホヲリを主人公とする兄弟譚としてこの神話をみてゆくと、兄の釣り針をなくしたホヲリが自分の剣を鋳つぶしてたくさんの釣り針を作って謝罪したのに、それを受け入れ兄ホデリは、いじ悪な兄という性格を抱えこんでいると読めるのである。それに対して海と山との二つの世界の対立としてみれば、山幸彦が剣を鋳つぶして作った釣り針などいくらたくさんあっても海の幸を象徴する海幸彦の元の釣り針の代わりにはならないから、海幸彦がそれを拒否するのは当然だということになる。つまり海幸彦と山幸彦として読む場合と、ホデリとホヲリとの兄弟をめぐる神話として読む場合とでは、おなじ神話でありながら浮かび上がらせてくる内容におのずと差異を生じてしまう。こうした二重性は、筑波の神の伝承と蘇民将来の伝承との間の差異とおなじだということができるだろう。それは、共同体そのものを語る伝承と個体を抱えこんだ伝承との差異だということになる。

個体の〈心〉を抱えこまざるをえない兄弟譚は、昔話における隣のじい譚とおなじレベルに位置づけることのできる伝承である。昔話を代表するいじ悪でけちんぼな隣のじいは、やさしい爺と婆の隣りに住んでいて、何かあるとぬっと顔を出す。爺と婆の幸運をうらやんで自分たちもひと儲けしようとたくらむが、うまくいかない。いつも真似そこないばかりする出遅れのじいと幸運を授かるやさしい爺は必ず隣り同士に住んでいるのだが、この設定は、兄弟譚とおなじく共同体の内部の、家と家との関係性を象徴している。金持ちと貧乏という語り口はそこから出てくる。それはまた、彼らが共同体そのものになう存在ではないということを示しているだろう。そこではどうしても個体が問題にならざるをえないから、描かれる二人は〈心〉をさらけ出すしかないのである。

第四章　隣のじぃの心

1　旅人を殺す隣のじぃ

またうどとけんどん

昔話の登場人物は徹底的に様式化されることで存在を獲得する。やさしくて正直な爺や婆の側に位置づけられた主人公はどこまでもそれをつらぬく。それは、すでに昔話「笠地蔵」で確認してきたことだが、中途半端な人間など主人公にはなれない。だから彼らは、生活などということとは無縁のところにいなければつらぬけないような、やさしさや正直さを身につけてしまう。こうした主人公を「またうど（正人）」と呼んで包括した佐竹昭広が、この語をマタイ（全い）の語幹マタにヒト（人）がついたことばだと指摘した通り（『民話の思想』）、「またうど」と呼ばれる主人公はまさに完璧な人なのである。

どこまで実在感があるかといえば、前にもふれたようにほとんどリアリティなどもってはいない。正直でやさしくて働き者（まめ）で信心深くて、人びとの上昇願望を実現する主人公「またうど」は、それが人間の理想像だとしても、とてもついてはいけないし近づくこともできない存在である。こんなにすごい人間がどうしてそんなに貧しい生活をして地蔵さまに助けてもらわなければ年越しもできないのか、人並みの生活ぐらいできそうなものではないかといった減らず口を叩きたくなるような存在である。あるいは、爺さんのような幸運を授かりたいけれどもとても無理だ、神さまか仏さまでもなければあんなすごい人間にはとてもなれない、普通の人ならこう思って地蔵さまの祝福は諦めてしまうだろう。それほどに「またうど」は実在感のない登場人物なのである。逆にいえば、人びとの願望はそれほどに現実とは遠いものだったと言えるのかもしれない。

一方の、佐竹昭広が「けんどん(慳貪)」「かだもの」と名付けたいじ悪でけちな隣のじいはどうかといえば、こちらも当然、徹底して様式化されているから、何から何まで「またうど」とは逆の、悪の権化といった役どころを与えられている。それで実在感があるかといえば同じようにあまりにも戯画化されすぎてはいるが、「またうど」にくらべればある種のリアリティをもっている。たとえば、第II部で扱った昔話の英雄たちを思いうかべてみるとよい。文化英雄の末裔として、ほとんどずる賢さとも言える知恵によって長者になってしまう狡猾な英雄たちがただよわせていたリアリティと同質の実在感を、隣のじいもまた持っているようにみえる。ただし、隣のじいは英雄たちのように成功することはない。彼らのような〈知恵〉を与えられていない隣のじいは、いつも「またうど」の真似をして失敗ばかりしている。もし隣のじいにほんのちょっとの知恵がそなわっていれば、たぶん狡猾な英雄になれたはずなのである。

二者対立型の話型に組みこまれた隣のじいは惨めな結末を迎えるしかない。それは蘇民将来に対するけちな弟の将来からのおきまりである。昔話「大歳の客」では、自分が追い返した乞食を泊めて祝福されたやさしい爺の幸運を妬んだ隣のじいが、いったん拒否した乞食を翌朝自分の家に連れてきて自分も幸運を授かろうとしたために、ひどい懲罰を受けることになったという語り方をするものが多い。たとえば、これも〈大歳の客〉系の話群に分類された昔話「猿長者」では、宿を貸した歳神さまから祝福されて不思議な薬をもらい、それを入れた風呂に入って二十歳くらいに若返ることのできた貧乏な老夫婦をみた隣のじいが、自分たちも若返りたいとおもって乞食を連れてくると、やはり薬をくれる。ところがそれを溶かした風呂に入ると、夫婦はサルになり子供はイヌになり下男はネコ、下女はネズミになってしまう。おまけに家屋敷は貧乏な爺のものになり、サルになった隣のじいは未練たらしく元の家に戻ってきたために焼けた石で尻に火傷まで負わされてしまうというような徹底した懲罰を受けるのである。

この種の昔話の結末には、「だから人真似はするな」とか「だからもの羨みはするな」という教訓が添えられるのが中世説話いらいの伝統である。たしかに隣のじいは人の幸運を羨み人の真似をしたから失敗したのである。しかし、共同体の成員にとって人真似こそ生きる術であり、人とおなじように生きることを要求されてもいたはずである。また他人のことを羨ましがるなといっても無理なことで、同じように貧しく生きていた隣りの家が金持ちになれば、当然自分たちも同じようになりたいと考えるのが人情である。どうみても、ちょっとばかり欲を出してみる隣のじいのほうが素直なのである。そして現実に叩きつけられて無残な目にあう隣のじいは、ある部分で共感され笑われる人間である。

語り手（聴き手）にとって、理想や願望の象徴としての「またうど」と、欲望を充たそうとして失敗する「けんどん」のどちらに実在感があり、彼らはどちらに近いのかということである。もちろん理想や願望の実現を期待するのは当然のことで、昔話「笠地蔵」のようにやさしい爺と婆が単独で語られるような話にはそうした夢が託されている。しかし一方に確かに現実はあるわけで、地蔵さまなど来てくれそうもない人たちにとっていえば、隣のじいになりたくはないが現実はそちら側にあるのかもしれないという不安や諦めが心の隅にひっかかり続けるだろう。

やさしい爺と隣のじいとをくらべてみたとき、共同体におけるリアリティをになっているのは、どちらかといえば隣のじいなのではないかという印象がつよく残る。それは、昔話を読んでいると隣のじいのほうが断然おもしろくて存在感があるからである。少なくとも隣のじいには確かな上昇願望が感じられる。悪いことをしてでも現実から這い上がってやろうという意志がみえるとき、生きた人間の〈心〉がのぞくのである。「笠地蔵」で述べたように、やさしい爺にはそれがない。何せほんの少しでも欲を出した途端に、やさしい爺の座から滑り落ちてしまうのだから。

行動する隣のじい

隣のじいのたくましい欲望とみじめな失敗を語らないとすれば、〈大歳の客〉系や〈隣の爺〉系の話群のおもしろさは半減するどころか、昔話としての存在さえも危うくなってしまう。この系統の昔話を支えているのは、あくどくはいずり廻って上昇するきっかけを摑もうと必死にもがいている隣のじいである。たとえば、瀬川拓男が次のような興味ある事例を紹介している。ある出版社が昔話「ねずみ浄土」(大成話型番号一八五)を絵本にしたところが、長者になりそこねた「欲張りの爺が、子どもの同情と人気を一身に集め」、多くのファンレターを受けとった、というのである。その現象を瀬川は、「奔放な欲望に生きる子どもにしてみれば、童話作家の描く透明人間みたいな正直爺より、欲望のおもむくまま、あくどくはいずり回る欲張り爺に共感をおぼえたのであろう」と述べているが(『民話＝抵抗と変身の世界』)、それは「童話作家」のせいばかりではなく、隣のじい譚に分類された昔話「ねずみ浄土」の面白さの本質がそこにあるからに違いないのである。

一つ例話をあげる。これもまた水沢謙一の採集になる資料で、長岡市の増間ヨキノさんの語った昔話「大歳の客」(同一九九A)である。これまでに読んだ「大歳の客」のなかでももっともおもしろいと感じた昔話の一つで、隣のじいがみごとなリアリティをもって行動している。

あったてんがの。あるどこに、びんぼうなじさとばさがあったてんがの。ほうして、その隣りに、よくばりのじさとばさがあったてんがの。

あるトシトリ《（おおみそか）》の日に、ゴゼ《（めくらのうたうたい）》が、欲ばりのじさとばさのうちへきて、「こんにゃ、泊めてくんなせ」というたろも、「お前みたいなきったないもんは、おらちは泊めらんねえ」というて、とめんかった。ほうしるんだんが、ゴゼは、貧乏なじさとばさのうちへ行って、「こんにゃ、泊めてくんなせ」「おうここ来《こ》、どうしょうば、金がなくて、トシをとらっるか、とらんねえかってどこだども、ゴゼが泊めてくれていうていうがね、なに、泊めんでおかっりょうば、かわいそうな。なんでもないども、泊まってくんなせ」というて、泊めてやったてが。ほうして、ゴゼが、「おら、まあ、足がきったねえすけ、井戸小屋へ足あらいにいぐ」というんだんが、「そんげんことというても、お前、目がめえねえがに、おらが連れていぐで」「ンね《（いや）》、おら、ひとらでいぐ」と、足あらいにいったまんま、いいて《（なかなか）》、こねえんだんが、「まあ、あのゴゼ、どういうがらろ《（ことだろう）》。足洗いにいったまんま、いっこと、こねえが」とおもて、井戸小屋へ行ってみたども、そこにいねえて。「おおこ《（おや）》、ゴゼは、まあ、どこへ行ったろう。もしや、井戸の中にでも、おったか」と、井戸の中を見たれば、なんだか、音がしるようだんだん《（なので）》が、「そうせや、この井戸の中だ」と、気もんで、ツルベを引き上げたれば、小ばんが、ひっとつ《（いっぱい）》上がってきたての。「おら、金がない、金がないなんていうてたんだんが、あのゴゼは、神様だったげれ」と、喜んで、じさとばさが、はなしているところへ、隣りのばさが来た。

「お前がた、まあ、なに、いい話をしていらっるい《（いらっしゃる）》」と聞くんだんが、ゴゼを泊めて、小ばんになった話をして聞かしたての。「そうか、そら、おおごとした。おらもゴゼを泊めればいいかった」というていたての。

　ほうして、こんだ、つぐどしのトシトリの日に、隣りの欲ばりじさが、「はて、ゴゼがこねえか」とおもて、村はずれまで出て見ていらったら、あっちから、ゴゼが来たての。「ゴゼ、ゴゼ、こんにゃは、おらちへ泊まってくれ」「いや、ありがたいろも、おら、うちへいがんけやならん」そういうゴゼを、やれむか《（むりに）》、泊まれ泊まれ、と、うちへ連れてきて、足なんかあらわんでもいいてがに、やれ、足洗えというて、井戸小屋へ連れていって、井戸の中へ突き落としてしもたての。ほうして、たいがいになって、ツルベをひっぱり上げてみたれば、ゴゼは、うらめしげにして、死んでいたてんがの。

　いちがポーンとさけた。


（「大年の客」水沢謙一『雪国の夜語り』一四六）


　恨めしげな顔をして死んだゴゼが井戸からあがって来るというのが、なんともリアルな映像である。そして、この話では、やさしい爺の引き立て役でしかなかった隣のじいに主役が移っているようにみえる。やさしい爺と婆はいつもの通りだが、隣のじいにはたくましい行動力が備わっているのである。

　小判を手に入れて喜んでいる爺と婆の前に、隣の婆がぬっと顔をだす。きっと隣を覗いていたに違いない。何かないかと隣の婆はうかがっているのだ。いい話を聞いた、しかしゴゼは小判になってしまっていない。すぐさま家に連れて帰ることはできないから、次の年の大晦日まで待ちつづけることになる。婆にせっつかれたのだろうが、この隣のじいは、村外れまでゴゼを探しに行くという積極性をもっていて、自分の欲望に忠実で、ちょっとでも可能性のありそうなことなら何でも試してみないと気がすまない。そして、出逢ったゴゼをむりやり連れてきて井戸の中へ突き落とす。じいは、たまたま通りかかった運の悪いゴゼを殺してしまうのである。

これは、昔話「俵薬師」における狡猾な主人公とまったく同じである。彼は自分の命を守るために、与えられた〈知恵〉を用いてたまたま通りかかった目の悪い牛方（ゴゼ・乞食）を身代わりにするし、女房と財産を手に入れるために主人を水の中に突き落とす。隣のじいの場合には自分の知恵によってではなく、やさしい爺の真似をしてゴゼを井戸の中に入れようとしたという違いがあるだけである。この積極的な行動力や人並みはずれた上昇願望は、昔話に登場する狡猾者に共通する固有の性格だといってよかろう。隣のじいも間違いなく狡猾者のひとりなのである。そしてかわいそうなことに、隣のじいには通りがかりのゴゼなら誰でも小判になるだろうと考えてしまう程度の知恵しか与えられていなかったのである。

昔話の構造からみても、この話では隣のじいに中心が移っているはずである。前半のやさしい爺の幸運を語るよりも後半の失敗を語ることに主眼が置かれているから、わざわざ次の年の出来事を語ろうとするのである。語り手は、「ゴゼは、うらめしげにして、死んでいたてんがの」という結末によって話を締め括ることのおもしろさを意識しているにちがいない。また聴き手のほうだって、何の罪もないゴゼが殺されてかわいそうなどという感想は抱かない。隣のじいの失敗を知って、「やっぱりね」と笑うだけである。

昔話「大年の客」ではゴゼが井戸へ足を洗いに行くという展開をとる類話は多いのだが、そしてその場合は最初に登場したゴゼはたいがい小判や宝物に変わってしまい、宿を拒否した隣のじいは通りがかりの第二のゴゼを連れてくることになる。この設定は、まちがいなく後半の、第二のゴゼを井戸へ突き落とすという隣のじいのふるまいを語るために発想されているとみてよい。おそらく、宿を貸してほしいと言うゴゼの願いを受け入れると、善良な爺と婆が心配するのも聞かずに井戸に足を洗いに行ったままもどらず、つるべを引きあげたら小判が上がってきたと語られている前半部分だけでは、話としては独立しえない。やさしい爺婆の祝福を語るためには、大晦日から元旦への境目としての聖なる夜を、忌み嫌われるはずのゴゼとともに過ごすことが必要なのである。

ここに語られている前半部分は、後半に登場する第二のゴゼが無理やり井戸に連れて行かれるために要請されているに過ぎないと読むべきだろう。しかもそこでは、隣のじいの拒否したゴゼは小判に変身してしまうために、宿りを拒否した隣のじいに対する神の報復は語ることができなくなる。つまり、『常陸国風土記』の祖神の説話や『備後国風土記』逸文の武塔の神の説話以来の様式としてあった、受諾した者への祝福と拒否した者への懲罰という構造をふり捨ててしまうのであり、そこには、もともと脇役であった拒否する側を主体として語ろうとする強固な意志がはたらいているに違いない。

隣のじいは、神の報復からまぬがれることによって人殺しになったのである。たんなる人真似の失敗者から、あくどくはいずり廻る狡猾者の仲間入りを果たしたのだと言ってもよい。こうなると、やさしい爺を引き立てるための脇役なんかに甘んじてはいない。隣のじいこそが主役になってゆくのである。もともと、やさしい爺は主役だから隣のじいがいなくても存在しえた。それがたとえば、昔話「笠地蔵」の爺と婆である。そして今、隣のじいもまた一人で主役を張ることができるようになったということを、ゴゼを殺す隣のじいの登場は証明しているのである。

異人殺し

共同体によそからやってきた旅人（ゴゼ・六部・乞食など）を殺して所持金を奪うという各地に伝えられている伝説をとりあげ、文化人類学的な説話分析によって民俗の暗部を照射したのは小松和彦であった。さまざまに語られている〈異人殺し〉譚を分析した小松は、「この伝説が家の盛衰、とくに衰退・没落の原因を説明するため」に語られていたと指摘し、そこから〈大歳の客〉系の話群への展開を次のように論じている。

> 「異人殺し」という忌わしい要素を伝説や昔話から抹殺しようとしつつ、しかしなおかつその記憶を伝承に留めようとしたとき、異人殺しは異人歓待に変えられ、殺害された異人の所持金は、急死した異人の黄金化、もしくは死という描写を欠いた謎めいた異人の黄金化へと変形されるのである。したがって「こんな晩」型の昔話の方からこの昔話群を眺めると、大歳の客は殺害された「異人」であり、黄金化した死体はその「所持金」であったということになる。少なくともその面影を「大歳の客」は留めているといえるわけである。（『異人論』）

ここにふれられている「こんな晩」という昔話は、「あるとき六部がやってきて百姓の家に泊まる。大金を持っていることを知った主人が寝ている六部を殺して金を奪い、それで裕福に暮らしている。その後そこには口のきけない子供が生まれたが、ある晩小便に起きて外に出た息子が、とつぜん父親に向かって、『あの晩もちょうどこんな晩だったね』というのでびっくりした父親が子供の顔をみると、あの六部とそっくりの顔をしていたそうだ」というふうに語られる昔話（『日本昔話大成』本格昔話新話型三三）である。これは、〈愚かな男〉という話群に分類され、落語でも知られた笑話「こんな顔」（大成話型番号四一二）と呼ばれる昔話とモチーフを共有する話である。

〈異人殺し〉伝説の発生を、「民俗社会の内部の特定の家を〝殺害〟するために、その外部の存在たる

『異人』が〝殺害〟された」というふうに共同体内部の問題としてとらえ、「こうした民俗の忌わしい側面を直視」することの必要性を説く小松和彦は、家の衰退・没落を語る異人殺し伝説から「こんな晩」を介して「大歳の客」への変容を想定している。それに対して、ここで私が試みてきたように、氏とは逆に、〈大歳の客〉系の話群から眺めてゆくと、〈異人殺し〉譚とは、昔話「大歳の客」における隣のじいの〈心〉が弾き出してきたものではないかという推測が成り立つのである。隣のじいに限らず、狡猾な主人公と〈異人殺し〉は結ばれているように見えるからである。

ところが、真実はそのどちらでもないだろう。昔話「こんな晩」が変形されて「大歳の客」が語り出されるのでもないし、「大歳の客」における隣のじいから異人殺し譚が出てくるのでもないということである。現実の母の像が、説話においては〈慈母〉としての実母と〈悪母〉としての継母との二面をもって語られていくのとおなじように、やさしい爺と隣のじいは、共同体に生きる人間の二つの像だとみなければならないのである。どちらも現実だしどちらも非在であり、それが説話においては象徴化された実在になるのである。

歓待して祝福される爺と罪もないゴゼを殺してしまう隣のじいは、共同体を象徴する表裏なのだから、どちらもはじめから存在するのである。しかし、たとえば神を祭ることによって理想の共同体が保証されるというような幻想が強固にある場合には、『常陸国風土記』の祖神説話のように、神を拒否する側は共同体の外側に位置づけられてしまう。もちろん、そこだって現実には理想的な状態であるはずはないのだが、起源神話はそれを保証しようとするから理想であるような共同体を語ろうとするのである。ところが、いつも現実の共同体には歪みがあり、金持ちも貧乏人も、やさしい人もいじ悪な人もいるのだから、ここに現れているような二面性はいつも存在するのである。それを願望と現実、夢と諦めというふうに言ってみてもよい。

隣のじいが殺意をいだくのはむしろ当然だと言えるのではないか。行動しなければ現実は何も変わらない。狡猾な英雄が旅人や主人を殺してまんまと長者におさまったように、ひょっとしたらひと儲けできるチャンスなのだから、指をくわえてなぞいられない。誰もがそう考えても不思議ではない。そして、隣のじいはそれができる人物だったのである。そこにこそ、隣のじいのリアリティは存在する。

2 主役になる隣のじい

主役の逆転

隣のじいが〈異人殺し〉譚の主役でもあるということが何を示しているかといえば、長いあいだ外者歓待譚における脇役に甘んじるしかなかった隣のじいが、自らの立場を主張しうる座につくことができるようになったのだということである。それが、ゴゼを井戸に突き落とす隣のじいの話からわれわれが読むことのできる大事な点である。そして、隣のじい譚の主題はそこにあるのだとみなければならない。

『日本昔話大成』において関敬吾が本格昔話〈隣の爺〉の話群に分類している昔話は、「地蔵浄土」(大成話型番号一八四)「鼠浄土」(同一八五)「雁取爺」(同一八七)「花咲爺」(同一九〇)「舌切り雀」(同一九一)「瘤取爺」(同一九四)など、現代のわれわれにとってもっともなじみ深い昔話ばかりである。そのことは、これらの話群が昔話のなかでも主要なものとしてあり、たえず語り継がれ読みつがれてきたからだということができる。

分類について一言しておくと、柳田国男は〈隣の爺〉という分類項目は立てず、これらの話群を完形

犬を殺されて泣いている花咲か爺（『枯木に花さかせ親父』江戸時代、鈴木重三・木村八重子編『近世子どもの絵本集・江戸篇』）。着物の紋の㋘は「けんどん」、㊣は「正直」をあらわしている。

昔話の〈動物の援助〉として包括している。たしかに関敬吾の〈隣の爺〉という話群は、他の、婚姻・誕生・運命と致富・呪宝譚などといった内容による分類とはちがって形態からの分類になっており、レベルが異なるという印象はのこる。形態からみれば、〈大歳の客〉系話群に分類された「猿長者」や「大歳の客」あるいは〈呪宝譚〉に分類されている「塩吹き臼」なども〈隣の爺〉の話群に一括することもできるはずである。ただそうした分類上の問題点は別にして、隣のじい譚は日本の昔話において大きな位置を占める話群であるということはまちがいない。

有名な話ばかりだから内容を紹介する必要はあるまい。どの昔話でもいいから思いだしてみればわかることだが、この系統の話のおもしろさは、善良な爺と隣のじいとがまったく同じことをくり返すという構造にある。そして善良爺の真似をしながら、欲をこいたりあわてたりすることによって生じる隣のじいの失敗に、聴き手は笑いを誘われるのである。前半に善良爺の成功が語られ後半に隣のじいの失敗が語られるという展開は、中心になるものを最後にもってきて強調するという説話あるいは昔話の一般的な構造からいっても、隣のじいに主役が移っているということを示している。そしてそのことは、この話型が笑話的な傾向を強めているということでもあるだろう。すでにふれてきたように、隣のじいは狡猾者的な性格を濃厚にもつ人物である。しかもその悪知恵によって成功者になる狡猾な英雄とはちがって、惨めな失敗におわる隣のじいのチャレンジが、笑話に分類された〈狡猾者〉譚以上に笑話性を内包しているのは当然である。

筑波の神や蘇民将来の場合のように、拒否した側と受諾した側とに対して同時に祝福と報復とがなされるという語り口をとる話では、拒否する者は受諾して祝福される者の引き立て役しか与えられていなくて、じゅうぶんに自立した行動をとることはできない。そこでは、最初の拒否がすべてを決定してしまうからである。「大歳の客」の場合も、善良爺に祝福を与えた歳神がそのまま隣のじいの家に連れられてくるという展開をとる時には、隣のじいは前の晩の拒否に引きずられてしまうから報復を受ける以外に動きようがない。そこでは、隣のじいは善良爺の引き立て役に徹するしかない。

しかし先に引用した、善良爺の家に泊まったゴゼが黄金や宝物になって姿を消してしまったと語られる話では、隣のじいは拒否による報復という規制を解除されることになるから、自ら積極的に行動することができるようになる。そのために次の年の大晦日を待ってゴゼを連れてくるという語り方を可能にする。そしてそうなったとき、隣のじいは一人の人格となって自らの意志をもち、「〈隣の爺〉譚」という分類名称が示しているとおりの、隣のじいを主役とする話として自立してゆくことになったのである。

この隣のじい譚にたいする認識は、たとえば稲田浩二が、「隣の爺型は前半を種とする昔話が後半の隣の爺の失敗によって強調されたものであり、隣の爺はあくまで前者に追随し真似をするという消極的な存在」だと述べるように(「じいとばばとの話」)、善良さを語ることに主題があるとみるのが一般的な見解である。しかしそのようには考えられないというのが私の主張したいことである。善良さを強調するのなら、善良爺が後半に語られなければ説話の構造として安定しない。また隣のじいを消極的な人物だと稲田はいうが、何とか今おかれている境遇から這い上がろうとしてもがくのは隣のじいであり、積極さという点でいえば善良爺など足下にもおよばない。

柳田国男が、『桃太郎の誕生』のなかで、隣のじいのことを、「神の正しさと最後の勝利とを鮮明に理解せしめる為に、仮設せられたる対立者」であると述べていたのに、のちの著作『昔話と文学』においては、「欲深な隣の爺の真似そこなひの滑稽に、興味の中心を置かうとしたもの」として隣のじい譚を理解しようとしているのも、昔話の〈隣の爺〉譚が本質としてもっている後半部分の笑話的な傾向に気づいたからに違いない。それは、関敬吾が、この系統の真似そこないの話型について、「ヨーロッパの研究者は笑話に分類しているものもある」(『日本の昔話』)と指摘しているような分類認識ともつながるだろう。そしてどうみても、隣のじい譚はそうした笑話性をぬきにして考えることのできない昔話なのである。

人びとのやさしさや暖かさを主題として語るのが昔話だという認識は根強い。善良な爺に中心があるとみようとする見解はそこから生じてくる。そして、たしかに昔話の一方にそれが強固に持続されているということを否定することはできない。しかし一方に、悪者の側からながめる視点を持たないかぎり、昔話に描かれる人びとの真の姿を見きわめることは不可能である。継母や狡猾者が果たしていた役割をみても、そのことは明らかなはずである。

こぶ取り爺

隣のじい譚におさめられた話群のなかで、他の昔話にくらべて異質な印象を受けるものに「瘤取爺」

がある。構造的には他の隣のじい譚と変わったところはないのだが、読んでいるとどこか違うという気になる。そしてその原因は、そこに登場する二人の爺の場合、どちらの登場人物も、その〈心〉を問われていないからではないかと思うようになった。この昔話は隣のじい譚としてはもっとも古く文献にあらわれるもので、鎌倉時代十三世紀初頭に成立した説話集『宇治拾遺物語』にすでに載せられている。そしてそこで語られている内容は、現在われわれが知っている昔話「瘤取爺」とほとんど変わりないかたちで伝えられているという点でも興味深い話である。

『宇治拾遺物語』では、踊りがうまくて次の晩も来ることを約束させられ、その「質」として顔の瘤を鬼に取り上げられた爺のことを、「右の顔に大いなる瘤ある翁」と記し、それを知って自分も取ってもらおうとして出かけた爺のことを、「左の顔に大いなる瘤ありける」「隣にある翁」と説明するだけである（巻一「鬼に瘤取らるる事」）。そこには二人の爺の性格や心根に対する言及は何もない。しかもこれは『宇治拾遺物語』に固有のことではなく、昔話「瘤取爺」でもやさしいとか正直とかいった性格づけのなされないものが多く、あっても二次的だとみられるのである。それはなぜかといえば、最初の爺が鬼に瘤を取られるのは、その踊りがあまりにも上手で鬼たちをよろこばせたためであって、善良さといった爺の〈心〉とはかかわっていないからである。

山で嵐に会い、木の洞をみつけてその中で嵐の夜を耐えていた爺の前に、鬼が現れる。恐ろしくてたまらないのだが、宴会をする鬼たちの歌や踊りを見ていると、自分も踊りたくて体がうずいてきてどうにも我慢できなくなる。

この翁、物の憑《つ》きたりけるにや、また神仏《かみほとけ》の思はせ給ひけるにや、「あはれ走り出でて舞はばや」

と思ふを、一度は思ひ返しつ。それに、何となく、鬼どもが打ち揚げたる拍子のよげに聞えければ、「さもあれ、ただ走り出でて舞ひてん。死なばさてありなん」と思ひ取りて、木のうつほより、烏帽子《えぼし》は鼻に垂れかけたる翁の、腰に斧《よき》といふ木伐る物さして、横座の鬼の居たる前に踊り出でたり。この鬼ども跳りあがりて、「こは何ぞ」と騒ぎ合へり。翁、伸びあがり、屈《かが》まりて、舞ふべき限り、すぢりもぢり、えい声を出《いで》して、一庭《ひとには》を走りまはり舞ふ。横座の鬼より始めて、集り居たる鬼どもあざみ興ず。

【現代語訳】この爺さんは、物に狂いでもしたのだろうか、または神仏がそのように仕向けなさったのか、「ああ走り出て舞いたい」と思う心を、一度は思い直してとどまった。それでも、何となく、鬼たちが打つ手拍子が気持ちよさそうに聞こえてくるので、「ええいどうにでもなれ、走り出て舞ってしまおう。殺されるならそれもよかろう」と覚悟して、木の洞穴から、烏帽子を鼻先にずり落ちそうにかぶった爺さんが、腰に斧《よき》という木を伐る道具をさして、横座（主人の座る場所）にいる鬼の前に踊り出ていった。鬼たちは「こいつは何だ」と驚き慌てた。爺さんはおかまいなしに、体を伸び上がらせたり縮めたりしながら、舞えるかぎりを尽くし、体をよじったりひねったり、掛け声を出したりして、庭中を走りまわって舞うのだった。すると、主人の鬼をはじめ、まわりをとり囲んで座っている鬼たちは、驚き呆れておもしろがった。

ここに描かれた爺さんからは、滑稽な仕種や振る舞いをして人びとを笑わせる〈おどけ者〉の姿が浮かんでくる。「をこ（烏滸）者」と呼ばれる人たちである。柳田国男が「烏滸の文学」という論文（『不幸なる芸術』所収）において、ヲコを馬鹿と考えるのはその存在が零落したのちのことで、もともと「烏滸の者」とは、「人をヲカシと思はせる」ことのできる人たちであり、ヲコとは「世を楽しくする技芸であつた」と述べ、ヲコ物語の伝統を論じている。

　この爺さんが鬼の前に出ていって舞う姿は、こうしたヲコそのものだということができる。音楽が鳴り出すと体がうずいて我慢できないお調子者でおどけ者の爺は、鬼さえもヲカシと感じさせてしまうほどのヲコ者だったのである。しかも、烏帽子をずり落とすようにかぶり、太刀の代わりに斧をさして滑稽な身なりをした爺のヲコ者としての象徴が、「右の顔」にある大きな〈瘤〉だったのである。そういう意味でいえば、爺は生まれながらのヲコ者だったといえよう。

　共同体のなかの、神をよろこばせるヲコなる者として、爺は存在する。それが鬼の前に飛び出し鬼たちをよろこばせる力として描かれている。そしてその反面に、「をこ者」は日常においては共同体から弾かれた存在でもあり、それがヲコの滑稽性や馬鹿への零落を生じさせるのである。爺さんの顔についた〈瘤〉は、そうした神（鬼）をよろこばせる呪性と日常から弾き出される負性との二面性を負いつづける〈ヲコなる者〉のしるし（スティグマ）だったと読まねばならない。したがって爺さんがその瘤を鬼に取られるということは、そこに象徴化されたヲコ性を喪失し日常のなかに埋没してゆくことを示してもいるのである。

　瘤という過剰なる物をもつヲコ者の過剰性は、神話における英雄の、あるいはその末裔である狡猾な英雄たちの、共同体の秩序をはみ出した制御不能の横溢する力とおなじものであった。そして、瘤を取られて「木こらんことも忘れて、家に帰」る爺は、ただの爺となって日常的な共同体にもどったのである。この日常を超える力をもつ者の〈神性〉と〈負性〉という問題は、英雄譚における少年英雄と狡猾な英雄とがもつ二面性に重ねることができる。そしてその両面をもつ者の苦悩を、瘤をもつ爺さんもまた体現していたのである。それはもちろん、共同体がいかなるものかということをも示している。たとえていえば、外部からやってくるゴゼを迎えて祝福されようとする意志と、そのゴゼを殺して金を奪おうとする意志との二面を、共同体はいつも持つのだということである。

そして、瘤をもつ爺さんの苦悩が隣のじいを生み出してゆく。それはもちろん共同体の内部に生活するすべてのものに通じる苦悩だといってもよい。神を迎えることも神を殺すことも、どちらも共同体を支えることなのだから、人びとは瘤をもつ爺とおなじくその二つを背負いつづけるのである。ただ、瘤をもつ爺さんは、それを喪失することによって、迎えられそして殺される神の側から、迎えそして殺す共同体の側に、その居場所を変えたのである。

この話では、「左の顔に大なる瘤」のある「隣の翁」はほとんど存在する必要がない。説話において爺さんの引き立て役ということ以上の何の役割もはたしていないからである。踊りも下手で度胸もない彼は、瘤があるからといってヲコなる者にはなれない。ただの馬鹿者として笑われるだけの存在なのである。ヲコなる者の〈負性〉ばかりが、そこには象徴化されている。

失敗と笑い

「瘤取爺」という昔話が他の隣のじい譚とちがうと感じる理由を、私は以上のように説明する。そして、その話を除いた隣のじい譚においては、失敗する隣のじいこそが主役をになっているのである。それが〈心〉を問題にするとともに要請されてきたものだということは先にふれた通りである。そしてその心は、「瘤取爺」におけるヲコ者の爺のもつ〈神性〉と〈負性〉との、あるいは共同体の側がもつ〈やさしさ〉と〈ずるさ〉との二面につながって生じたものだとみることができそうである。やさしい爺といじ悪な隣のじいによって象徴される二つの〈心〉は、当たり前のもの言いになるが、共同体そのものが抱えこんでいる二つの〈心〉なのである。

そして、ここに登場する爺と隣のじいが〈心〉を抱え込むことになったのは、彼らがともに共同性を抱えこんだ存在だったからである。〈心〉とは個体そのものであるとともに共同体そのものとして現れてくる。やさしさもいじ悪も抱えこんで存在する共同体の象徴として、善良爺と隣のいじ悪じいは登場してくるのである。そしてそこでは、隣のじい譚を語り聴く者こそが語られる者たちだという関係性をもつことになる。そのとき、どちらの爺によりつよくリアリティは存在しうるのか。

やさしい爺と婆の非在性についてはすでにふれてきたことである。そして、隣のじいがなぜ主役になり異人殺し譚がなぜ生じるのかという問題を考えてみたとき、その結論ははっきりと見えてくる。昔話「鼠浄土」で、ネコの鳴き真似をしくじって土のなかでネズミにひっ掻かれて血だらけになって帰る隣のじいや、モグラにされて地面の中をはいずり廻ることになってしまった隣のじい、あるいは昔話「花咲爺」において、殿様に灰をぶっかけてしまってひどく懲らしめられたり切り殺されてしまう隣の花咲かじい、殿様に美しい小鳥の音色を聞かせるために屁をひろうとして糞をひって血だらけにされる昔話「鳥呑爺」に登場する隣のじいなど、どの隣のじいも必死にもがいて失敗してしまう。いずれも〈ヲコ者〉の末裔とよべる者たちだが、そこに描かれている馬鹿なふるまいと失敗は、善良な爺のふるまいに向けられた、人びとの驚嘆とねたみの裏返しとしての、軽蔑とあざけりに溢れている。

隣のじい譚にみられる〈笑い〉とはそういう〈重すぎる笑い〉なのである。それはいうまでもなく、そこに生じる〈笑い〉が語り手（聴き手）自身に向けられたものだったからである。隣のじいが主役になることによって、その語りが〈笑い〉を抱えこむことになった。そしてそこでは、登場人物の〈心〉

のなかに、あこがれとは別の、現実に裏付けられた語り手自身の〈心〉を忍び込ませてしまうのである。だからこそ、そこに生じる〈心〉は、重くて暗い笑いに包まれるしかなかったのである。

少女たちや少年たちを語る昔話は、脱線するものはあったとしてもサクセス・ストーリーとして願望や夢を乗せて走りつづけることができたのに対して、隣のじいたちの昔話は、共同体の、そして個体そのものの〈現実〉を抱えこんでしか語れないのである。それが今を生きる者たちと未来を生きることのできる者たちとの差異だと言うのは少しばかり甘すぎるかもしれないが、継子いじめ譚や英雄譚における少女や少年たちと隣のじいとをくらべてみたとき、隣のじい譚が語ろうとした世界をひとまずそのように見通しておくことはできるだろう。

結　昔話と神話

　昔話の読みはどのように可能かということを、本書では具体的な分析を通して試みてきた。そしてさいごに、そのなかでは論じることのできなかったこともふくめて、私が昔話をどのように認識しているかということにふれて、本書のまとめにかえたいと思う。

音声表現としての昔話

　本文ではほとんどふれる機会がなかったのだが、昔話は音声によって語り継がれ聞き継がれてきた文学である。口から耳へ、耳から口へと受けつがれることを基本の条件として育ってきた、ということを昔話を考える際の大前提としていつも確認しておく必要がある。そしてそれが文字によって書かれた文学とのいちばん大きな違いであろう。

　一人ひとりの個体には固有の個性や感性があり、それがもっとも大事だとする幻想が強固にある近代においては、文学とはそうした個性や感性を通過してできあがった言語表現だと思われがちだから、固有名詞をもつ作家の書いた小説や詩こそが文学であって、誰が作ったかわからない昔話など文学ではなく、子供たちがある時期に楽しむ娯楽で、とるに足りないものだという認識が、文学研究者のうちには抜きがたい固定観念として存在する。だから古典文学でも現代文学でも、文学史的に高い評価を得た作品、有名な作家が書いた作品、個性的な問題意識を感じさせる作品がいい文学なのだという盲目的な評価を与えられたりする。もちろんそれはそれですばらしいのだが、それが文学のすべてではないということに気づくことも必要なことだ。昔話にかぎらず、中世からつづくさまざまな語り物類や近世以降に生じた落語など音声による言語表現には、書かれた文学作品とはちがった価値やおもしろさがあるはずである。

音声というのはじつに恐ろしいもので、そのとき発せられた音は現れた瞬間に消えてしまう。だから現代に残されている昔話の多くは、そうした危険をかいくぐって伝えられてきたものである。どんなにつまらない短歌や小説でも、いったん紙に書かれるとその紙が腐るか焼けるかして失われないかぎり時代の空白を超えて残りつづける。何百年もたって突然発見されて評価されたり、愚にもつかない歌が『万葉集』に載せられているという理由だけで現在まで鑑賞され尊重されるというようなことだってありうる。ところが昔話はつまらないと思えば語らない、語らなければ消えてしまうから時間を超えることはできない。あるとき突然発見されるなどということはありえないし、忘れられていたものが再評価されるなどという幸運もない。そういう点でいえば、昔話は時代の人びとの評価に耐えたものだけが伝えられる資格をもつのであり、私たちが読むことのできる昔話はすぐれた作品ばかりだということができるのである。

語り継ぐということから昔話を定義づければ、それは基本的に共同性に支えられた表現だということになる。その営みは一人ではぜったいに不可能なことだから当然である。語り手と聴き手とが共時的に在る〈場〉を持たなければ語り継ぐという営為は成立しないし、時代を超えることもできない。だからこそパターン化された構造として説明できる話型や語り方の様式性をもたなければならないのである。そのために、どの地方にもいつの時代にも、よく似た話が伝えられることになる。しかし一方で、語り手や聴き手はそれぞれ固有の感性や個性をもつ一人の人間としても存在する。ある一つの昔話は語り手によって少しずつ変わるし、聴き手によって受け取り方も多様にありうるのである。共同性にささえられた話型に乗っかりながら、一つの昔話がさまざまな語り口をもって伝えられているのはそのためである。ここにみられる昔話の二面、話型の共通性と表現の個別性といった問題は、昔話を読むばあいに重要な示唆を与えてくれるはずである。

とてつもなく古い由緒正しい話とおどろくほど新しい話とがおなじ場に共存するというのも、昔話が音声表現であるということの証しの一つである。語られる話は、五百年とか千年とかの時間を平気で超えてしまうこともありうる。たとえば八世紀に成立した『風土記』に採録され誰も取り上げようともしない断片的な記事のなかに、現在も語られている昔話とおなじ構造をもつ話を見つけてびっくりすることがある。また一方で、古めかしい内容で語られている昔話が数十年前に日本に入ってきたばかりだということがわかって驚かされることもある。たとえばつい最近も、言霊的な古い言語観念をもつ昔話として説明されることの多い「大工と鬼六」という昔話が、じつは大正時代に北欧の伝説を翻案・紹介した書物に収められた原話をもとに語り出されたものだということが証明されて研究者を驚かせた。そしてそのようなことはいくらでもありえたのだし、それが語られる昔話の本質だと考えなくてはならないのである。

そのことにかかわって付け加えておけば、音声の表現はいつも純粋に音声だけで生きているかといえば、そんなことはありえない。日本人が文字をもった後の長い歴史のなかで、音声の表現と文字の表現はたえず交渉しつづけていたはずである。語られていた詞章が文字によって定着させられることは多いし、そのことはしきりに論じられてもいる。『古事記』や『風土記』などで読むことのできる神話や説話は、基本的にそうした音声言語を根っ子にもつ表現であろう。また逆に書物として書かれた話が音声の場に流出して語りつがれていくということも当然のこととして多かったにちがいない。私自身も先ごろ、昔話「浦島太郎」がじつは七世紀末に書かれた神仙伝奇小説に起源をもつものだということを論証したことがある。中世や近世にくだれば、文献と音声表現との交渉は日常的なこととしてあったはずである。ただそういった状況にあっても、書かれた表現が昔話として語られるためには、つねに音声表現の論理がはたらいて昔話になるのだということを忘れてはならない。

音声と現代という問題にもふれておくと、昔話が生き延びにくい時代になったという嘆きをしばしば耳にする。語りの場がなくなった、あるいはすっかり変わってしまったということも聞く。たしかに、囲炉裏の前でお婆さんが孫たちに語って聞かせるのが本来の昔話の姿だとすれば、現代はそれが可能な時代ではない。地方ごとの語り口の差異や方言の味わいが昔話の醍醐味だというのなら、それを求めることも困難だろう。しかし、そうした状況を嘆いたり批判したりするだけでは仕方がない。村を過疎化させて孫と離れて暮らす老人たちをふやし、親子三代が同居する家族を崩壊させて核家族を求めていったのはわれわれ自身なのだ。また、絵本やテレビや機械音声などマスメディアのなかに昔話を持ちこんだのも、否応なく私たちが進むことを選択した近代の必然である。

あるとき田舎に住む古老を尋ねて聞いた昔話がめずらしいものだったのでうれしくなり、その伝播経路を確認しようとしたらじつはゆうべテレビの「日本昔ばなし」で知ったものだと言われてがっかりした、という笑えないような体験が採集者にはよくあるらしい。しかしそんなことはあたり前のことで、語ってくれるお婆さんにとっては前の晩にテレビで見た話も、むかし誰かから聞いた話もみんな昔話は昔話なのである。そしてそれらが何の矛盾もなく共存するところに、語られる昔話が時間や空間を超えるために必要な活力源が秘められているのである。がっかりしたくないのなら、採録したり研究したりする側が自分の眼力や耳力をやしなえばいいだけである。

これから先も昔話はたくましく生き続けてゆくだろう。語られる場のちがいや時代に対応するための変容、あるいは伝わり方の多様化など昔話が活性化するための状況があるかぎり、今まで古代や中世を生き延びてきたのとおなじように、ある部分は変化しながら、一方でおどろくような様式性を保持しながら昔話は語りつがれるに違いない。

手元にあった雑誌『民話の手帖』四三号(一九九〇年五月)に「全国お話実践グループ名簿」というのが掲載されていて、数えてみたら二〇〇団体をこえていた。きっと実際にはその何倍かのグループがあって昔話を語りつぐ活動をつづけているのだろう。それらはおもに母と子をつなぐ場としてあるのだろうが、それもまた核家族化した現代が要求することになった語りの場なのであり、昔話が音声表現として存在することの証しなのである。

神話へ、神話から

昔話はいつも多様にあるのだから、それへのアプローチも多様にあっていい。自分で語り手をたずねて音を感じるのもいいし、資料集を読むのもいいし、外国との繋がりを追ってみるのも必要なことだ。いままでに出版された書物にも、語りの現場をたずねた探訪録をはじめ、体系化された概説書や語り手論、精神分析の方法を導入した書物、比較昔話学に基づいた研究、国語学からのアプローチ、民俗学や人類学による分析、文献資料との比較研究など、それこそ千差万別といっていいほどにさまざまな方法や方向から昔話は論じられてきた。それほどに、昔話は読む人ごとの魅力を潜ませているのである。

本書で私が論じようとしたのは、昔話を神話と絡ませながら読んでいったとき何が見えてきて、そこから何が言えるかということである。神話にこだわるのは、私の研究対象が日本神話であり古代説話であるという理由によるが、もうひとつは、昔話も神話もその根幹に音声言語の論理が据えられていると考えているからである。自分の研究対象が神話であるせいもあって、私が昔話を聞いたり読んだりしていると、その向かい側に神話を思い浮かべてしまう。その浮かび方はそれぞれの昔話によって違っている。あるときにはすぐ近くに見えたり、ある場合にはほとんど無関係にあるように見えたりする。そして、そこから引き出されてきた問題点に対する具体的な分析の試みのいくつかがこの書物によってなされている。

それはきっちりと統一された一定の方向性をもたず、昔話から神話へと遡っていったり、神話からの差異として昔話を見ようとしたり、神話から昔話への流れを辿ってその変容を追ったりしているから、あるいは戸惑いを持たれたかもしれない。しかしそれは私にとっては必然的なことで、昔話が多様にあるように個々の昔話にたいする私の読みも個別的にあるから、もっとも説明しやすい方向から昔話に向き合おうとするのである。ただその全体は、昔話の向かい側に神話を置いたとき、どのように昔話は読めるかという視点で統一されているはずである。

昔話と神話との関係については、誰もが一度は想定してみたくなる魅力的なテーマである。事実、その関係についてはすでにさまざまに論じられている。語りの現場にいる採集者にとっても昔話と神話との繋がりは興味があるようで、とくに本格昔話のようにもともと特定のハレの場で語られていたと考えられる昔話が神話から流れてきたものではないかという認識はつよい。そして、そうした単線的一元的なとらえ方に警鐘を鳴らしたのが、日本神話研究の第一人者西郷信綱である。文学史を考えるうえで昔話は無視することのできない位置を占めているということをじゅうぶんに確認ながら、西郷は「神話と昔話」という論文（『神話と国家』所収）で、両者の違いを〈時間〉の問題としてとらえようとした。そして氏は言う、「神話が語ろうとするのは、『今』と一体であるところの、あるいは『今』がそこにいわれをもつところの、そういう神的な過去」であり、「神話の世界は無時間的」であるのに対して、「物語や昔話の『昔』は歴史的時間のなかにある」ものであり、両者には、「眼なざしの違い」がある、と。

昔話と神話との本質的な差異を指摘しているということができるだろう。しかし一方で、西郷も指摘する文学形式、つまりともにそれらが音声表現を基礎として成立しているということからくる表現の様式や話型あるいは語り方や場などにおいて、両者が重要なつながりを暗示しているということも忘れてはならないのである。そして、そこに両者が音声言語によって成りたつ文学表現だという問題が鮮明にあらわれているのである。

また両者の関係を考えようとするとき、神話から昔話へという時間的な流れとしてとらえるのではなく、藤井貞和が主張するように、「神話と昔話は併存する」とみる視点にも注目しておく必要がある。これは藤井の以前からの主張だが、『物語文学成立史』ではそのことを次のように述べている。

民間伝承としての昔話が上代社会の言語活動の一つに行われていなかったと想像することのほうが難しい。文献に直接あらわれないからといって、その存在を疑問視するのは、学的厳格主義の態度というよりも、古代社会への想像力の欠如というのに近いと思う。なぜなら、世界各地のどんな文字社会であろうと、無文字的な社会であろうと、神話及びフォークテールを持たない人類をわれわれは知ることができないからである。日本の古代において一部に文字文化が侵入したからといって、口頭伝承の分厚い流れはいささかもひるむことなく、民間社会に行われていたと理解すべきではあるまいか。

時どきに語られる内容や語り方は変化しているはずだが、神話的な表現と昔話的な表現とが絶えず行き来しながら語りつがれ、それが両者を活性化させていただろうということは間違いなく認められる。たとえば、沖縄の宮古や八重山の村むらで昔話調査を続ける研究者たちの、語りの場における昔話と神話との併存あるいは混淆状態についての発言はそうした状況を裏付けているし（福田晃編『沖縄地方の民間文芸』）、奄美の民間巫者ユタが、神懸かりの際に唱える呪詞（神話）と日常的に語られる昔話との両方に関与しているという具体的な指摘なども参考になるだろう（山下欣一『奄美説話の研究』）。

先にあげた論文のなかで西郷信綱が「札つきの厄介な問題」と呼んだ昔話と神話との関係は、昔話研究のはじまりの時から意識されつづけた問題である。昔話を学問的な体系のなかでとらえた最初の人はいうまでもなく柳田国男だが、その柳田にとっても昔話と神話をどのようにとらえるかということは大きな課題であった。

明治三十年代以降に翻訳語として用いられるようになった「神話」という概念自体に違和感のある時代の発言なので、柳田の思考は「神話」という言葉への疑問から始まるのだが、そしてさまざまな言い方でくり返し論じているのだが、『桃太郎の誕生』『昔話と文学』『昔話覚書』『口承文芸史考』などにみられる昔話論を私なりにかいつまんで整理すると、柳田国男の神話と昔話に対する認識は次のようになる。神話とは本来神聖なものとしてあり、時と場を定めて特定の人が口伝えによって語るものであり、民間に語られていた今は絶えてしまった伝承だが、現在に伝えられる昔話や伝説にはその名残りや破片と思われるものがある。そうした生きた神話を復元するためには、ずっとのちまで形式や型を強固にまもりとどめている〈歌物語〉、外形よりも内容や筋立てのおもしろさ、あるいはその変化に興味を感じて語られている〈昔話〉、表現よりも信じるという心を主体として伝えられている〈伝説〉、この三つの現在にのこされた伝承をたどってゆくことによって、本来の神話の姿を想定することができるはずである。そういう点で昔話は神話の「ひこばえ」ともいえるが、ヨーロッパ人が考えるようには必ずしも神話から昔話へと進化論的にすすんだのではなく、説話時代にも神話はあり神話時代にも民間伝承はあるといった併存状態であっただろうと、柳田国男は昔話と神話との関係を考えていた。そしてこの認識は、現在の研究水準からみてもじゅうぶんに通用する認識である。

こうしたさまざまな発言を意識しながら、私はここで昔話から神話へと向かい、また神話から昔話を眺めかえしながら、昔話のいくつかを具体的に分析してみたのである。その本書に意味があるとすれば、それは昔話と神話との繋がりや隔たりを、具体的な分析を通して読み解こうとした最初の書物ではないかということになる。

昔話の心

もう一つ、私がこの書物でこだわろうとした問題は、昔話から読めてくる〈心〉をどのように説明できるかという点である。

もうずんぶん長く学生たちとの演習授業のなかで昔話を読んでいる。そしてそこでの学生たちの整理や研究あるいは感想などによって、私は昔話研究についての問題点を明確にすることができたし、それを説明する方法もある程度もてるようになった。だから毎回かれらが準備する資料や若若しい感性に大いに感謝しているのだが、時にはこちらの質問に窮してか、「昔の人はやさしかったんですね」とか「とっても日本人的な感じがします」とかいった言い逃れ的なもの言いをすることもある。私はいじ悪な隣のじいだから、「昔の人だって殺しや盗みはしたんじゃないの」とか「そんなにたくさん外国人を知ってるの」とかいって学生たちをいじめるのだが、それはからかいでもあるし本音でもある。テレビの「日本昔ばなし」を見てふんわりとした暖かさに包まれ、いっとき幸せな気分に浸ってみるのはいいことだ。でも、何かを論理的に説明しようとするときに、何の説明もないやさしさや日本人的という発言ですませられては困るのである。しかもそれは何も学生たちだけのことではなくて、昔話の研究者と思われる人の発言のなかにも見え隠れしていたりして、私を苛立たせもする。

そうした発言は、昔話というのは暖かさややさしさを伝えるものだという思い込みがあって、そこから生じた固定観念によって昔話を読んでいるから出てくるのではないか。やさしい爺の隣にはかならずいじ悪なじいが語られているのに、主役だからといってやさしい爺の〈心〉だけを取り出してきてはまずいのである。ほんとうにやさしい爺が主役でいじ悪じいが脇役かどうかということ一つをみても、本書で論じてきたように検討の余地はいっぱいあるのに、である。

たとえばこうした問題についてはすでに早く、昔話の語られている現場に視点をすえた稲田浩二が次のように述べていた。

語り手の心の中には、一見あいいれぬ昔話の二人の主人公が住んでいる。一つの極には正直じいさん、もう一つの極にはうそつき者である。

しかしそこに矛盾を感じるのは、昔話で育たなかった現代人のさかしらのゆえであろう。現に、語りばさたちは、愚直なじいさんの話の直後にうそつき者の話を続けて、二つともおもしろおかしく語るではないか。

極北にある、うそつき者の人殺し話は、深刻で悲惨な伝説ではなくて、からりと乾いた笑話の印象すらある。

（『昔話は生きている』）

なぜこのように正直でやさしい爺さんとうそつきで人殺しも平気な人物が、語りのなかであるいは一人の語り手のうちで共存できるのかということを、私なりに説明してみたかったのである。それは簡単に言ってしまえば、両方ともお話の登場人物だからだし、両方ともある現実をになっているからだといえるだろう。そしていつも、そこで現れてくる〈心〉とは何かという疑問にゆきつくのである。

心というのは個体の側の個別性としてあるのだというふうに私たちは考えやすい。そして確かに心はそのようにあらわれるものだろう。ところが一方で、個別的にみえる〈心〉が共同性の側の表現だということに気づかされたりもする。そうでなければ、ある一つのものを多くの人がすばらしいとか楽しいとか感じたりすることなどできないはずだし、ある一つの昔話をえんえんと語り継いでゆくといったことも不可能にちがいない。たぶん、個体と共同体との関係にみられる離れがたい繋がりが、昔話に描かれた〈心〉にはあるはずなのである。自分自身のなかに生じた固有の〈心〉だと思いこんでいるものが、じつは共同体の意志だったり誰かから押しつけられたものだったりするのと同じことだろう。

〈心〉という問題を単に個体に生じる感情としてとらえるのではなく、そうでありつつもう一つの側のものでもあるのだというふうにとらえ返す視点を、具体的な分析の過程で提示してきたつもりである。それにこだわるのは、音声言語としての昔話の本質は語られるという点にあり、ということは、それは共同性のなかで生きる表現であるから、昔話にあらわれる〈心〉もまた、そうした語りにおける共同性のなかで説明しなければならないと考えたからである。そして本文の分析を終えた今も、そのことをじゅうぶんに説明しえたとは言い切れないもどかしさが私自身に残ってしまう。それは、言語表現としての昔話と、そこにいつも絡まりついている共同性と個体とのきわめて微妙な関係性を把握しえたという自信をもてないためである。それはまちがいなく、私自身に課せられた今後の課題として残り続けるだろう。

増補

ウサギの快楽

太宰治も書いているように、たしかに「カチカチ山」は残酷な昔話である。その前半は、狸汁にしようとしたタヌキに婆さんが殺され、おまけに婆さんに化けたタヌキが婆汁を作って爺さんに食わせるというカニバリズム(人肉食)の話だし、後半は、タヌキがウサギに徹底的に痛めつけられて殺されるという快楽殺人の話である。その狸殺しの手順は、まずは体に放火し、背中の火傷に唐辛子味噌を塗りたくり、泥の船に乗せて沈めるという、近頃の新聞の三面記事に出てきそうな陰惨な事件のいくつかをつなぎ合わせたような語り口である。それゆえに教科書や絵本などでは、タヌキは婆さんに傷を負わせるだけで逃げ、最後も改心して許されるという毒のない内容に変えられてしまう。

昔話「カチカチ山」の構造

では、もともとの昔話「カチカチ山」はどのようなかたちで語り伝えられていたか。全国で採集された昔話を話型分類し、その内容を要約紹介した関敬吾『日本昔話大成1　動物昔話』(角川書店、一九七九年)によると、「勝々山」は五つのタイプに分けられている。そのうちの一つは採集された話が二話しかなく内容も少しずれるので除外し、採話数の多い四タイプのもっとも一般的な内容を簡略なかたちで紹介する。

A　爺さんが種蒔きの邪魔をするタヌキを捕まえ、狸汁にしようと縛っておくと、タヌキは婆さんを言いくるめて縄を解かせ、婆さんを殺して婆汁を作る。畑から帰ってきた爺さんに、婆さんに化けたタヌキが婆汁を食わせ、「婆汁食った、婆汁食った」とはやしながら逃げる。（全国的に分布し、およそ七〇話）

B　ウサギとタヌキ（クマ）がいる。ウサギが家の冬囲いを準備しているとタヌキが来て、囲いを作ってくれと頼む。ウサギはタヌキを萱刈りに連れて行き、背負わせた萱に火をつけて火傷を負わせる。怒ったタヌキがやって来ると人違いだと言い逃れ（あるいは薬売りに化け）火傷に効くと嘘をついて唐辛子味噌や松脂を塗って苦しめたり、尻に栓をさせて糞が出ないようにしてタヌキを苦しめたりする。そして、最後には、泥の船を作ってタヌキを雑魚取りに誘い出して水に沈めて殺す。（東日本を中心に、およそ三〇話）

C　前半がA、後半がBの結合したかたちで、もっとも一般的な仇討ち型の「カチカチ山」の昔話である。（全国的に分布し、およそ一七〇話）

D　Bのあとに、ウサギの尻尾の短い理由を語るもの。殺したタヌキ（クマ）をもって人間の家に行き、狸汁（熊汁）を作って食べるが、人間に捕まえられて殺されそうになり、抑えていた子どもをだまして逃げる途中、父親に投げつけられた包丁で尻尾が切れてしまう。（東日本を中心に、およそ二〇話）

このうち、A型の話としては、「赤本」と呼ばれる江戸時代の絵本の一冊に『むぢなの敵討』（一七、八世紀頃か）があり、C型の話は滝沢馬琴『燕石雑志』（一八一一年刊）巻五に「兎の大手柄」と題して載せられているから、ともに江戸時代の人々によく知られていたとみてよい。昔話集に報告された数はC型が圧倒的に多いが、採集者は一般的な話を聞いても昔話集には採録しない場合がしばしばあるから、この数はもっと多くなるはずである。

D型はB型に由来譚（ウサギの尻尾の短いわけ）を付け加えたものでB型に含めてよいが、C型が圧倒的に優勢ななかで、AやB（Dを含む）のタイプの話がかなりの割合で語られているというのは注目してよい。ちなみに、太宰治『お伽草紙』の「カチカチ山」は、前置き部分を含めればC型だが、一六歳の処女ウサギと中年タヌキとによって語られる本篇のほうはB型になっているとみなすこともできる。おそらく太宰も、この設定では婆汁の部分を語れなかったのだろうが、婆汁の趣向にそうとうの興味を持っていたことは、その前置き部分を読めば明らかだ。

その原型と残酷さについて

もともとAやBの型の昔話が独立して語られていたものが合体してC型になったのか、C型から片方が脱落してAやBのような話が語られるようになったのかという点について、昔話研究者の間では前者とみるのが主流である。

この昔話について最初に言及した柳田国男は、「かちかち山」（一九三五年発表、『昔話と文学』所収）、「続かちかち山」（一九三九年発表、『昔話覚書』所収）という二本の論文で、前半のタヌキの狡猾さ（婆さんをだまして縄を解かせ、婆汁を作って爺に食わせて冷酷な棄てぜりふを残して逃げる）と、後半のウサギの言いなり放題になってみじめに殺されるというような「一貫せざる性格といふものは有り得べきものではない」から、もともとも前半と後半とは別個にあったもので、インド・中国などから渡ってきた話ではないかと想像している。

こうした見方は関敬吾に受け継がれ（「かちかち山の構造」一九五三年発表、『昔話と笑話』所収）、もとはそれぞれ独立して語られていた「狡猾な性格」のウサギと頓間なクマやタヌキとを対照した「動物叙事詩」であり、外国から入ってきた時代は古く、「農村の生活の中で長く育てられてきた」話だと述べている。ただし、婆汁のような「悪趣味」は農民の空想にはなく、「伝播に参与した座頭などの改変」ではないかとも言う。

悪趣味といえばそれまでだが、それは、往々にして昔話研究者が暖かな囲炉裏を囲んでの団欒や農民たちの心根のやさしさを幻想するところから出てくる発言で、婆汁の趣向が農民にはなかったというのはまったく根拠がない。いくつかの昔話を聞いたり読んだりすればすぐわかることだが、昔話はけっこう残酷な描写が多く、隣の爺は無残な死に方をするし、旅の座頭や乞食もひどい最後を遂げたりする。外国の昔話だって同様である。

「カチカチ山」の場合も例外ではなく、タヌキが溺死しようが、婆さんが婆汁にされようが、語り手も聴き手もけっこう平気で、その殺され方を楽しんでいるとみたほうがいい。残酷さが受けるというのは、近頃の血なまぐさい陰惨な事件に人々が覗き見的な興味を示したり、ホラー映画が評判になったりするのに比べればよほど健全である。しかも、殺されようが食われようが、その場面はそれほど生々しくはなく、聴き手に適度のスリルを味わわせ、胸をスッとさせてくれる清涼剤といった性格を持つとさえ言えるのである。

前半と後半とがもとは独立していたというのは、赤本『むぢなの敵討』がA型であるという点からも納得しやすい。また、同様の話が外国にもあるという点については、伊藤清司「昔話『カチカチ山』の比較研究」（『昔話——研究と資料』11号、一九八二年）が、ウサギと他の動物とによる動物葛藤譚の広がりを東アジアやチベットの伝承事例によって論じていることからも確かめられる。この昔話の主人公はまちがいなくウサギだが、こうしたウサギをめぐる動物昔話はアジアに限らず世界中にあったのではないか（なお、婆汁を食わせるというカニバリズムに関して、伊藤は、中国の場合は動物譚だから問題にはならず、日本の昔話の趣向ではなかったかと想像している）。

ウサギという主人公

昔話「カチカチ山」を考える場合、狡猾なウサギと頓間なクマやタヌキとを対照した話だとか、ウサギと他の動物とによる動物葛藤の話だとかみる関敬吾や伊藤清司の指摘は注目にあたいする。というのは、ウサギという動物が神話や昔話などに描かれるときの性格として、狡さや知恵や敏捷さが共通して見いだされるからである。

まっさきに思い出すのは『古事記』に語られている稲羽のシロウサギで、隠岐島から対岸に渡りたくてワニ（鱶や鮫の類をいう古語）をだまして一列に並ばせ、その背中を伝ってきて、最後のところでワニに皮をはがれてしまうというよく知られた神話である。そのウサギの計略はつい口を滑らせたばかりに見破られてひどい目にあうが、そこに語られているのもウサギの知恵（狡さ）であり、すばしっこさである。

また、この神話でも残酷さは同様に語られており、ワニをだまそうとして皮を剥がれたシロウサギは、最初に通りかかった神々から、海水を浴びて風通しのよい山の尾根に寝ていろと教えられ、体中がひび割れて血だらけになって苦しんでいる。これは、例の、ウサギがタヌキの火傷に唐辛子味噌を塗りたくって苦しめるのとまったく同じ手法である。シロウサギの場合は後から来たオホナムヂ（大国主神）に助けられるが、最後に明かされるように、シロウサギはじつは「兎神」だったのであり、試されているのは通りかかった神々の側だったということになっている。それだけの力をウサギは持っていたのである。

この神話の起源も日本にはなく、インドネシアやマレイ半島あたりから伝えられたものだと言われているが、南方の伝承では、ウサギ（あるいはバンビ）はまんまとワニをだまして対岸に渡ることができたと語られている。それが『古事記』の神話では失敗したと語られるのは、オオナムヂという主人公の知恵とやさしさとを語ろうとするためで、もともとはウサギを主人公とした、陸の動物と海の動物との知恵比べの話であった。そして、知恵をもつ動物の代表がシロウサギだったのである。

ウサギは、その動きの敏捷さや習性、体つきの小ささや白さなどから、動物のなかでもとくに知恵をもつものと考えられたらしい。その耳の大きさも、すべてのことを察知する力をもつ一因と考えられただろう。しかも、こうした観念は日本だけではなく、またアジア的なものでもなく、世界的な共通性であったとみられるのである。これも失敗するのだが、古代ギリシャの『イソップ寓話集』に起源する「ウサギとカメ」の話を思い出してみても、ウサギに共通する性格の一端は窺えるはずだし、アフリカに渡ると、ウサギは神話の英雄として語られてもいる。

トリックスターとしてのウサギ

文化人類学者の山口昌男は、『アフリカの神話的世界』（岩波新書、一九七一年）において、「いたずら者（トリックスター）」を主人公とした神話の紹介とその分析を試みている。そのなかで氏は、「嘘つき、ペテン野郎、搾取者、人殺し、見栄っぱり、強慾、裏切り、忘恩、臆病、大ぼら吹き」など社会的には絶対に許されない反面教師としての主人公が、一方では知恵をもつ者としてあり、多くの場合、動物とくに「野兎」によって語られているということを指摘している。山口によれば、その主人公は、「悪の極限とともに善の極限にも置かれる存在」であり、「日常生活の規範に埋没出来ないが故に、他の人物には実現不可能な事象を可能にするといった役割」を与えられ、こうした話の聴き手たちは、「日常生活の道徳から離れて、いかに他人を瞞すかという野兎の悪漢ぶりに関心を集中する」のだという。たとえば、

ある日、野兎は、(母方の)伯父をだまそうとして、川の淀みにトウモロコシの粉を撒いて背中から水面に飛び込めば、魚がいくらでも陸にはねあがると教え(淀みには棘のある魚が本当にいるらしいのだが)、伯父をひどい目にあわせる。

またある日は、川のほとりの泥の中に穴を掘り、あなたの一物を突っ込んでいれば魚が穫れると嘘をつき、伯父は鋭い歯のある魚に一物を食いちぎられてしまう。

さらにある日には、蜂蜜を獲るには、ヌア族の男に頼んで蜂の巣のある大木に縛りつけてもらえばよいと教えて、伯父をこっぴどい目にあわせてしまう。

といった具合である(いずれも要約)。

最後の蜂の巣の話は、東北地方で語られている「カチカチ山」でも、タヌキの背中に蜂の巣を背負わせるという話が語られているのを思い出させる語り口である。紹介された部分でみる限り、とくに母方の伯父が何か悪いことをしたというのでもなさそうで、ただ、ふだんから威張り散らしている相手を完膚なきまでに叩きのめして楽しむというのが、トリックスター野兎の面目躍如というところらしい。もちろん、そこには日常性や規制の多い共同体からの逸脱願望といった心性が見いだせるのだろうが、そ

れよりも何よりも、野兎の徹底したいたずらに喝采を送れば、それだけで十分なのだと思われる。そして、我が「カチカチ山」の主人公の行為もアフリカのトリックスターと同様であり、苛められるタヌキが何らかの社会的な悪を象徴しているといったわけではない。

山口昌男も指摘するように、こうした日常世界から逸脱した主人公は、一般に「文化英雄（カルチャーヒーロー）」と呼ばれる主人公と重なっている。文化英雄とは、神と人との中間的な存在で、この世の秩序を作った存在である。日本神話でいえば、ヤマタのヲロチを退治したスサノヲやクマソ退治のヤマトタケルに文化英雄の姿を見いだせる。そして、たとえばスサノヲは、ヲロチを退治するのに酒を飲ませて眠ったところを殺してしまうし、ヤマトタケルも女装して宴席に入り込み酒に酔ったクマソタケルを殺してしまう。彼らの行為は知恵であるとともに騙し打ちともいえるわけで、トリックスターの野兎やカチカチ山のウサギの行為とそれほど隔たったものではない。ヤマトタケルの場合、イヅモタケルを殺す場面では、友達になっておいて木刀を準備し、水浴びに誘った相手の太刀を取り、イヅモタケルにはあらかじめ準備した木刀を持たせて切り殺してしまうという卑怯な手口を使うのだが、これもまた知恵のもつ一面と解すればいいのである。

そしてじつは、稲羽のシロウサギを助けるオホナムヂも文化英雄の一人であった。ということは、オホナムヂは、シロウサギが元来持っていたはずの知恵（ワニをだますという行為から窺える）をシロウサギから奪い取り、自らが知恵をもつ英雄になったのだということもできる。こうした文化英雄は、おそらく国家の成立と見合うかたちで登場してきたと考えられるのだが、とすれば一方の稲羽のシロウサギこそ、国家以前の、あるいは国家とは別のところに存在し人々を喜ばせていたトリックスターだったということになる。乱暴な言い方だが、弥生時代以降に出現した国家的な性格をもつ文化英雄に対して、トリックスターとしてのウサギは、縄文時代以来の狩猟採集生活をする人々とともに生きていたと想像してみてもあながち誤りだとはいえないのではないか。

太宰治「カチカチ山」へ

昔話「カチカチ山」が縄文時代から語られていたなどということを主張しようというわけではないし、稲羽のシロウサギがカチカチ山のウサギの直系の先祖だと言いたいのでもない。ただ、おそらく両者はかすかにだが血を共有した親戚であるというのは間違いなかろう。知恵があり、いたずら好きで、権威を笠に着た奴が嫌いな、それでいてあわてんぼで頓間なところもあるトリックスターとして日本列島のウサギもいたのである。

その昔、「カチカチ山」は前半と後半とで別個の話だったとすれば、婆さんをだまして縄を解かせ婆汁にして爺さんに食わせるという役割も、あるいはウサギ自身が担っていた時代があったのかもしれない。両者が一体化した後に、一方の主役をタヌキに譲ってしまったとも考えられる。そうみれば、昔話にさまざまに語られているタヌキがどこかトリックスター的な風貌をもつ理由も理解できる。

また、柳田国男や関敬吾が、もとは別だったという理由としてあげる前半と後半とでタヌキの性格が分裂しているという点は、別だったという理由としては説得力を持たない。柳田自身も言うように、昔話の語られ方には往々にしてそうした分裂がみられるし、そもそも、トリックスターとは、悪にも善にも極端に突き進んでしまう分裂的な存在だったのである。

この昔話に見いだせる残酷さにこだわった太宰治の読みには、大いに共感できる。同じく『お伽草紙』に収められた「浦島さん」において、乙姫の渡した玉手箱の残酷さと矛盾とに敏感に反応した点も同様に見事だが、どうも太宰には女性に対する極度のコンプレックスがあったようで、現代なら「カチカチ山」という作品は、フェミニストたちからたいへんな批判を食らうことになったに違いない。ただ、太宰に味方していえば、昔話「カチカチ山」に語られているウサギの執拗なタヌキ苛めは、一六歳の処女と中年の醜男とにでも設定しなくては、近代的な説得力を持ちえなかったということは言えるだろう。野を駆けるウサギなど身近な相手として見ることができなくなってしまって久しいのだから。

もうひとつ、太宰も本篇では描くことのできなかった婆汁を食うというカニバリズムについて言えば、『日本昔話通観2青森』（同朋舎、一九八二年）をみると西津軽郡の伝承が紹介されており、そこでも、婆汁を食わされた爺さんは、「ずんぶ（随分）しない（固い）肉だナ」と言いながら婆さんの肉を噛んでいる。こうした語り口を聴く者たちは、幼年時代の太宰も含めて、残酷だ、ひどいと感じる以前に、どこかでニヤリとしながら受け入れてしまうのではなかろうか。もちろん、一方で聴く者を可哀相と感じさせ恐怖感を与えるのもこうした語りの目的の一つだが、そうでありつつ昔話の世界は、子どもや大人たちをもう一つの世界に連れ出してくれる唯一の文学でもあったのであり、それは、我々の幼児体験を含めて長い歴史を持っていた。

昔話はいつも、我々がぜったいに体験することのできない異世界を現実化させてくれる。それは、そもそもカタルという行為が「語る」ことであるとともに「騙る」ことでもあり、自在にことばを操ることの快楽に起源をもつ知の営みだったからである。

（原題「ウサギの快楽――昔話『カチカチ山』の深層」『劇場文化』6号、静岡県舞台芸術センター、一九九八年二月）

昔話は残酷か

今は三十歳を過ぎた娘がまだ幼稚園に通っていたころ、子守唄がわりに昔話を語って寝かしつけることがしばしばでした。ベッドに入って部屋を暗くして昔話を語っていると、わたしのほうが先に寝てしまうこともありましたが、親子のふれあいとしてはいい方法だったのではないかと思います。

わたしが語り聴かせた昔話の中で、娘がもっともよろこんで繰り返して語るようにせがんだ話は、「手無し娘」でした。日本にもグリムにもあって、いろいろなバリエーションがありますが、わたしが娘に語っていたのは、意地悪な継母が夫に継子殺しをそそのかすというかたちでした。継子にとっては実の父親が、継母の言うままに、祭りがあると言って山の中に娘を連れ出し、両手をばっさりと切り落として谷に捨てて帰るというところからはじまる、少女の苦難と幸せを語る話です。わたしにとっての昔話体験は、ほとんど書物からの知識で、この話も岩波文庫『こぶとり爺さん・かちかち山』（関敬吾編）に入っている話を適当にアレンジして語っていたに過ぎません。

その「手無し娘」を聴いて、幼い娘がもっともよろこんだのが、継子が父親に手を切られて谷に落とされる場面でした。なぜかはわからないのですが、その場面になるとキャッキャッとよろこびました。隣りで添い寝しながら話を語っている父親を、継子の腕を切り落とす父親と重ねることで、自分をかわいそうな継子の立場に置き換えて、物語の中に入り込みやすかったのでしょうか。あるいは、腕を切り落とすバサッという擬音語をおもしろがっていただけかもしれません。

昔話「手無し娘」を繰り返すことが、わが娘の精神形成にまずい影響を与えたのではないか、家族関係や親子関係に対する不信感を抱かせるきっかけになったのではないかというようなことを案じる心配はなさそうです。語ったあとに夢を見てうなされるとか、父子関係が壊れたというようなことは、少なくとも表向きにはありませんでしたから。

東北型の瓜子姫

昔話のなかには、たしかに残酷な印象を与える話はけっこうあります。たとえば、「かちかち山」では、おじいさんが捕まえて軒先に吊るしておいたタヌキが、おばあさんを言いくるめて縄を解かせ、おばあさんを殺して狸汁ならぬ「婆汁《ばばじる》」を作り、おばあさんに化けて、野良から帰ったおじいさんに婆汁を食わせて逃げるというのが、ふつうの語り方でした。

また、「瓜子姫」という昔話は、西南型と東北型とに分かれることがよく知られています。西南型は、中世の短編小説（いわゆるお伽草子）の「瓜姫物語」に似ていて、

川から流れてきた瓜から美しい娘が誕生し、瓜子姫と名付けて大切に養う。爺婆が姫の嫁入り支度のために外出したすきに、アマノジャクが来て姫を誘い出して木の上に縛りつけ、着物を取り替えて姫に化ける。気づかない爺婆が偽の姫を駕籠に載せて嫁入りに行く途中で、木の上から姫が助けを求めたので、アマノジャクの仕業とわかり八つ裂きにする。救われた瓜子姫はめでたく結婚することができた。

というかたちで語られることが多いのですが、一方の東北型では、次のように語られます。

川から流れてきた（畑から収穫した）瓜から美しい娘が誕生し、瓜子姫と名付けて大切に養う。爺婆が成長した姫の嫁入り支度のために外出したすきに、アマノジャク（山姥）が来て姫を誘い出して殺し、剥いだ姫の皮をかぶって姫に化ける。気づかない爺婆が偽の姫を駕籠に載せて嫁入りに行く途中で、（姫の化身した）鳥が鳴いて知らせたので、化けていたアマノジャクを殺す（または、姫に化けたアマノジャクは、気づかない爺婆に殺した瓜子姫の肉が入った汁を食わせ、悪態をついて逃げる）。

嫁入りする前の娘がアマノジャクに食われ、爺さんと婆さんは娘の皮をかぶったアマノジャクにだまされてしまうのです。最後に化けの皮が剥がれてアマノジャクが殺されるというのならまだしも、爺婆に娘汁を食わせて逃げてしまうと語る話もけっこうたくさん伝えられています。これでは、敵討ちされてよかったというカタルシスも味わえませんから、何を語りたいのか、よくわからなくなってしまいます。

一方の西南型はどうかというと、娘は殺されず、最後は幸せな結婚で締めくくられるので、たしかに残酷性は薄らいでいるようにみえます。しかし、捕まったアマノジャクはというと、片足ずつ二頭の馬に縛られて股裂きにされるという、なんとも残酷な結末が準備されています。もちろん、残虐なアマノジャク殺しによって、目には目をという勧善懲悪を語っていると考えれば、近世的なわかりやすい話だということになります。

やはり理解しがたいのは、東北型の「瓜子姫」です。東北の人が残酷だったなどということはありえませんし、幸せな結婚の部分が欠落してしまったということもできないでしょう。東北型「瓜子姫」には、幼くして死んでゆく魂、その魂は小鳥になって飛んで行くというかたちで終わる話が多いのですが、その背後には、夭逝した子どもの魂への思いがあるのではないかと思えます。そして今、わたしたちにはそれが感じとれなくなっているために、残酷さばかりが目立ってしまうということなのかもしれません。それは、小鳥前生譚と呼ばれる話型群が東北地方に数多く語られるということと無縁ではないとわたしは推測しています（三浦佑之「瓜子姫の死」『増補新版　村落伝承論「遠野物語」から』青土社、二〇一四年）。

残酷とは何か

人を殺すから残酷なのか、人肉を食べるから残酷なのか――時代や環境によって、残酷の定義が違うのは当然でしょう。そして、いかに残酷であったとしても、それはあくまでも昔話の中でのことであって、現実に人を殺したり人の肉を食べたりするのとは違います。しかし、昔話の中だということはわかっていながら、わたしたちの社会の大雑把な傾向をみると、人や動物を殺す話はよくないとか、人肉を食べるなんてとんでもないといった方向へ、昔話は改変されていったようです。

たとえば、昔話「かちかち山」の結末は、おばあさんを殺したタヌキをウサギが仇討ちをして、泥の舟に乗ったタヌキを溺れさせて殺すというかたちの話が多かったのですが、現在出ている絵本や子ども向けの昔話集では、ウサギは溺れそうになったタヌキを助けるという結末になっているものがほとんどでしょう。そういう話になると、おばあさんが婆汁にされるというようなことはなく、殺されるという話にもならず、軽く殴って逃げて行くということになります。しかし、ただそれだけなら、背中に火をつけ、やけどに蓼味噌《たでみそ》を塗り、泥の船に乗せて殺そうとするという、ウサギの執拗な報復はどういうふうに意味づけられるのでしょう。タヌキよりも、ウサギの行為のほうがよほど残酷ではないかと思ってしまいます。

悪役はとことん悪さをしないと、それに対する報復が正義にはなりません。どちらも中途半端なキャラクターでみんな仲良しというのでは、昔話の基本構造が成り立たなくなってしまいます。それがよいことかどうかは別にして、ある種の昔話は、前近代的な勧善懲悪の倫理観を基盤にしてできているわけですから、悪いやつは徹底的に悪くなければならないのです。それは、昔話にかぎらず、芝居でも浄瑠璃でも読本でも、みんな同じでした。江戸時代の絵本（赤本）「むぢなの敵討」（「かちかち山」のこと）を見ても、婆さんは婆汁に、タヌキは水の中へというのがお決まりです。

近代になっても、そうした観念は受け継がれていました。たとえば、巖谷小波《いわやさざなみ》の『日本昔噺』第九編「かちかち山」（明治二十七年六月刊）でも、婆さんを殺したタヌキは婆汁を作り、爺さんが、「美味《うま》そうに舌鼓を鳴らしながら、お代りまでして婆汁を喰べ」ている時、「俄《にはか》に狸の正体を現はして、『婆喰つた爺やい、流板《ながし》の下の骨を見ろ！』と尻尾と舌を同時に出して、雲を霞と逃げて行きました」と語られています。ドイツに留学し、近代における児童文学・児童教育の先鞭をつけた巖谷小波にも、こうした話を「残酷」とみなす認識は存在しなかったということになります。

それが変化したのは、おそらく戦後の民主主義教育とかかわっているでしょう。厳密に追いかけてみたことがないので印象的な物言いになってしまいますが、戦後の国語教科書に採用される昔話の代表が「かさじぞう（笠地蔵）」であるというのが、昔話における変化を象徴しているはずです。徹底的にやさしく、そしてとことん貧乏なおじいさんとおばあさんが大晦日の晩に祝福されるという昔話が、横並びでどの教科書にも採用されます。それはおそらく、「かちかち山」の絵本から、爺さんがうまそうに婆汁を食う場面や、タヌキがウサギに櫂で殴られている場面が消えていったのと対応しているに違いありません。

やさしいだけでいいのか

昔話「笠地蔵」がだめだというわけではありません。ただ、気になるところが残ります。心やさしいおじいさんとおばあさんは、地蔵さんから祝福されます。しかし彼らは、ずっと幸せなままでいられたのでしょうか。ふつう昔話では、やさしさ＝貧乏、欲張り（意地悪）＝金持ちという図式が堅固に守られています。「隣の爺」譚がその代表です。そこから考えれば、地蔵に祝福されて豊かになったおじいさんとおばあさんは、金持ちになったのですから、やさしい心を失って欲張り（意地悪）になってしまうはずなのです。つまり、ごちそうや宝物を手にした途端に、二人の心は変わってしまわないと、昔話の枠組みから逸脱してしまいます。

日本の昔話の代表とされる「隣の爺」譚を思い出してみてください。どの話も、やさしいおじいさんやおばあさんが祝福されると、そのまねをして失敗するおじいさん（おばあさん）がかならず出てきます。出てこないと「隣の爺」譚にはならないのですから当然です。たとえば、「ねずみ浄土」という昔話があります。

やさしいおじいさんは、土の中のネズミの世界に招かれ、教えられたとおりにネコの鳴き真似をしてネズミの宝を手に入れます。それを知った隣のじいさんは、自分も宝物を手に入れようと、無理やり地面に開いたネズミの穴から地下に入り込み、ネコの鳴き真似をして見破られ、ひどい目に遭ったとか、殺されたとか、土の中に閉じ込められてモグラになったとか、さまざまなかたちで語られます。

夢（希望）と現実という二項対立的な語り口が、おそらく「隣の爺」譚を成り立たせているのです。「隣の爺」譚は、やさしいおじいさん（おばあさん）だけではいけないのだし、欲張りなおじいさん（おばあさん）だけでもまずいのです。両方の登場人物がいて、はじめて「隣の爺」譚は語られます。それに対して、「笠地蔵」のように、やさしいおじいさんとおばあさんだけが出てくる昔話は、どこかウソくさい感じがしてしまうのはわたしだけでしょうか。

ところで、「隣の爺」譚をみると、やさしいおじいさんの成功があり、続いて欲張りじいさんの物真似を語るという構造になっています。これは何を意味するのでしょうか。

昔話を論じる人は、やさしい心を強調するために、話の後半に欲張りや意地悪が登場するのだと説明します。しかし、もしそうなら、後ろに中心を置くという語りの性格からみて、やさしさは最後に語られたほうが効果的です。そうでなくては、やさしい心が際立たないからです。ところが、「隣の爺」譚の場合、あとから登場するのは、いつも意地悪で欲張りなじいさんなのです。物真似はよくないという教訓を語るためにそうなっているという説明も可能ですが、わたしは、この系統の昔話の主人公は、あとから出てくる欲張り爺さんのほうではないかと思っています。

ネズミにかじられたり穴に閉じ込められたりしてひどい目に遭うかわいそうな隣の爺さんに、語り手も聴き手も心を寄せているのではないか、そしてそれは、自分の分身として隣の爺さん（婆さん）が存在するからではないか。語り手も聴き手も、自分をやさしいおじいさんの側には置かず、欲張りで意地悪な爺さんの側に立っているのではないか。

このことに関して、瀬川拓男さんが興味深い事例を紹介しています。ある時、瀬川さんが「ねずみ浄土」という絵本を出したところ、「よくばりじいちゃん。もうすこしがまんして、もうすこしあとで、ニャーゴといえばよかったのよ。そうすれば、ねずみたちのおたから、みんなとることができたのに、もぐらにならなくてよかったのに。はやく、土のなかからでてきてね」というようなファンレターを数多くもらったというのです（『民話＝変身と抵抗の世界』一声社、一九七六年、三九頁）。

冒険に出る子どもたち

右に紹介したエピソードからは、昔話の残酷性を考える上でとても大事な問題が浮かびあがってきます。こうしたファンレターを出す子どもたちにとって、ヒーローは、あくまでもよくばりじいちゃんなのです。それは、同情というのとは違うと思うのです。ハラハラドキドキしながら絵本を眺め（あるいは読み聞かせてもらいながら）、子どもたちは、主人公といっしょに冒険に出かけていくのでしょう。最初に登場するやさしいおじいさんと冒険に行ったあとは、よくばりじいちゃんとも冒険に出かけます。そして、二度目のほうがスリルがあってずっとおもしろいから、自分と重ねながら、あと少しだったのにと感じて、よくばりじいちゃんのファンになってしまうのです。

最初にふれたわたしと娘とのエピソードも、この子たちと同じではないかと思います。おそらく娘も、継子の少女に自分を重ねて物語の世界に入り込んでいたのでしょう。だから、実の父に腕を切られて捨てられる場面から始まる少女の冒険に、胸を躍らせることができたのだと思います。

今はテレビやゲームに取って代わられているのでしょうが、ほんの少し前まで、子どもたちが、現実の世界ではない「もう一つの世界」があることを知り、そこで遊ぶたのしさを知る、その最初の体験をするのが昔話という語りの世界でした。そして、そこでは「心」の良し悪しが大事なのではなく、登場する少年や少女やおじいさんやおばあさんが、どんな冒険をしてどんな世界に行くのかという、純粋に物語的なたのしみだけがあったのではないか、わたしは今、昔話の魅力をそのように考えています。

（石井正己編『子どもに昔話を！』三弥井書店、二〇〇七年）

おじいさんとおばあさんの謎

家族をもたないじいとばぁ

「昔むかし、あるところに、おじいさんとおばあさんが住んでいました。……」という語り出しは、昔話のなかでももっともポピュラーな、もっとも懐かしい発端句だといってよいだろう。もし昔話にこの二人がいなければ、「桃太郎」も「舌切り雀」も「花咲爺」も「かちかち山」も語られることはなく、五大お伽話は「猿蟹合戦」ただ一つが残るだけである。

昔話に登場するお爺さんとお婆さんは、「笠地蔵」の主人公に代表されるような慈悲に満ちたやさしい心根の爺婆とあくどく這いずりまわって幸運を掴もうとしながら失敗するいじ悪な隣の爺婆とに典型化されているが、この両者が存在することで昔話のお爺さんとお婆さんのリアリティは保証されている。やさしさだけでは嘘っぽいし、いじ悪だけでは味気ないわけで、その典型化された二者を組み合わせた隣のじい譚が人びとの共感をえて語り継がれてきたのは当然だろう。

ところが、お爺さんとお婆さんの登場するこの安定した話群も、ちょっとこだわってみると奇妙な点がある。それはほとんどの昔話において、じいとばあは二人きりで暮らしており、〈家族〉をもっていないということである。もちろん、「親棄山」のように家族と同居する老人を主人公とする昔話もないわけではないが、そこでの老人は制度やいじ悪な嫁のために山に棄てられる。その棄てられた山中で鬼をだまして街屋を作り女主人におさまる逞しい婆さんもいるが、いずれにしても幸せな家族の団欒とは無縁なところに生きている。その他の昔話の爺婆は、子のいないのを嘆き、貧しい暮らしに甘んじる孤独な人たちとして設定されるのが常である。

老人の独居や二人きりの暮らしが社会問題になるのは現代の核家族化に伴って生じた現象であるはずなのに、昔話を読んでいると前近代の老人は家族から隔てられ、孤独な生活を強いられている人たちばかりであるかのようにみえてしまうのである。昔話は典型化された最小限の登場人物と単純な構成によって様式化されることで表現を可能にしているから、取り立てて必要でない人物は省略されてしまうのだという見方もできるかもしれない。しかし、昔話の爺婆は家族がいないことによって存在を主張しているとみたほうがいい人物として設定されていると読めてくるのであり、なぜそうなるのかを考えてゆくことで、昔話に登場するおじいさんとおばあさんの位相を明らかにすることができそうなのである。

親族名称としてのおじいさんとおばあさん

おじいさん（じい・じじ）おばあさん（ばあ・ばば）は広く老人をさすときの呼称でもあるが、基本的には親族名称として用いられる「おほぢ（大父＝祖父）」「おほば（大母＝祖母）」の派生形で、幼小児語的・口語的な表現である（オジイサン・ジイは旧仮名遣いではオヂイサン・ヂイ）。オホヂ・オホバのヂ・バはチチ（父）ヲヂ（叔父）のチ（ヂ）、ハハ（母）ヲバ（叔母）のハ（バ）と同じ語で、オホヂ（バ）とヲヂ（バ）は「オホ（大）↔ヲ（小）」という対応関係にあり、子の世代が父母を中心とした親の世代（親族における大人）を呼ぶときの親族名称の語根がチ・ハだとみることができよう。

この「オホヂ（バ）――チチ（ハハ）――子」という家族における三世代の関係は、古橋信孝が村落共同体を完結する基本原理として指摘した三つの世代「上・中・下（老人・大人・子供）」（「神話と歴史」『上代文学』42号）に対応する。その、「もはや生産活動からは離れ、体験に基づく知恵において共同体に位置を占めている」（古橋）老人の世代は、共同体ではオキナ・オミナ（翁・嫗、オミナはオムナ・オウナと転訛する）と呼ばれる。そのキ・ミは男女の性を区別する語であり、ナはオトナ（大人）ヲンナ（女）のナと同じく成人を表す語だから、キナ（大人の男）ミナ（大人の女）は親族呼称としてのチ・ハと対応しているとみることができる。また、オキナ・オミナのオはオホ（大）の意とみてよいから、親族間で上（老人）の世代を呼ぶオホヂ・オホバと、共同体において上の世代をさすオキナ・オミナとは、語構成からみても同一の概念を示しているということがわかる。

昔話や説話に登場する「おじいさん（おほぢ）」「おばあさん（おほば）」が、親族呼称であるとともに、常に「おきな」と「おみな」という共同体における老人像をひきずって現れてくるのは当然なのである。しかも彼らは、先にふれたように、ほとんどの場合に家族（共同体）を構成することがない。古橋のことばを借りれば、「現実に生産活動を担う世代で、共同体の衣食住など生活を維持している」中の世代と「次代に共同体維持の活動を行うことになる」下の世代の、その両方をもたない者たちとして登場してくるのである。

じいとばあの話型

我われになじみの昔話に描かれた「おじいさん」と「おばあさん」は、安定した話型として長い歴史をもっている。江戸時代後期の絵本類（赤本）をみると、

中昔の事なりけり。片田舎にじじ（爺）とばば（婆）暮らしけり。じじは耕作に出、昼飯に、ばば、

団子をこしらえ、野良へ持ち来たり、じじに食はする。……（『兎大手柄』〈かちかち山〉）

中昔の事なるに、ある片田舎に、正直じじばば（爺婆）と、慳貪じじばばと住みけり。正直ばば、川へ洗濯に出けるが、折ふし川上より狆ころ一疋流れくる。……（『枯木に花さかせ親仁』〈花咲爺〉）

と、我われにも親しい昔話が現在伝えられているのと同じかたちで語られている（引用は、鈴木重三・木村八重子編『近世子どもの絵本集・江戸篇』による）。

「おじいさん」と「おばあさん」は、二人きりで慎ましくひっそりと暮らしている。年老いた爺が野良へ出て働いたところで大した収穫があるわけはなく、二人の生活は貧しいにきまっている。「かちかち山」の場合は爺と婆が主人公とはいえないから措くとして、「花咲爺」における正直者の爺と婆は、そうした貧しい日常を抜け出す幸運を、川上から流れてきた犬の子を拾うことで手に入れる。それはいうまでもなく神が授けてくれた祝福なのであり、それをきっかけとして貧しく正直な老夫婦は貧乏から逃れることができた。

この昔話は隣のじい譚の構造をとっているから、隣の爺のあくどく逞しい行動力に話の中心が置かれている。そのために正直爺婆の心は見えにくいが、「笠地蔵」の主人公が典型的なように、貧しい爺と婆は〈やさしさ〉によって神仏の祝福を受けることのできる存在として昔話には位置づけられている。しかもそのやさしさは並外れたもので、現実にはとてもありえない〈心〉が求められている。そして彼らは、ほんの少しでも欲をこいた途端に消えてしまう富を手にするのだが、そのためには生活感など微塵も感じられないような存在でなければならず、それゆえに現実から乖離したじいとばあが像を結ぶことになるのである。

子どもを授かる老夫婦

老夫婦の日常からの脱却は、報恩的な要素のつよい致富譚とともに、もうひとつのパターンをもつ。それは、ある日突然に子どもを授かるという展開である。「花咲爺」では川上から流れてきたのは犬の子だが、流れてきたのが桃の実のなかに入った小さ子であったという「桃太郎」は、神の子を授かって幸せを手にする爺婆を語る昔話の典型的な事例である。そして、この話型はずっと古く遡ることのできる語り口である。そこでもやはり、やさしさや信心深さなど爺と婆の心が問われることになる。たとえば、よく知られた「一寸法師」は、中世のお伽草子では次のように語り出されている。

中ごろのことなるに、津の国難波の里に、おほぢとうばと侍り。うば四十に及ぶまで、子のなきことを悲しみ、住吉に参り、なき子を祈り申すに、大明神あはれとおぼしめして、四十一と申すに、ただならずなりぬれば、おほぢ、喜び限りなし。やがて十月と申すに、いつくしき男子をまうけけり。

四十歳という年齢は現代の感覚からすれば老婆とは言いにくいが、「おほぢとうば」(ウバはオホバの転訛)と語られているから、この二人も子どもを産めないままに上の世代に入った老夫婦とみてよい。そして信心が不思議をもたらし、身長一寸の小さ子が〈申し子〉として誕生する。ところが、この二人が神の子のお蔭で現在の境遇を脱することができるのはずっと後のことである。

一寸法師は、十二、三年たってもいっこうに成長しないために老夫婦に追い出され、都に出て宰相の家に住みつき、十六歳の時に策略によって姫君を手に入れて都を離れ、鬼を退治して奪った打ち出の小槌で一人前の姿に成長して都にもどって少将となる。その段階でようやく老夫婦は都に呼ばれ、一寸法師夫婦と孫たちに囲まれた幸せな家族を営むことができたと語られている。

申し子を授かってから、結局二十年近くもの間、老夫婦は相変わらずの生活を強いられていたことになる。つまり、爺婆と一寸法師は上の世代と下の世代という関係に置かれており、家にとってもっとも重要な〈中（生産）の世代〉をもたないのだから、誕生した一寸法師が生産の世代に成長するまで「おじいさん」と「おばあさん」は貧しいままで暮らすしかないのである。

この、〈中の世代〉を脱落させた老夫婦と神の子との関係は、神話からつづく普遍的な設定として語り継がれている。たとえば、『竹取物語』における「竹取のおきな（翁）」夫婦とかぐや姫も、中の世代をもたない老夫婦と神の子という関係に置かれている。また、『丹後国風土記』逸文の奈具社の天女説話でも、水浴びする天女の衣を盗み隠して子にしようと企んだのは、「和奈佐の老夫・和奈佐の老婦」とよばれる老夫婦であった。この「老夫・老婦」はオキナ・オミナと訓読されることが多いが、オホヂ・オホバ（ウバ）と訓むことも可能な用例である。原則的には家（家族）の問題として語られればオホヂ・オホバだし、共同体の問題であればオキナ・オミナがよいということになる。古代の説話の場合には家よりも共同体が問題になるからオキナ（翁）と呼ばれることが多いということになるが、この説話はその両方の要素をもっている。

こうした関係は、スサノヲのヲロチ退治神話における足名椎・手名椎と櫛名田比売とのあいだにも認めることができる。その発端の部分には、「老夫と老女と二人在りて、童女を中に置きて泣けり」と語られており、中の世代が抜けている。ヲトメ（童女）とは結婚適齢期を迎えつつある少女であり、下の世代から中の世代に入ろうとする過渡的な存在である。それはかぐや姫や奈具社の天女とひとしく、アシナヅチはクシナダヒメを「我が女《むすめ》」と呼んではいるが、両者も、血縁的な家族（親と子）としてあるのではなく、老夫婦と神の子という関係に置かれていると読まなければならないのである。

狭間に位置する者

柳田国男における小さ子神、折口信夫における翁神にかかわる指摘をひくまでもなく、老人と童子（女）は神の側に属する者たちなのだが、その両者を「互換もしくは協同の関係」としてとらえる山折哲雄は、『神から翁へ』（青土社）において、

翁と童子はカミの発現母胎として等価の関係におかれており、またカミの憑依を誘う容器として日常の秩序感覚をこえている。いわば翁はその老熟の極北を回路としてカミに近づき、童子もまた無垢の極限を生きてカミの座に迎え入れられているといってもいいのかもしれない。

と指摘し、「その両者の中間を結ぶべき世代が欠如」している点について、「翁と童子という組み合わせは、中－壮年世代をゼロ記号によって表現している」のであり、「目に見えない中間世代のイメージを予想することによって、それ自体ある固有の世界を開示しようとしている」と述べている。

家族をもつこともなく、たった二人で暮らす昔話の「おじいさん」と「おばあさん」に与えられた像としての、貧しいけれども徹底したやさしい心をもち正直に生きる姿は、彼らが現実をこえた存在であることをあらわしている。それゆえに神の祝福をえて富を手に入れたり、子を授かって幸せになることも可能だったのである。でありながら、ほとんどの場合に、それとは正反対のいじ悪で強欲なじいを隣に存在させてしまうというところに、じいとばあの、神の位相の裏側としての現実を浮かびあがらせて

もいる。何をやっても失敗ばかりの隣のじいが醸し出している切実な滑稽さはそれとつながって生じていると読めるのである。

まれびと信仰にかかわって芸能における翁の発生を追った折口信夫が、執拗に脇役としての「もどき」に言及しているのは周知のことである（「翁の発生」全集2）。またそれは、後に柳田国男が追求した「ヲコ（嗚滸）の者」という存在にも通底している（『不幸なる芸術』定本7）。そして昔話に登場する爺は、こうしたモドキ的・ヲコ的な性格を一面として受け継いでいるし、それは多く隣のじいが負わされた役割だとみなすことができる。これもまた、翁（爺）が共同体（家）と異郷との狭間に位置する存在として認識されているということにかかわっているにちがいない。

そして、その典型的な登場人物を「こぶとり爺」の主人公に見ることができる。『宇治拾遺物語』で、

これも今は昔、右の顔に大いなる瘤ある翁ありけり。大柑子の程なり。人に交じるに及ばねば、薪をとりて世を過ぐるほどに、山へ行きぬ。……

と語られている主人公は、共同体からはじかれ「妻のうば」と二人で暮らす老人であり、その翁の立場を象徴するのが顔に付いた大きな瘤である。あるとき山の中で鬼に出会った翁は、鬼たちの吹く笛の音に心浮かれて我慢ができず、怖いのも忘れて烏帽子の紐を鼻に垂れかけ腰に斧をさした滑稽な姿で鬼の前に飛び出してしまう。その、「伸びあがり、屈まりて、舞ふべき限り、すぢりもぢり、えい声を出して、一庭を走りまはり舞ふ」姿と所作は、まさにモドキやヲコの滑稽な技そのものである。それが鬼＝神を喜ばせ、翁は邪魔な瘤をとることができた。それは彼をはじき出していた共同体に迎え入れられること

を意味しているが、逆に、神に接触することのできるモドキ（ヲコ）の力を喪失することでもあったというのは明らかである。翁（爺）の抱え込んだ負性（瘤）が翁の力でもあるという構造は、そのまま昔話におけるじいとばあの位相を示しているのである。

このように狭間に位置づけられた「おじいさん」と「おばあさん」は、もう一つ、共同体や家々の語り手としての役割を担うことになる。『風土記』に記された説話の多くが「古老」の伝えとして残されているのは、それが現実か装いかという議論とは別に古老の位置を明確に示している。この問題については、「共同体を構成する一員でありつつ、同時に共同体の外の存在」として古老を認識した斎藤英喜が鋭く論じている（「古老」『古代文学』26号）。そしてここからは、昔話の登場人物である「おじいさん」や「おばあさん」がそれら昔話群の語り手でもあるという共同体の語りにおける必然性を確認することができるはずである。

（「『おじいさん』と『おばあさん』の謎――昔話の親族名称と爺婆の位相」『言語』20―7〈特集・親族名称の謎〉大修館書店、一九九一年七月）

参考文献

ここに掲げた参考文献は、本書において直接引用した論文および著書にかぎった。なお、古典の引用に際しては訓読を私に改めた部分があり、昔話集においては読みやすさを考慮して漢字を補い、紙幅の関係から改行を少なくするなどした部分がある。旧版部分の参照文献には手を加えず、今回新たに増補した三編の論文と本文に加筆した注記中に引用した文献を加えた。

文献資料および昔話集など

『古事記』青木和夫他校注　日本思想大系　岩波書店　一九八二年二月
『日本書紀』上・下　坂本太郎他校注　日本古典文学大系　岩波書店　一九六二年七月、六七年三月
『風土記』秋本吉郎校注　日本古典文学大系　岩波書店　一九五八年四月
『続日本紀』第一冊　林陸朗校注　現代思潮社　一九八五年一一月
『律令』井上光貞他校注　日本思想大系　岩波書店　一九七六年一二月
『寧楽遺文』上巻　竹内理三編　東京堂　一九六二年九月
『落窪物語・住吉物語』藤井貞和・稲賀敬二校注　新日本古典文学大系　岩波書店　一九八九年五月
『宇治拾遺物語』三木紀人他校注　新日本古典文学大系　岩波書店　一九九〇年一一月
『御伽草子集』大島建彦校注　日本古典文学全集　小学館　一九七四年九月
『近世子どもの絵本集・江戸篇』鈴木重三・木村八重子編　岩波書店　一九八五年七月

＊

『日本昔噺』第九編「かちかち山」巌谷小波　一八九四年六月
『遠野物語』柳田国男　角川文庫　一九五五年一〇月
『岩手県紫波郡昔話集』小笠原謙吉　新版日本昔話記録　三省堂　一九七三年一〇月
『おばばの昔ばなし』水沢謙一　野島出版　一九六六年一二月
『雪国の夜語り』水沢謙一　野島出版　一九六八年四月
『日本の昔ばなし』全三冊　関敬吾編　岩波文庫　一九五六年五月〜五七年五月
『日本昔話百選』稲田浩二・稲田和子　三省堂　一九七一年四月
『日本昔話名彙』柳田国男監修　日本放送出版協会　一九四八年三月
『日本昔話大成』全十二冊　関敬吾編　角川書店　一九七八年二月〜八〇年九月

『日本昔話通観2青森』同朋舎、一九八二年二月
『日本伝説大系』全十七冊　荒木・野村・福田・宮田・渡辺編　みずうみ書房　一九八二年一月〜九〇年六月
『日本児童文学大系』第四巻　福田清人他編　ほるぷ出版　一九七八年一一月
『日本昔話事典』稲田・大島・川端・福田・三原編　弘文堂　一九七七年一二月
『グリム童話集』全七冊　金沢鬼一訳　岩波文庫〈改訳〉一九五四年九月〜五六年八月
『ペロー童話集』新倉朗子訳　岩波文庫　一九八二年七月

研究書・研究論文

明石一紀『日本古代の親族構造』吉川弘文館　一九九〇年一月
伊藤清司「昔話『カチカチ山』の比較研究」『昔話——研究と資料——』一一号、一九八二年
稲田浩二『昔話は生きている』三省堂選書〈新版〉一九七七年三月
——「じいとばばの昔話」日本口承文芸協会編『昔話研究入門』三弥井書店　一九七六年九月
江守五夫『物語にみる婚姻と女性』日本エディタースクール出版部　一九九〇年一〇月
大島建彦『お伽草子と民間文芸』民俗民芸双書　岩崎美術社　一九六七年二月
大林太良『日本神話の起源』角川選書　一九七三年三月
折口信夫「翁の発生」一九二八年一、三月（『折口信夫全集』第二巻　中央公論社）
——『日本文学の発生・序説』一九四七年七月（『折口信夫全集』第七巻、中央公論社）
河合隼雄『昔話と日本人の心』岩波書店　一九八二年二月
鬼頭清明『古代の村』岩波書店　一九八五年一月
小松和彦『異人論——民俗社会の心性』青土社　一九八五年七月
西郷信綱『神話と国家』平凡選書　一九七七年六月
斎藤英喜「古老——語り手・伝承者論のために——」『古代文学』二六号　一九八七年三月
佐竹昭広『民話の思想』平凡選書　一九七三年九月
女性史総合研究会編『日本女性史』第一巻　東京大学出版会　一九八二年四月
鈴木晶『グリム童話』講談社現代新書　一九九一年一月
瀬川拓男『民話＝変身と抵抗の世界』一声社　一九七六年二月
関敬吾『日本の昔話』日本放送出版協会　一九七七年二月

――「糠福米福の昔話」一九五二年九月「婚姻譚としての住吉物語」一九六二年一二月「桃太郎の郷土」一九七二年五月「ヨーロッパの昔話」一九七四年三月（『関敬吾著作集』四『日本昔話の比較研究』同朋舎 一九八〇年一一月）
――「かちかち山の構造」『昔話と笑話』民俗民芸双書8 岩崎美術社 一九六六年八月
高木市之助『吉野の鮎』岩波書店 一九四一年九月
高原美忠『八坂神社』学生社 一九七二年一〇月
都出比呂志「原始土器と女性」前掲『日本女性史』第一巻 東京大学出版会 一九八二年四月
鳥越 信『桃太郎の運命』NHKブックス 一九八三年五月
中村生雄「「供犠の文化」と「供養の文化」――動物殺しの罪責感を解消するシステムとして」『東北学』vol.1 東北芸術工科大学東北文化研究センター 一九九九年一〇月
滑川道夫『桃太郎像の変容』東京書籍 一九八一年三月
ハインツ・レレケ『グリム兄弟のメルヒェン』小沢俊夫訳 岩波書店 一九九〇年六月
土方洋一「いじめの構造」『青山語文』二〇号 一九九〇年六月
福田晃編『沖縄地方の民間文芸』三弥井書店 一九七九年二月
藤井貞和『源氏物語の始原と現在』三一書房 一九七二年二月
――『物語の結婚』創樹社 一九八五年七月
――『物語文学成立史』東京大学出版会 一九八七年一二月
古橋信孝「神話と歴史」『上代文学』四二号 一九七九年四月（『神話・物語の文芸史』ぺりかん社 一九九二年）
――「物語文学と神話」三谷栄一編『体系物語文学史』第一巻 有精堂 一九八二年九月（前掲書、所収）
マリア・タタール『グリム童話』鈴木晶ほか訳 新曜社 一九九〇年六月
三浦佑之『村落伝承論』五柳書院 一九八七年五月
――『古代叙事伝承の研究』勉誠社 一九九二年一月
――「物語としての歴史」『物語』創刊号 砂子屋書房 一九九〇年七月
――「瓜子姫の死」『東北学』vol.1 東北芸術工科大学東北文化研究センター 一九九九年一〇月（別掲『増補新版 村落伝承論』所収）
――『古事記のひみつ』吉川弘文館 二〇〇七年四月
――『日本霊異記の世界』角川選書 角川学芸出版 二〇一〇年二月
――『古事記を読みなおす』ちくま新書 筑摩書房 二〇一〇年一一月

――『増補新版 村落伝承論 『遠野物語』から』青土社 二〇一四年六月
三谷邦明「平安朝における継母子物語の系譜」日本文学研究資料叢書『平安朝物語Ⅲ』有精堂 一九七九年一〇月
柳田国男『桃太郎の誕生』一九三三年一月 『昔話と文学』一九三八年一二月 『昔話覚書』一九四三年四月 『口承文芸史考』一九四七年一一月 『不幸なる芸術』一九五三年六月（上記著書の引用は『定本柳田国男集』筑摩書房）
――「かちかち山」一九三五年発表、『昔話と文学』（前掲）
――「続かちかち山」一九三九年発表、『昔話覚書』（前掲）
山折哲雄『神から翁へ』青土社 一九八四年七月
山口昌男『アフリカの神話的世界』岩波新書 一九七一年一月
山下欣一『奄美説話の研究』法政大学出版局 一九七九年一一月
山室 静『世界のシンデレラ物語』新潮選書 一九七九年八月
吉田 孝「律令と村落」岩波講座『日本歴史』三 岩波書店 一九七六年三月

あとがき

思いがけずここに、四半世紀前に発表した『昔話にみる悪と欲望』の増補新版が出ることになった。どこかの文庫で復活できればと思っていたので、関連する論考三篇を加えて装いもあらたに単行本になるというのはとてもうれしい。

私にとって本書は、三冊目の本だった。そのころの私は、漢文や漢字で書かれた古代文学の枠を突き抜けて、自分なりの古代文学研究の方法を見いだそうとして躍起になっていた。そのなかで音声による「語り」にめざめ、オキナワの神歌や祭祀、アイヌの神謡や叙事詩、列島各地に伝えられる昔話などを対象に、資料を読んだり、現地に出向いて聴いたり見学したりした。そして、その成果を授業で話しながら本や論文にまとめるという作業をくり返していた。最初の『村落伝承論』はそのようにして書き上げた本であり、二冊目の『浦島太郎の文学史』は、「語り」を考える途中で見つけた書かれた恋愛小説について論じた本である。そして三冊目の本書では、昔話と古典とを往還しながらお話のおもしろさについてまとめようとした。

私のなかでは初期三部作となる模索期の一冊が本書だが、今回久しぶりに読み返し、新鮮な感じがした。今の自分にはとうてい書けそうもなく、いささか停滞気味の昔話研究に対して幾ばくかの刺激を与えることができるのではないか、と。本書における私の立ち位置については、削除した旧版「あとがき」の一部を引用しておきたい。

正直に告白しておくと、私は、古老を尋ねて昔話を聞き歩き、録音テープをくり返し再生しながら翻字するといった昔話の研究者なら誰もが経験するはずの基礎的な作業をしたことがない。何度かフィールドワークに連れていってもらったことはあるが、語り手を安心させて上手に記憶を呼びおこすことのできる聞き手にはなれず、やっとの思いで昔話の「大断片」を録音すると、あとは世間話でお茶をにごすばかりであった。だからここでは、偶然に文字に記録されて残った古代の神話や伝承を読むのとおなじように、採録された昔話を読んできた。

手元には、すぐれた語り手から昔話を聞いて録音し、それを一語ずつ文字に移すという気の遠くなるような労苦をへて出版された昔話集の何冊かが積まれている。それらが書物として結実するために費やされた語り手や研究者の、奉仕活動にも似た貴重な時間や労力に感謝しつつ、そこに収められた昔話群と向き合い、一つ一つの昔話はどのように読めるかということを考えてきた。それはあるいは、昔話研究者からは批判のでそうなアームチェア的な方法かもしれないが、昔話論の試みの一つとしては許されるだろうと自分勝手に納得している。

旧版は、一九九二年に新曜社の渦岡謙一さんの手により、ノマド叢書の一冊として世に出た。さまざまにお骨折りいただいた渦岡さんに、あらためてお礼を申し上げる。また、『増補新版　村落伝承論』についで今回も、朽ちかけていた本を掘り起こし、いつもながらの無駄のない作業によって新たないのちを吹き込んでくれた青土社の菱沼達也さんに心から感謝したい。しかも彼は無謀にも、今をときめくクラフト・エヴィング商會の吉田浩美さんと吉田篤弘さんに装幀を依頼したのだった。多忙をきわめるおふたりが引き受けてくださったと聞いてとてもうれしい。「手無し娘」が好きだった娘の父親だというので、ご無理をなさったのではないかと案じつつ。
いつも「あとがき」を書くときは心が躍り不安がよぎる。そしていつも、お世話になったみなさんのために自分のために、こんどこそ売れてくれろと願うことである。

二〇一五年一〇月　熊野川の舟競漕のあとに

三浦　佑之

本書は一九九二年に新曜社から刊行された『昔話にみる悪と欲望——継子・少年英雄・隣のじい』を加筆修正し、あらたに増補として文章を加えたものである。

著者　三浦佑之（みうら・すけゆき）

1946年、三重県美杉村（現・津市）生まれ。成城大学文芸学部卒業、同大学院博士課程単位取得退学。共立女子短期大学、千葉大学を経て、現在、立正大学教授。古代文学・伝承文学を専攻する。『口語訳古事記』（文藝春秋）で第一回角川財団学芸賞、『古事記を読みなおす』（ちくま新書）で第一回古代歴史文化みやざき賞を受賞。そのほかの著作に『神話と歴史叙述』（若草書房）、『古事記講義』（文藝春秋）、『日本古代文学入門』（幻冬舎）、『金印偽造事件』（幻冬舎新書）、『古事記のひみつ』（吉川弘文館）、『平城京の家族たち』（角川ソフィア文庫）『日本霊異記の世界』（角川選書）、『古代研究』、『増補新版　村落伝承論』（いずれも青土社）など多数。

昔話にみる悪と欲望

継子・少年英雄・隣のじい　増補新版

2015年11月25日　第1刷印刷
2015年12月10日　第1刷発行

著者——三浦佑之

発行人——清水一人
発行所——青土社
〒101-0051　東京都千代田区神田神保町1-29　市瀬ビル
［電話］03-3291-9831（編集）　03-3294-7829（営業）
［振替］00190-7-192955

印刷所——ディグ（本文）
方英社（カバー・表紙・扉）
製本——小泉製本

装幀——クラフト・エヴィング商會

ISBN978-4-7917-6894-3　C0090